Uwe Goeritz

Die Sklavin des Sarazenen

Bibliografische Information der Deutschen Nationalbibliothek:

Die Deutsche Nationalbibliothek verzeichnet diese Publikation in der Deutschen Nationalbibliografie; detaillierte bibliografische Daten sind im Internet über http://dnb.dnb.de abrufbar.

© 2017 Uwe Goeritz

Coverbild: Marion Jana Goeritz

Herstellung und Verlag: BoD – Books on Demand, Norderstedt

ISBN: 978-3-7448-5151-0

Inhaltsverzeichnis

Die Sklavin des Sarazenen

Es ist Anfang des 13. Jahrhunderts. Johanna, die Heldin dieser Geschichte, bricht mit tausenden Anderen zu einem Kreuzzug auf, um das Himmelreich zu gewinnen und das Grab Jesu von den Sarazenen zu befreien. Doch statt den Himmel zu erobern, landet die Dreizehnjährige in der Hölle der Sklaverei. Bedingungslos den Sarazenen ausgeliefert schwebt sie jeden Tag zwischen Leben und Tod.

Wird sie jemals die Heimat wieder sehen? Kann eine verbotene Liebe sie retten? Oder wird diese Johannas Leben fordern?

Dort in der Heimat wartet Grunhilda auf die Rückkehr ihres Mannes aus dem Kreuzzug. Wird ihr Flehen erhört werden? Und kann sie die Burg ihres Mannes vor dem Zugriff des gierigen Abtes verteidigen?

Die handelnden Figuren sind zu großen Teilen frei erfunden, aber die historischen Bezüge sind durch archäologische Ausgrabungen, Dokumente, Sagen und Überlieferungen belegt.

1. Kapitel

Auf Leben und Tod

Johanna saß im letzten Winkel der dunklen Hütte. Der Schein des kleinen Talglichtes reichte nicht bis zu ihren Füßen und sie presste sich beide Hände auf die Ohren. Das Schreien der Mutter ging schon die ganze Nacht. Eigentlich sollte ihr viertes Geschwisterchen schon lange auf der Welt sein, aber bisher hatte die Mutter nur in Schmerzen auf der mit Stroh gefüllten Liege gelegen und sich in den Wehen gekrümmt. Vier ihrer Geschwister waren bei der Geburt schon gestorben und neben ihr hockten die anderen drei, die überlebt hatten. Sie war die Älteste und gerade zehn geworden.

Die Tür der Hütte öffnete sich und die alte Ursula stand mit verfilzten Haaren und wirren Blick in der Hütte. Die Kinder schraken vor dem Anblick der Frau zurück. Das alte Kräuterweib wurde nur im äußersten Notfall gerufen und anscheinend stand es um die Mutter nicht gut, wenn der Vater nach Ursula geschickt hatte. Die alte Frau beugte sich über Johannas Mutter und gab ihr ein paar Tränke. Betastete den Bauch der schwangeren Frau und murmelte etwas Unverständliches. Sie warf ein paar Kräuter in das Feuer und ein seltsamer Duft machte das Erscheinen der alten Frau noch unheimlicher.

Immer weiter gelten die Schreie der Mutter durch die Hütte und wurden nun immer leiser. Manchmal endeten sie in einem Röcheln, um dann wieder, nach ein paar Augenblicken, neu einzusetzen. Offensichtlich verließ die Kraft langsam den Körper der Frau. Mit vor Angst aufgerissenen Augen starrte Johanna auf die Mutter die sich kaum noch bewegte. Auch die alte Ursula konnte ihr vermutlich nicht mehr helfen. Als draußen vor der Hütte der

Hahn krähte, verließ die Seele den Leib der Mutter und es zog eine noch bedrückendere Stimmung in die Hütte ein. Ursula und der Vater begannen sich gegenseitig lautstark zu beschimpfen, bis der Vater die alte Frau einfach am Kragen packte und aus der Hütte warf. Jetzt erst traute sich Johanna aus ihrer Ecke heraus und trat an das Bett heran.

Kreidebleich lag die Mutter da. Sie schien im Schlaf zu lächeln und doch war sie an der Folgen der Geburt gestorben. Johanna strich der Mutter eine Haarsträhne aus dem Gesicht und wurde kurz darauf vom Vater in die hinterste Ecke zurück gescheucht. Sie schaute auf ihre Geschwister, die noch viel zu klein waren, um zu begreifen, was da gerade eben passiert war. Sie waren erst zwei, drei und vier Jahre alt und konnten natürlich noch nicht die Tragweite dessen einschätzen, was Johanna schon längst erkannt hatte. Die Mutter war tot und wer sollte sich nun um sie kümmern?

In der Hütte setzte geschäftiges Treiben ein und Johanna versuchte ihre Geschwister vom Bett fernzuhalten. Die Kleinen konnten noch nicht verstehen, dass die Mutter am Vorabend noch für sie dagewesen war und sich nun für immer nicht mehr um sie kümmern konnte. Aber wie erklärt man einer dreijährigen den Tod der geliebten Mutter? Ein paar Klageweiber begannen mit einem melodischen Singsang und ein schnell hinzugerufener Pfarrer sprach ein paar Worte. Die Tote wurde gewaschen und angezogen. Als die Kinder um Johanna herum zu quengeln begannen, versuchte sie für die Drei etwas Essbares zu besorgen. Der Vater hatte sich bisher nicht um sie Vier gekümmert und sicher war auch weiter nichts von ihm zu erwarten. Was würde werden?

Am Abend war die Mutter beerdigt und Johanna hatte praktisch die Mutterrolle für ihre Geschwister übernommen. Mit den drei Kleinen im Arm schlief sie schließlich im Strohsack ein. Im Traum erschien ihr die Mutter in einem weißen Kleid und strich ihr über den Kopf. Das Mädchen erwachte und sah nur den Rücken des Vaters, der vor dem Feuer saß und in die Flammen starrte. Viellicht überlegte er, wie es nun für die Familie weiter gehen sollte. Aus dem hinteren Bereich der Hütte quiekte ein Schwein und der Vater stand auf. Er drehte sich um und Johanna sah die leeren Augen des Mannes, als er an ihr vorbei zu den Tieren ging, um sie zu füttern. Den ganzen Tag hatte er da gesessen und nun erst hatten sich die Tiere gemeldet. Vielleicht war das Klagen der Schweine auch einfach im Gesang der Klageweiber untergegangen.

Noch bevor der Vater zurückkam, war Johanna wieder eingeschlafen. So konnte sie auch nicht den ratlosen Blick sehen, den er auf die schlafenden Kinder warf. Er musste eine Entscheidung treffen. Verzweifelt setzte er sich zurück an das Feuer und starrte weiter in die Flammen.

Eine Woche war vergangen, bevor eine neue Frau in die Hütte kam. In dieser Zeit hatte Johanna, so gut es ihr möglich war, die Geschwister betreut. Doch nun wurde für sie alles anders. Da sie die Älteste war, wurde sie auch von der Stiefmutter für all die Dinge herangezogen, die diese nicht machen wollte. Vom Vater wurde sie nicht in Schutz genommen und so entlud sich über Johanna der ganze Unmut der für sie fremden und sichtlich überforderten Frau. Schließlich wurde es für sie so schlimm, dass das Mädchen beschloss, aus der elterlichen Hütte zu fliehen.

Nachdem abends alle in die beiden Betten gegangen waren schlich Johanna, nur mit den Sachen, die sie auf dem Leib trug, zur Hüttentür. Dort drehte sie sich noch einmal um und schaute zum

Vater und den Geschwistern zurück. Im blassen Schein der letzten Glut des Feuers sah sie die Familienmitglieder dort in den Betten liegen. Leise öffnete sie die Tür und schlüpfte hinaus.

Direkt ihr voraus stand der Vollmond und beleuchtete den Weg vor der Hütte. Johanna schaute links und rechts. Ihr war schon klar, dass sie als Leibeigene dem Lehnsherren gehörte und jede Flucht aus dem Bereich des Dorfes schwer bestraft werden würde. Nur mit der Genehmigung des Ritters vom Bärenberg durfte sie sich der Grenze des Dorfes überhaupt nähern. Im letzten Jahr hatte der Ritter auf dem Dorfplatz einen der Bauern auspeitschen lassen, der es gewagt hatte, den Bereich ohne Erlaubnis zu verlassen.

Auf Nachsicht konnte sie auch als Kind nicht hoffen. Ohne einen Laut zu verursachen schlich Johanna an den Hütten entlang. Sie durfte keinen der Hunde wecken, die die Bauern vor ihren Hütten angebunden hatte. Mit den meisten Hunden kam sie gut aus und keiner bellte sie an. So erreichte sie den rettenden Waldrand hinter dem Dorf, bevor es einer der Erwachsenen bemerkt hatte.

2. Kapitel

Unterwegs

Der Mond hatte einmal gewechselt und war wieder ein Vollmond geworden. Johanna irrte immer noch durch die dichten Wälder. Aus Angst vor den möglichen Verfolgern war sie abseits der Wege und Straßen geblieben. Ein einzelnes Kind war viel zu auffällig, als das eine Wache sie nicht sofort verhaftet hätte. Zum Glück war es gerade Sommer und so fand sie in dem dichten Gesträuch des Unterholzes jede Nacht einen sicheren Unterschlupf. Tagsüber lebte sie von Beeren und Wurzeln, die sie sammelte und verzehrte. Die Mutter war mit ihr oft im Wald gewesen und so kannte sich Johanna einigermaßen gut mit den essbaren Pflanzen aus. Einmal hatte sie auch einen Hasen in einer Schlinge gefunden und das Fleisch des Tieres roh gegessen. Sie hatte es nicht gewagt, ein Feuer zu machen und es war auch ziemlich umständlich gewesen, dem Hasen das Fell über die Ohren zu ziehen. Mit einem scharfkantigen Stein war es ihr dann, nach viel Mühe, doch noch gelungen.

Die Schlinge hatte sie aufmerksamer werden lassen. Offensichtlich waren hier auch Dorfbewohner im Wald unterwegs, um zu wildern. Vom Vater hatte sie einst erfahren, wie der Ritter mit einem Wilderer umgegangen war und schon alleine die Beschreibung des Vaters hatte ausgereicht, sie noch jetzt erschaudern zu lassen. Der Ritter vom Bärenberg hatte dem Bauern das erbeutete Geweih aufgesetzt und ihn dann zur Abschreckung an einen Baum vor dem Dorf aufgehängt. Wenn einer der Ritter Johanna mit dem Hasen erwischt hätte, so wäre es ihr sicher ähnlich schlecht ergangen. Wilderei wurde meist mit dem Tod bestraft. In der Nacht hatte sie weniger Angst im Wald. Manchmal hörte sie Tiere in der

Nähe, doch nicht eines von ihnen hatte sich bisher um sie gekümmert.

Die Großmutter hatte ihr früher Geschichten von Bären oder Wölfen erzählt, die im tiefen Wald lebten, aber bisher hatte Johanna keines dieser Tiere gesehen. Noch nicht mal eines davon gehört. Vermutlich waren das alles nur Schauergeschichten, um die Kinder vom Wald fernzuhalten. Einzig Hasen, Rehe und Eulen hatte Johanna bisher zu Gesicht bekommen. Die ganze Zeit war sie in die Richtung der untergehenden Sonne gegangen. Warum sie gerade dahin ging, wusste sie selbst nicht, aber irgendwie hatte sie das Gefühl, dort richtig zu sein. Die Orientierung im Wald war nicht so einfach, wie sie es sich zu Beginn ihrer Flucht vorgestellt hatte und manchmal hatte sie das Gefühl gehabt, im Kreis zu gehen. Nur am Stand der Sonne konnte sie sich irgendwie immer ausrichten. Am Abend legte sie sich immer ihren Wanderstock in die Richtung aus, in der die Sonne versank und so wusste sie am Morgen, welchen Weg sie einschlagen sollte.

Schon lange hatten die Dornen und das Gestrüpp des Waldes ihr Kleid in Fetzen gerissen. Hände, Füße, Beine und Arme waren durch die Dornen ebenfalls verletzt worden. Wenn sie jemand gesehen hätte, so hätte er sicher gedacht, sie wäre ein Wolfskind. Das Haar war ebenfalls vollkommen verfilzt, aber darum konnte sie sich keine Gedanken machen. Manchmal konnte sie sich in einem Wildbach waschen, aber so richtig war das auch da nicht möglich, denn sie fühlte sich auf Lichtungen immer beobachtet. War es richtig gewesen, einfach so zu fliehen? Sie wusste es nicht, doch zurück konnte sie nun auch nicht mehr. Vielleicht hätte sie das am ersten Tag noch gekonnt, aber nun? Sicher würde sie für ihre Flucht ausgepeitscht werden und selbst wenn sie davor keine Angst gehabt hätte, wie hätte sie zurückfinden sollen? In ein Dorf gehen und Fragen? Dann wäre sie sicher zweimal bestraft worden.

Zuerst in dem Dorf, in dem sie fragen würde und dann noch einmal im heimatlichen Dorf.

Schließlich versperrte ein breiter Fluss ihren Weg und sie ging am Ufer des Gewässers nach Süden. Zerzaust und verdreckt schlich sie durch das Schilf und versuchte sich vor den Blicken der Bewohner verborgen zu halten. Drei Tage war das gut gegangen, bis sie an einem Steg auf einen Mann traf, der dort angelte. Unvermittelt standen sie voreinander und ihr Aussehen musste den Mann so erschreckt haben, dass er schreiend in sein Dorf lief. Doch damit war die Gefahr für Johanna real geworden, dass sie ergriffen werden konnte. In wilder Hast lief sie durch das Schilf weiter. Ohne Rücksicht auf die dort lebenden Wasservögel, die bei ihren Schritten aufflogen, lief sie bis zur völligen Erschöpfung. Schließlich brach sie zusammen und fiel in das Sumpfgras, das an einer Stelle zwischen dem Schilf wuchs. Ohne sich rühren zu können hörte das Mädchen die Verfolger durch das Schilf hinter ihr laufen. Sie konnte nur beten, dass sie nicht gefunden werden würde. Schwere Schritte waren es, die den Boden unter ihr erzittern ließen. Das waren nicht die Schritte von Bauern, sondern die Schritte von schweren Stiefeln, wie sie Ritter oder bewaffnete Knechte trugen. Zum ersten Mal, seit dem Beginn ihrer Flucht, betete sie wieder und drückte sich tief in das hohe Gras hinein.

Die Schneise, die ihre Flucht hinter ihr gelassen hatte, war doch sicher schon von weitem sichtbar und bestimmt war es nur noch eine Frage der Zeit, bis sie gefunden wurde. In der Nähe konnte sie sogar die Männer rufen hören und sie duckte sich weiter in die kleine Freifläche. Diese war gerade einmal so lang, wie sie selbst. So lag sie auf der kreisrunden Stelle und um sie herum waren Schritte zu hören. Es konnten sicher nur ein paar Armlängen sein und dennoch gingen die Männer anscheinend an ihr vorbei. Ungläubig staunend richtete sie sich auf und schlich zur Seite weg.

Nach nur ein paar Schritten war sie am Wasser. Nicht weit entfernt konnte sie eine Brücke sehen, die sich über den ganzen Fluss hinüber zog. Aber so, wie sie jetzt aussah, konnte sie da nicht hinüber. Die Wachen hätten sie sofort wieder zurück geschickt oder in den Kerker geworfen.

Johanna wartete die Dunkelheit ab und schlich zum Dorf zurück. Die Zufälle wurden immer unheimlicher. Auf einer Leine, direkt am Rande des Dorfes, hing ein Kleid, das genau ihre Größe hatte. Das Mädchen nahm es von der Leine und schlich zurück zum Fluss. In einer kleinen Bucht, umgeben von hohem Schilf, wusch sie sich und versuchte die Haare zu entwirren, was ihr auch einigermaßen gelang. Sie zog das neue Kleid an und schlich zur Brücke. Dort wartete sie den neuen Morgen ab. Als das Tor sich öffnete, lauerte sie auf den Moment, an dem einer der Wachen abgelenkt war, und rannte dann an ihnen vorbei auf die Brücke und von dort in die Stadt. Hier war sie vor ihren Verfolgern sicher.

3. Kapitel

Auf dem Bärenberg

Die Raben kreisten um irgendetwas in dem Wald. Der Junge schaute von der Mauer auf sie herunter. Obwohl die Vögel ja in der Luft waren, war er über dem Tor noch über ihnen. Direkt unter ihm überspannte die Zugbrücke den Graben, den man zum Schutz des Tores ausgehoben hatte. Er war jetzt 14 Jahre alt und am heutigen Tage wollte ihn der Vater mit auf die Jagd nehmen. Hinter ihm rief der Vater von unten „Siegfried!" und der Junge ging zur hinteren Kante der Mauer. Er beugte sich nach vorn und schaute in den Burghof hinunter. Direkt unter ihm stand der Vater mit zwei langen Lanzen. „Ich komme runter." rief er hinunter und lief nach links, wo sich der Treppenaufgang zur Mauerkrone befand. Hier in der Burg kannte er sich fast blind aus. Sogar mit verbundenen Augen hätte er jeden Winkel sofort finden können.

Unten drückte ihm der Vater eine der beiden Lanzen in die Hand und zusammen verließen sie den Burghof. Sie gingen über die Brücke und waren schon wenig später im tiefen Wald angekommen, der den ganzen Berg einhüllte. Zielsicher bewegte sich der alte Mann durch das Gestrüpp und der Junge folgte ihm. Schon nach der vierten Biegung hatte er die Orientierung verloren und würde sich bestimmt nicht wieder zur Burg zurück finden, wenn der Vater ihm nicht dabei helfen würde, aber eigentlich war es ja ganz einfach. Die Burg stand am höchsten Punkt dieses Berges. Doch dafür hatte er jetzt keinen Gedanken, er musste seinem Vater folgen. Schließlich konnte man hier nicht mehr wie vier Schritte weit sehen.

Siegfried lebte schon sein ganzes Leben hier oben auf der Burg seines Vaters. Berthold von Bärenberg war vom König mit dieser Burg belehnt worden, nachdem er die elterliche Burg verlassen hatte. Die lag viel weiter im Westen und wurde nun von seinem Bruder, Siegfrieds Onkel, bewohnt. Aber da der König hier im Grenzland im Osten erfahrene Ritter benötigte, hatte Berthold Glück gehabt. Sonst hätte er sich, wie viele andere Ritter, erst eine Burg erobern müssen. Zusammen mit der Burg hatte er auch die umliegenden Dörfer erhalten. Die Bauern mussten ihm nun ihre Abgaben übergeben, dafür konnten sie auf seinen Schutz vertrauen. Irgendwann würde Siegfried mal die Burg übernehmen, aber das war noch eine Weile hin. Jetzt ging es erst mal darum, dem Vater zu zeigen, was er schon konnte. Er wollte zeigen, dass er schon ein Mann war. Ein echter Ritter!

Ein Zweig schlug ihm in das Gesicht und holte ihn zurück aus seinem Rittertraum auf den Waldweg, von dem aus seine Gedanken gerade auf die Reise gegangen waren. Zum Glück hatte der Vater seine Unaufmerksamkeit nicht bemerkt. Jetzt gingen sie Bergab und irgendwie hatte Siegfried das Gefühl, dass sie sich genau der Stelle näherten, an der er zuvor von der Burg aus die Raben gesehen hatte, die über dem Wald ihre immer kleiner werdenden Kreise gezogen hatten. Der Vater hatte ihm am Vorabend erzählt, dass sie eine Sau jagen wollten. Doch er wollte sie auf die gute, alte, ritterliche Art zur Strecke bringen. Nicht mit Pfeil und Bogen, wie es Siegfried viel mehr gefallen hätte, sondern mit der Lanze. Vermutlich ging es dem Vater dabei gar nicht wirklich um die Sau, sondern eher darum, zu sehen, wie mutig sein Sohn war. Ob er schon ein Ritter war, oder doch ein Feigling.

So Auge in Auge mit einem Wildschwein zu stehen war schon etwas anderes und Siegfried hoffte, dass er im entscheidenden Moment nicht versagen würde. Vor ihm blieb der Mann stehen und lauschte in den Wald. Ein Knacken war zu hören gewesen und vor ihnen war eine kleine Lichtung zu sehen, auf der sie sicherlich auch auf einen der Schwarzkittel treffen würden. Vorsichtig gingen sie weiter und betraten die Lichtung. Die freie Fläche war nur etwa zwanzig Schritte im Durchmesser und genau über ihnen flogen nun auch die Raben. Ein Geräusch ließ Siegfried zur Seite schauen und der Junge erstarrte. Direkt neben ihm lag der Rest eines Schweines und dahinter erhob sich ein braunes Tier zur vollen Größe. „Ein Bär!" rief er und wich zurück. Der Vater drehte sich auch zu Seite und stand nun direkt vor dem Bären. Keine drei Schritte trennten den Vater und das Tier.

Berthold riss die Lanze herum, doch das Tier schlug sie ihm aus der Hand. Der Bär machte einen Schritt nach vorn und der Mann wich nach hinten aus. Eine Wurzel am Boden ließ ihn aber straucheln und er fiel nach hinten um. Im Liegen versuchte er sein Schwert zu ziehen, doch der Bär, den sie beim Fressen gestört hatten, kam weiter auf sie zu. Siegfried zog die Lanze nach vorn und rammte sie dem Tier mit voller Kraft in die Brust. Der Bär taumelte und der Junge zog die Lanze wieder heraus, um noch einmal zuzustoßen. Doch bevor er das Tier erneut treffen konnte, fiel es nach vorn um und begrub den Vater unter sich. Erschrocken stand Siegfried da, bis er den Vater unter dem Tier stöhnen hörte. Gemeinsam wälzten sie das Tier zur Seite. Siegfried sah das Blut auf dem Bauch des Vaters, vermutlich hatte das Tier im Fallen den Vater verletzt. Doch der Mann setzte sich auf und sagte „Das ist nicht mein Blut, sondern seines." Dabei zeigte er auf das Tier, das nun neben ihm lag.

Gemeinsam begannen sie dem Bären das Fell abzuziehen, um es danach zu einer Rolle zusammen zu binden. Auch Klauen und Zähne des Bären nahmen sie als Trophäen mit. Bisher hatte der Vater nichts zu seinem Sohn gesagt, doch der Junge konnte sehen, dass der Vater stolz auf ihn war. Zusammen gingen sie wieder zurück zur Burg. Berthold trug die beiden Lanzen und Siegfried das Fell des erlegten Bären. Als sie die Burg wieder betraten, stürzte Siegfrieds Mutter auf die Beiden zu, auch sie hatte das Blut gesehen, doch Berthold konnte sie beruhigen.

Während Siegfried das Fell in den Palas trug hörte er, wie der Vater mit einem seiner Knappen sprach und mächtig stolz auf Siegfried war, dass dieser sich so gut, richtig und schnell verhalten hatte. In der Küche breitete der Junge das Fell aus und gab es einem der Männer zum gerben. Schon bald würde das Fell in einem der Räume liegen und sie alle an diesen Tag erinnern. Ein Bärenfell auf dem Bärenberg. Aus den Krallen würde sich der Junge eine Kette machen.

4. Kapitel

Im Schlamm der Stadt

Diese Stadt war so ganz anders, als es sich Johanna früher vorgestellt hatte. Einmal war ein Fuhrmann in ihrem Dorf gewesen, der von der Stadt erzählt hatte. Da hatte sich Johanna ein Bild davon gemacht, das nicht wirklich stimmte. Sie hatte noch tagelang von weißen Häusern, großen Brücken und breiten Straßen geträumt. Das, was sie hier aber erlebt und gesehen hatte, sah ganz anders aus. Zwar waren die Häuser hier riesengroß, im Vergleich zu den Hütten in ihrem Dorf, doch die meisten waren weder weiß noch besonders schön. Zwar waren auch einige bunt bemalte Häuser dabei, so wie es auch die Häuser in ihrem Dorf gewesen waren, aber sie gefielen ihr eben nicht. Auch die Straßen waren nicht das, was sie sich vorgestellt hatte. Knöcheltiefer Schlamm war überall auf den Wegen und es schien auf den Plätzen sogar ein bodentiefer Morast zu sein. Es sah schlimmer aus, als in ihrem Dorf und der Geruch war derselbe. Am Rande der Straße kippten die Einwohner der Stadt einfach ihre Exkremente hin und dort blieben sie auch. In ihrem Dorf waren sie wenigstens an eine Stelle hinter der Hütte gegangen.

Hier interessierte das keinen. Und genauso wenig interessierte sich jemand für sie. Hier war sie vollkommen frei. Frei zu leben, aber auch frei zu verhungern. Seit nunmehr fast einem Jahr lebte sie hier und hatte schnell gelernt, dass sie sich um sich selbst kümmern musste. Wo immer möglich versuchte sie sich ihre Nahrung zu „organisieren". Das bedeutete, dass sie den Abfall der Schänken durchsuchte und dort noch so manches verwertbare fand. Am Sonntag saß sie zuerst vor der Kirche, um dort zu betteln und setzte sich danach in die Kirche hinein, wo es zwar im Winter auch nicht wärmer gewesen war als draußen, dafür war sie aber vor dem kalten Wind geschützt gewesen. Von den erbettelten Münzstücken, manchmal war es sogar ein viertel Pfennig, kaufte sie sich am Markttag etwas zu essen, oder sie stahl es in einem unbeobachteten Moment einfach aus den Körben oder von den Ständen der Bauern.

Dabei musste sie aber auf zweierlei Dinge achten. Zum einen durfte sie sich nicht fangen lassen, denn die Strafen für Diebstahl waren ziemlich hart, oft hatte sie an den Markttagen Leute dort am Schandpfahl stehen sehen, oder hatte gesehen, wie Diebe ausgepeitscht oder hingerichtet wurden, und zum anderen gab es da ja auch noch die göttliche Strafe, die es zu fürchten gab. Und davor fürchtete sie sich viel mehr. In der Kirche hatte sie immer wieder gehört, dass Diebe in die Hölle kamen und darum betete sie ziemlich oft. Eigentlich jeden Tag mehrmals. Aber würde das helfen, wenn sie vor dem göttlichen Gericht stehen würde? Vermutlich nicht, aber es blieb ihr einfach keine andere Wahl. Sie war ziemlich schnell, aber vor der Rache Gottes konnten sie ihre Füße sicher nicht bewahren.

Im vergangenen Winter hatte sie auch oft in den Ställen der Tiere geschlafen, meist hatte sie sich nachts dort hinein geschlichen, um dann noch vor dem Sonnenaufgang wieder zu verschwinden. An ein paar Tagen hatte sie sich auch ein paar Münzen mit Botendiensten oder kleinen arbeiten verdient. Schnell hatte sie gelernt, all das zu tun, was gebraucht und benötigt wurde. Jetzt im Sommer schlief sie in der Nacht wieder draußen. Da es auch nachts schön warm war, hatte sie nur das Problem, wo sie schlafen sollte. Innerhalb der Stadtmauern gab es fast keinen freien Platz, der nicht von Schlamm und Dreck überdeckt war und außerhalb war sie nicht sicher, dass sie am nächsten Morgen wieder aufwachen würde. Zum einen gab es Räuber und zum anderen auch ein paar wilde Tiere. Im unmittelbaren Umfeld der Stadt vermutlich sogar mehr, als im Wald.

Johanna hatte sich einen Platz gesucht, der unter dem Aufgang zur Stadtmauer lag. Es war etwas vertrocknetes Gras dort und es standen Kisten davor, so dass sie dahinter verborgen schlafen konnte. Von diesem Platz hatte sie die Straße direkt in ihrem Blick. Das Tor der Stadt lag nur einen Steinwurf von ihr entfernt und sie sah täglich das geschäftige Treiben dort. Dass die Straße wirklich aus Stein war hatte Johanna nur ein einziges Mal gesehen. An einem Frühlingstag hatte es so stark geregnet, dass ein Teil des Schlammes als Sturzbach durch die Stadt gespült worden war. Danach waren die Straßen für ein paar Tage sauber gewesen, nur um danach wieder im Schlamm zu versinken. Wenn es ein paar Tage nicht geregnet hatte, wurde der Schlamm wirklich fest, aber mit jeder verschütteten Kanne Wasser oder jedem hinaus gegossenen Eimer mit Urin wurde es wieder zu einem zähen Bodenbelag.

Der mit dem Schweinedung vermischte Belag war an manchen Stellen von Fliegen überdeckt und an einigen Plätzen in der Stadt musste selbst Johanna sich die Nase zuhalten und sie war ja praktisch mit den Schweinen unter einem Dach aufgewachsen. Als dann eines Tages auch noch ein Schweinekadaver mitten auf dem Marktplatz, auf einer der dorthin führenden Straßen lag, fühlte sich der Rat der Stadt genötigt, für Ordnung zu sorgen. Für Johanna war dies ein echter Glückstag, denn sie konnte sich diese Arbeit zusammen mit ein paar anderen Bettlern sichern und so war sie ab diesem Tag dafür zuständig, wenigstens den gröbsten Müll vom Marktplatz weg zu sammeln. Dafür erhielt sie auch einen Pfennig im Monat. Das war für sie ein riesiger Schatz. Für solch einen silbernen Pfennig bekam man hier in Köln ein ganzes Huhn oder aber auch ein paar Brote. Immer wenn sie die silbern glänzende Münze mit dem Abbild des Erzbischofs darauf erhielt, verwahrte sie diese auch wie einen Schatz und überlegte lange, was sie dafür wohl kaufen wollte.

Trotzdem saß sie jeden Sonntag weiter an den Stufen des alten Doms, der dort schon ein paar Jahrhunderte stand. Es war ein großes Bauwerk und sie versuchte an dem Eingang zu warten, an dem die vornehmen Bürger der Stadt hinein gingen und heraus kamen. Meist waren sie nach dem Gottesdienst freigiebiger als davor. Und einem armen Mädchen gab man bestimmt mehr, als einem alten Mann. Zumindest konnte sie sich immer nach vorn durch drängeln, um dort ihre Hand aufzuhalten. Es war kein sehr schönes Leben, aber es war besser, als das damals auf dem Land. Hier gehörte sie nur sich selbst. Dort hatte sie noch dem Ritter gehört, denn Stadtluft machte frei. Da sie nun schon ein Jahr in der Stadt lebte, war sie damit frei.

5. Kapitel

Die Zeit ist gekommen

Siegfried schlug die Augen auf und schob den Mantel zur Seite, mit dem er sich, wie immer in der Nacht, zugedeckt hatte. Das Bett der Eltern stand am anderen Ende des Raumes und war aber schon leer. Irgendwie hatte er wohl verschlafen. Schnell zog er sich seine Sachen über und ging zur Küche hinunter, wo sein Essen schon auf ihn wartete. Heute war sein sechzehnter Geburtstag und die Mutter war die Erste, die ihn daran erinnerte. In der Küche reichte sie ihm den Teller und Siegfried verschlang fast sein Frühstück. Als er dann auf den Burghof trat, sah er den Vater in der Schmiede stehen und dem Schmied zur Hand gehen. Er trat zu den Beiden und der Vater stellte kurz die Arbeit ein. Er griff hinter sich und zog ein Schwert nach vorn, dass die Beiden gerade fertig geschmiedet hatten.

Berthold legte seinem Sohn die Hand auf die Schulter und übergab ihm das Schwert „Von nun an bist du ein Ritter." sagte er und setzte fort „Und zu Ostern kommt deine zukünftige Frau zu uns." Damit drehte er sich wieder um und arbeitete weiter. Siegfried zog das Schwert heraus und dachte gleichzeitig an die Worte des Vaters. War es wirklich schon an der Zeit, an Hochzeit zu denken? Offensichtlich schon. Der Vater hatte in demselben Alter geheiratet. Durch das Schwert war Siegfried nun mit allen Pflichten und Rechten in den Bund der Männer aufgenommen worden. Jetzt fehlte ihm nur noch ein Pferd. Und so als ob der Vater seine Gedanken gehört hatte, stellte er die Arbeit nun vollkommen ein und ging zum Stall hinüber. Wenig später kam er mit einem Pferd wieder zurück. Zusammen mit dem Schmied beschlugen sie das Pferd und danach reichte er Siegfried die Zügel. „Deins!" sagte der Vater nur und der Junge saß auf das Pferd auf.

Kurz darauf jagte er mit dem Pferd zum Tor hinaus und den Berg hinunter zum Dorf. Er ließ das Tier einfach laufen. Schon oft hatte er auf dem Hof der Burg geübt, aber diesmal war er mit seinem eigenen Pferd unterwegs. Was er hier wollte, wusste er selbst nicht, aber er umrundete den Berg einfach ein paar Mal und Ritt durch die Dörfer am Fuße des Berges. Vielleicht wollte er den Bauern zeigen, dass er nun ihr neuer Herr war. Das Schwert an seiner Seite war ja unübersehbar. Im Schritt ging das Pferd dann wieder den schmalen Pfad hoch zur Burg. Auf dem ganzen Weg hatte er daran gedacht, dass Ostern ja gar nicht mehr so lange hin war. Seine zukünftige Frau war sicher schon auf dem Weg. Wer sie wohl war?

Er sprang im Burghof vom Pferd und führte es in den Stall zurück. Dort nahm er den Sattel ab und rieb das Tier wieder trocken. Sie waren nicht viele auf der Burg. Der Vater, die Mutter, der Schmied und vier Knechte. Zusammen mit ihm waren es nur acht Personen und nun würde noch eine dazu kommen. Er klopfte dem Pferd gegen den Hals und schaute auf die anderen drei Pferde, die in dem Stall standen. Von dort aus ging er zurück über den Burghof, am Bergfried vorbei zum Eingang des Palas. Es war eine sehr überschaubare Burg. Er hatte mit dem Vater schon viel größere besucht. Einmal war er sogar auf einer Pfalz gewesen. Ihre Burg hätte sicher zehn Mal auf den Platz dieser Pfalz gepasst. Schon alleine der Palas, in dem sie den König getroffen hatten, war so groß gewesen, wie ihre gesamte Burg.

In der Küche saß die Mutter und rupfte eines der Hühner, das sie am Abend essen sollten. Bald würde ihr seine Frau helfen. Hier auf Burg Bärenberg musste ein jeder mit anfassen und hatte seine Aufgabe. Siegfried erinnerte sich an die seinige und ging mit dem Eimer voller Küchenabfälle in den Stall hinüber, wo die Schweine schon auf ihr Futter warteten. So ganz unterschied sich das Leben auf der Burg nicht von dem unten im Dorf, mit dem kleinen Unterschied, dass die Bauern unten im Tal ihnen einen Teil der Ernte als Abgabe geben mussten. Einen anderen Teil erhielt das Kloster, das in unmittelbarere Nähe lag. Mit dem Abt dort lag der Vater öfters im Streit. Reginald von Rabenhorst, wie der Abt hieß, war eigentlich ein viel höher geborener Mann, als sie als Ritter. Da er aber das vierte Kind seines Vaters gewesen war, war er in den Dienst der Kirche eingetreten. Was ihn aber nicht wirklich zu einem einfacheren Leben bewogen hatte. Siegfried hatte oft gehört, wie der Vater mit der Mutter über das ausschweifende Leben des Abtes gesprochen hatte.

„Vermutlich hat der Abt auch noch nie ein Schwein gefüttert, höchstens eines gegessen." dachte sich Siegfried und nahm den leeren Eimer wieder mit zurück zur Küche. Das gerupfte Huhn hatte den Weg in den Topf gefunden, wo es auf kleiner Flamme vor sich hin kochte. Die Mutter schnitt Kräuter und Wurzeln zurecht und Siegfried zog sein Messer, um ihr dabei zu helfen. War das nicht eigentlich Frauenarbeit? Und er war doch nun ein Ritter! Aber solange ihn keiner hier sah, war es für ihn in Ordnung und wer essen wollte, der musste auch arbeiten! Nach und nach trafen die Männer in dem Raum neben der Küche ein und setzten sich an den langen Tisch. Der Vater sprach ein Gebet und danach brachte die Mutter die Suppe herein. Zusammen mit etwas Brot wurde die Suppe gegessen und dabei legte der Vater schon die Arbeiten für den nächsten Tag fest. Obwohl alles so wie immer war. Jeder hatte eben so seine Tätigkeiten und hätte dieser Einweisung nicht bedurft.

Nach dem Essen ging Siegfried noch einmal in den Hof. Das Tor war nun fest verschlossen und einer der Knechte bezog seinen Platz als Wachposten über dem Tor. So wie es jeden Tag war. Hinter ihm trat der Vater in den Hof und legte Siegfried die Hand auf

die Schulter. „Ab morgen wirst du auch mit die Wache übernehmen." sagte der Mann und zeigte auf den Posten über dem Tor.
Der Junge, der heute zum Mann geworden war, nickte und schaute
den Vater an. Gemeinsam gingen sie zurück in den Palas.

6. Kapitel

Ein frommes Leben?

Er stand am Fenster und schaute auf den Berg am Horizont, auf dem sich die Burg befand. Zwischen dieser und seinem Kloster lagen nur ein Dorf, ein paar Waldstücke und Felder, sonst nichts. So stand Reginald von Rabenhorst fast jeden Abend und konnte doch nichts daran ändern, das diese verdammte Burg da oben stand. Wegen dieses kleinen Haufens Steine musste er die Einnahmen der Bauern mit denen von Bärenberg teilen. Und natürlich wegen dem Erlass des Königs. Wenn da dieser Turm nicht wäre, den man von hier aus nur schwach erkennen konnte, dann wäre alles hier seines gewesen. So wie es war, bevor diese Burg da vor zwanzig Jahren gebaut worden war.

Er schlug mit der Hand auf den Fenstersims und schloss das Bleiglasfenster wieder. Es klopfte an der Tür und ein Mönch trat ein „Herr, der Abendgottesdienst beginnt." sagte er nur, verbeugte sich und verschwand wieder. Der Abt sah dem Manne nach, der hinter sich die Tür geschlossen hatte. Wieder so eine lästige Tätigkeit, die er so gar nicht mochte. Aber sie gehörte nun mal dazu, wenn man Abt in einem Kloster war. Er griff sich sein Ordensgewand, was natürlich aus einem viel feinerem Leinen gefertigt war, als die einfachen Kutten der Mönche, und zog es sich über die kostbare Kleidung. Dann drehte er sich zu den beiden Frauen um, die auf seinem Bett lagen und sagte zu ihnen „Und ihr Beide wartet hier, bis ich gleich wieder da bin." Dann ging er zu der Klosterkirche hinüber.

Das Läuten der Glocke war für die beiden Frauen das Zeichen, das Essen für den Abt aufzutragen. Eigentlich war ja Fastenzeit bis Ostern, aber daran hielt sich der Abt nicht wirklich. Er hatte eine eigene Küche und während die Mönche heute Abend wieder mal nur Brot und Wasser zu sich nehmen würden, wie es ihnen in der Fastenzeit zustand, würde es bei dem Abt einen Fasan und süßen Wein geben. Später würde er sich den beiden Frauen widmen und so ein weiteres Vergnügen finden. Trotz seiner Leibesfülle war er im Bett noch sehr behänd und das obwohl er die fünfzig schon längst überschritten hatte. Er hätte mit diesem Amt hier glücklich sein können, wenn nicht diese Burg da gewesen wäre.

Und wie zum Fluch gingen auch noch alle Fenster seiner Räume genau in diese Richtung hinaus. Wenn er früh aus seinem Bett aufstand, ging der erste Blick auf den Hügel und abends der letzte, wenn er nicht Glück hatte und es schon zu dunkel dafür war. Er betrat seinen Raum und wurde sofort durch den saftigen Braten wieder milde gestimmt. Die beiden Frauen, die er einfach Maria und Magdalena nannte, warteten auf ihn. Sie waren aus einem der Dörfer und sichtlich froh, dass sie dem Leben dort auf diese Weise entkommen waren. Die Namen, die er ihnen gegeben hatte waren eigentlich auch schon wieder eine Provokation, denn das Kloster hier Maria-Magdalena Kloster und so brauchte er sich kein Blatt vor den Mund zu nehmen, wenn er einmal dem Bischof sagte „Ich muss zurück zu Maria Magdalena." Aber der Bischof trieb es vermutlich genauso bunt wie der Abt. Beide verstanden sich sehr gut.

Bis tief in die Nacht schlemmte der alte Mann nun und ließ sich von den beiden Frauen bedienen. Seine Mönche, nur wenige Schritte von ihm entfernt, beteten in der Klosterkirche die stündlichen Gebete. Aber er war ja der Abt und eigentlich nur zur Verwaltung da, doch auch das machten die Mönche ohne seine Beihilfe. Warum sie ihn überhaupt brauchten, wussten sie nicht, nur das ein Kloster ohne Abt aufgelöst werden würde. Schließlich schlief der Mann am Tisch ein. Der süße Wein hatte ihm zu sehr zugesetzt. Maria und Magdalena räumten noch den Tisch ab und verzogen sich danach in das breite Bett, in dem auch vier hätten schlafen können. Der Raum bestand praktisch nur aus Bett, Tisch und Stühlen. Viel Platz war sonst nicht hier drin.

Im Traum sah er die Burg auf dem Berg in Flammen aufgehen und hielt dies für ein gutes Zeichen. Er erwachte und es war noch tief in der Nacht. Er drehte sich um und schaute zu den beiden Frauen, die hinter ihm schliefen. Dann sah er wieder zu Fenster, wo, im Moment unsichtbar, die Burg zu finden war. Nicht das er gierig war, aber sein Lebensstil brauchte Geld und das musste er sich mit denen da teilen. Normalerweise gab es nur einen Herren. Entweder weltlich oder geistlich. Aber hier, so nahe an der Grenze, hatte der König ihm diesen Ritter vor Nase gesetzt. Er, der Abt, sollte den Glauben in das andere Land tragen und der Ritter die Grenze vor Überfällen sichern. Sie hätten sich einigen können. Aber er wollte das nicht. Er wollte nicht teilen, er wollte alles! Ächzend zog er sich am Tisch hoch und ging zum Bett. Ohne sich auszuziehen ließ er sich zwischen die beiden Frauen fallen, die er mit seiner Körperfülle einfach zur Seite schob.

Aber er konnte nicht einschlafen. Die Beiden kuschelten sich an ihn und er dachte immer noch an den Traum. Sicherlich war es ein Zeichen. Nicht eines von Gott. So gläubig war er, trotz seines Amtes, nicht, aber sicher auch keines des Teufels. Wie konnte er die Burg und deren Bewohner loswerden? Schon oft hatte er darüber nachgedacht und noch nie war ihm etwas eingefallen. Konnte das Feuer des Traumes eine Idee sein? Wenn die Burg durch einen Überfall zerstört werden würde, dann würde der König diese bestimmt nicht noch einmal errichten lassen. Oder etwa doch? Erst mal musste diese Burg da weg und dann würde er sich, zusammen mit dem Bischof, schon etwas einfallen lassen, das sie dann dem König vorschlügen.

Wie wurde man nun eine Burg los? Er brauchte Männer und er brauchte Geld! Ein räuberischer Überfall wäre sicher der geeignete Weg sich der Anderen zu entledigen. Reginald faltete seine Hände über dem Bauch und schlief mit einem Lächeln im Gesicht ein. Das musste doch zu schaffen sein. Warum war ihm das nicht früher eingefallen? Er schlang im Halbschlaf seine Arme um die beiden Frauen und zog sie an sich.

7. Kapitel

Einem Engel gefolgt

Ein weiterer Winter war in der Stadt vorbei und alle Menschen freuten sich auf den kommenden Sommer. Für Johanna war dies die beste Zeit des Jahres. In den Tagen vor Ostern waren die Menschen ganz besonders freigiebig und so konnte sie doch mal die eine oder andere großzügigere Gabe erhalten. Also saß sie auch am Karfreitag vor den Toren des Doms, als sie einen Menschenauflauf ganz in der Nähe bemerkte. Immer mehr Menschen strömten auf die freie Fläche neben der Kirche. Trotz der vielen Menschen hörte das Mädchen nur eine Stimme, die leise etwas erzählte, was sie nicht verstehen konnte. So verließ sie ihren Platz und ging hinüber, um zu schauen, was den die viele Menschen dort machten.

Ein Junge aus der Stadt, der sich Nikolaus nannte, und den sie schon einmal in der Kirche gesehen hatte, stand dort auf einer kleinen Erhebung. Der Junge war sicher noch keine zehn Jahre alt, aber er sprach so überzeugend, dass ihm alle zuhörten. Er erzählte, dass ihm ein Engel erschienen sei, der ihn aufgefordert habe, das Heilige Grab von den Sarazenen zu befreien. „Gott wird unseren Zug unterstützen und das Meer teilen, so dass wir, wie einst die Israeliten unter Moses, trockenen Fußes in das Heilige Land gelangen werden." rief er den Menschen zu. Unter den anwesenden Kindern rief er mit seinen Worten eine Begeisterung hervor, die die anwesenden Erwachsenen nicht verstehen und auch nicht teilen konnten. Oder vielleicht auch nicht verstehen wollten. Johanna erinnerte sich daran, dass auch ihre Mutter ihr einst als Engel erschienen war. Warum sollte sie deshalb an den Worten des Jungen zweifeln? „Gott schickt seine Botschaften in vielerlei Gestalt."

hatte sie einmal in einer Predigt gehört. Warum also nicht auch durch ein Kind?

Nachdem sich die Menge zerstreut hatte, trat Johanna an den Jungen heran. Er war einen Kopf kleiner als sie, hatte aber sehr kostbare Kleider an. Offensichtlich lebte er nicht, so wie Johanna, auf der Straße, sondern kam aus einem wohlhabenden Hause. Die Kunde von der Predigt des Jungen zog durch die ganze Stadt und am nächsten Tag waren es schon doppelt so viele Menschen, die auf ihn warteten. Auch Johanna stand wieder dort, diesmal ganz weit vorn, um alles genau zu hören. Diesmal zogen die Menschen nach dem Vortrag des Jungen zur nahe gelegenen Kirche und forderten den Bischof auf, ihren Kreuzzug zu segnen. Doch dieser weigerte sich. Auch das Murren der Masse konnte ihn nicht zum Einlenken bewegen.

In der folgenden Nacht sah Johanna auch ihre Mutter wieder im Traum. Wie beim letzten Mal war sie in weiße Gewänder gehüllt. So ähnlich hatte das Mädchen sich einen Engel vorgestellt. Sie hörte die Mutter sogar reden. „Folge dem Zug und du wirst von deinen Sünden erlöst." hörte Johanna und dachte daran, dass sie dies unbedingt tun musste, da sie ja durch ihre Diebstähle gegen eines der zehn Gebote verstoßen hatte. Nur durch die Teilnahme an diesem göttlichen Zug konnte sie dem Fegefeuer der Hölle entgehen und vielleicht doch noch in den Himmel kommen. Nach dem Aufwachen ging Johanna schnell in die Kirche hinüber. Sie setzte sich in die erste Reihe, denn so früh am Morgen war die Kirche noch leer. Sie saß direkt vor dem Altar und schaute auf das Kreuz, an dem die Figur Jesu hing. Der Person, zu dessen Grab sie ziehen wollten. Im Stillen versprach sie der Figur, alles zu tun, was in ihrer Macht stand, um diesen Zug zu einem guten Ende zu bringen.

Genau in diesem Moment begannen die Glocken über ihr im Kirchturm zu läuten. Wie eine Bestätigung ihres Auftrages war dies, der Ostergottesdienst begann und Johanna setzte sich nun in die hintere Reihe, so wie es ihr in der Kirche zustand. Die Reichen saßen vorn und auch Nikolaus ging in eine der vorderen Reihen, das konnte das Mädchen von hinten aus sehen. Er setzte sich genau auf den Platz, auf dem sie zuvor gesessen hatte.

Alle lauschten den Worten von der Kreuzigung und Auferstehung Christi. Und genau zu diesem Grab wollten sie. Johanna schaute nach vorn und ihr war es, als ob das Kreuz von einem inneren Leuchten erfüllt gewesen wäre. So eine Art von Zeichen Gottes, dass ihre Aufgabe im Sinne Gottes war.

Zwischen Ostern und dem folgenden Sonntag sammelten sich nun in Köln Scharen von jungen Frauen, jungen Männern und vielen Kindern, um den Reden von Nikolaus zu lauschen. Aus den Gesprächen der Menschen hörte das Mädchen, dass es vielen eigentlich nicht um den Zug in das ferne Jerusalem ging, sondern eher darum, der Not in ihren Dörfern zu entkommen. So wie es bei ihr damals gewesen war, waren alle diese Menschen Besitz ihrer Herren. Diesem Schicksal konnten sie nur entfliehen, wenn sie sich im Auftrag der Kirche einem Kreuzzug anschlossen. Den Menschen, die das Kreuz nahmen, durften die Lehnsherren nicht die Teilnahme am Kreuzzug verwehren. Sonst würden sie bei der Kirche in Ungnade fallen.

Bei den Meisten um sie herum war es zwar offensichtlich, dass sie zum Beispiel als jüngstes Kind nie den Hof des Vaters übernehmen konnten, oder sowieso schon viel zu viele Esser auf dem Hof waren. Sie und Nikolaus schienen die Einzigen zu sein, die dem Ruf Gottes wirklich folgten und nicht nach weltlichen Dingen strebten. Mittlerweile waren es so viele Menschen, dass der Bischof ihnen nun doch den Segen nicht mehr verwehren konnte. Sie stickten sich die Kreuze auf ihre Umhänge und brannten regelrecht darauf, sich zusammen mit Nikolaus auf den Weg nach Jerusalem zu begeben. Nikolaus selbst malte sich ein Kreuz auf seinen weißen Umhang, das für Johanna eher wie ein Hammer, als wie ein Kreuz aussah. Nach dem Gottesdienst am weißen Sontag, dem Sonntag nach Ostern, den der Bischof zusammen mit Nikolaus durchführte, wollten alle aufbrechen.

Johanna konnte die Menge kaum übersehen. Am Ufer des Flusses mussten sich zehntausende Menschen befinden. Die Meisten waren zwischen dreizehn und achtzehn Jahren alt. Nur ein paar wenige waren jünger oder älter. Schon während des Gottesdienstes waren viele in Erwartung des Aufbruches in Jubel ausgebrochen und als es dann endlich losging, war die Masse kaum noch zu halten. Nur ein paar wenige Erwachsene versuchten ihre Kinder aus der Menge herauszubekommen. Die meisten der Eltern waren aber vermutlich froh, dass ihre Kinder in eine, zwar ungewisse, aber doch sicher bessere, Zukunft aufbrachen.

8. Kapitel

Der lange Weg

Schon seit Tagen holperte der Wagen durch das Land und der Weg schien kein Ende zu nehmen. Grunhilda saß alleine darin. Der Vater hatte sie hinein gesetzt und auf den Weg geschickt. Ein kleiner Beutel mit Münzen, den er ihr auf der elterlichen Burg in die Hand gedrückt hatte, sorgte dafür, dass sie in den Herbergen immer das schönste Zimmer erhielt. Der Kutscher, der vorn saß, schlief immer bei den beiden Pferden im Stall. Sie war die älteste von drei Schwestern. Ihr älterer Bruder würde einst die Burg des Vaters übernehmen und die Schwestern würden in eines der Klöster gehen. Sie hatte Glück gehabt. Ihr Vater hatte Berthold von Bärenberg bei einem Turnier getroffen und bei ein paar Bechern Wein waren die Väter übereingekommen, ihre Kinder miteinander zu verheiraten.

So war sie nun auf dem Weg nach Osten. Einmal quer durch das ganze Land führte der Weg. Immer von Schänke zu Rasthof und danach wieder weiter zur nächsten Station. Sie hatte sich die langen blonden Haare zu einem Zopf zusammen gebunden und danach wie eine Krone nach oben gesteckt. Das lange kostbare Kleid war noch ihr wertvollster Besitz. Ihr Vater war nicht wirklich so reich, wie viele vielleicht von ihm dachten. Die große Burg kostete ganz schöne Summen in der Unterhaltung und die zwanzig Knechte wollten auch verpflegt sein. Eine kleine Kiste enthielt ein paar Ketten, die ihr die Mutter beim Abschied geschenkt hatte und ein paar Kleider, die aber bei weitem nicht so schön waren, wie das, welches sie gerade trug.

Immer wieder fuhr der Wagen in eines der Schlaglöcher und Grunhilda wurde wieder mal gegen eine der Wagenwände geworfen. Der Mann fuhr schon nicht allzu schnell und trotzdem waren die Schläge schon heftig. Vermutlich fuhren hier sonst immer nur Ochsenkarren entlang und denen war es egal. Eigentlich hätte sie ja schon vor Ostern da sein sollen, doch diese Wege hatten das bisher erfolgreich verhindert. Den Ostergottesdienst hatte sie vor zwei Tagen in einer Klosterkirche gefeiert, bevor sie danach wieder aufgebrochen war. Sie war gerade sechzehn geworden und hatte noch nicht viel von der Welt gesehen, aber das, was gerade neben dem Wagen zu sehen war, war auch nicht wirklich sehenswert. Wälder und Felder. Mal ein kleines Dorf und nur selten mal eine größere Stadt, in der sie eine Nacht sicher geblieben war. In den Schänken, weitab der Dörfer, konnte man nie wirklich sicher sein. Es gab zu viele Räuber und Wegelagere, auch wenn sie bisher davor verschont geblieben war.

Bei ihr gab es ja auch nichts zu holen. Das strahlte vermutlich auch die nicht so prachtvolle Kutsche aus. Sie schlug das Tuch zurück, das den Staub aus dem Wagen fernhalten sollte und schaute nach vorn. Ein endloser Weg, gesäumt von Bäumen auf beiden Seiten. Nichts wirklich Aufregendes. Von ihrem Mann, oder besser zukünftigen Mann, wusste sie noch nicht viel. Nur das er Siegfried hieß und auf einer Burg lebte. Als einziger Sohn und damit die Burg einmal erben würde. Sie wäre damit dann die Burgherrin. Aber mehr war noch nicht klar. Wo die Burg lag, wie groß sie war und wie ihr Mann überhaupt aussah, war alles noch offen. Sie stellte es sich ungefähr so vor, wie auf der Burg ihres Vaters. Doch wie war ihr Mann? Sie lehnte sich zurück und versuchte etwas zu ruhen. Schlafen konnte man bei dem Gerüttel ja sowieso nicht.

Eigentlich war es schon komisch, das bisher alles gut gegangen war. Sie hatte schon viel über Räuber gehört und sie Beide waren hier ganz alleine. Der Mann vorn auf dem Karren hatte ein Schwert an seiner Seite und sie trug einen langen Dolch am Gürtel, aber der war eher nur Schmuck. Die Mutter hatte darauf bestanden, dass Grunhilda ihn trug. Umgehen konnte sie nicht wirklich damit. Er schlug nur beim rütteln des Wagens immer gegen ihre Hüfte und am liebsten hätte sie ihn abgelegt, aber sie hatte es ja der Mutter versprochen ihn zu tragen. Sie zog die Waffe heraus und betrachtete den Griff. Er war sehr kostbar gearbeitet, aber die Klinge war nicht wirklich wertvoll. Es war eher ein Werkzeug. Der Wagen sprang und der Dolch fiel ihr aus der Hand zu Boden. Als Grunhilda sich nach ihm bückte, schlug ein Pfeil genau da ein, wo gerade noch ihr Kopf gewesen war. Irgendjemand hatte von draußen hier herein geschossen. Der Wagen begann immer schneller zu werden und sie musste sich mit beiden Händen festhalten. Nun wurde sie noch viel mehr im Wagen herum geworfen. Es schien immer schneller zu gehen. Passte der Kutscher denn nicht auf? Oder wollte er so schnell wie möglich weg von den Räubern?

Grunhilda beugte sich nach draußen und erschrak. Der Platz vorn war leer! Der Kutscher war verschwunden und die Pferde rannten ohne Führung immer schneller. Sie folgten einfach der Straße und würden sicher den Wagen umwerfen, wenn sie noch schneller werden würden. Von ihrem Platz aus konnte die Frau nicht nach vorn. Sie wäre sicher auf die Straße gestürzt, also versuchte sie es mit beten. Als in der Nähe ein Dorf auftauchte rief sie laut um Hilfe und ein paar der Männer versuchten den Wagen aufzuhalten, das spornte die Pferde aber nur noch mehr an. Die Frau flog nach innen und versuchte sich weiter festzuhalten. Nun konnte sie aber auch nicht mehr sehen, was vor dem Wagen los war. Laut betete sie und schaute auf den Pfeil über sich, der bestimmt ihr Leben beendet hätte, so wie ein anderer vermutlich das Leben des Kutschers.

Endlich wurde der Wagen langsamer und kam zum Stehen. Die Frau rappelte sich auf, öffnete die Tür und trat nach draußen. Ein

Bauer hatte die Pferde doch noch am Zügel erwischt und so den Wagen angehalten. Grunhilda fiel auf die Knie und danke Gott für ihre Rettung. Dann zog sie ein paar Münzen aus dem Beutel und gab sie dem Manne. „Ich suche die Burg derer von Bärenberg. Könnt ihr mir den Weg dahin zeigen?" fragte sie den Bauern und der zeigte nach oben. „Ihr steht direkt davor." antwortete er und Grunhilda schaute den bewaldeten Berg hinauf. Sie raffte das Kleid nach oben und stieg nach vorn auf den Wagen. Langsam ließ sie die Pferde loslaufen und war nach einer kurzen Strecke oben auf dem Berg.

Die Burg war ziemlich klein. Der Wagen passte gerade mal so auf den Hof. Dort sprang sie herab und wurde von zwei Männern empfangen. Der Jüngere war sicher ihr zukünftiger Mann.

9. Kapitel

Ein langer Zug

Mit dem Singen von Kirchenliedern waren sie aus Köln losgezogen. Nikolaus lief direkt an der Spitze und nur wenige Schritte hinter ihm ging Johanna. Sie hatte sich aus einem Ast einen Wanderstock gemacht, so wie sie ihn schon damals im Wald bei sich gehabt hatte. Es waren sicher zehntausend Menschen hinter ihr, so lang und unüberschaubar war der Zug. In allen Dörfern schlossen sich ihnen weitere Menschen an und schon am Abend waren es so viele, dass sie auf einer großen Wiese lagern mussten. Aber es hatte niemand an Essen und Trinken für die vielen Teilnehmer gedacht.

Ein kleiner Bach wurde so stark von den Menschen belagert, dass die am unteren Ende des Baches stehenden Kreuzzugsteilnehmer nur ein schwaches Rinnsal vorfanden. Zu essen gab es nur das, was die Teilnehmer mitgenommen hatten und das Gras von der Wiese. Johannas Kenntnisse halfen ihr da wesentlich weiter. In einem kleinen Waldstück, am Rande der Wiese, konnte sie sich ein paar Wurzeln ausgraben, die ihren Hunger stillten. Doch es zeigte sich schon an diesem ersten Abend, dass dieser Zug sehr entbehrungsreich werden würde.

Von Köln aus zogen sie in Richtung Trier und von dort aus nach Speyer. Zu all ihrem Unglück wurde es auch noch ein sehr heißer Frühsommer, so dass der Durst der Menschen von Tag zu Tag schlimmer wurde. Einige mussten schon in Speyer entkräftet den Zug abbrechen und kehrten zurück. Trotzdem schlossen sich immer mehr Menschen an, mehr als den Zug verließen. Nach Speyer mussten es schon mehr als zwanzigtausend Teilnehmer gewesen sein. Ein unüberschaubares Gewimmel von Menschen.

Das einzige, was auffiel war, dass sie alle sehr arm waren. Johanna hatte von ihren Arbeiten in Köln noch vier Silberpfennige in dem Beutel an ihrem Gürtel und war damit sicherlich eine der Reichsten in diesem Kreuzzug.

Bisher waren Kreuzzüge immer nur von Rittern und ihren Knappen ausgerichtet worden und die besaßen alles, was sie brauchten. Diesmal hatten manche nicht einmal Schuhe an den Füßen und wollten so in das gelobte Land aufbrechen. Als sich schließlich vor ihnen die ersten Berge am Horizont abzeichneten, waren manche schon so erschöpft, dass sie vor Hunger und Durst einfach am Wegesrand starben. Sie fielen einfach um und blieben neben dem Zug liegen. Keiner der Teilnehmer hatte mehr die Kraft, sich um sie zu kümmern. Bis hierher hatten Johannas Kenntnisse aus dem Wald sie am Leben gelassen, doch als sie begannen den Berg zu besteigen, gab es auch keine Bäume mehr, deren Rinde sie essen konnte.

Die Sonne brannte unerbittlich auf sie herunter. Kein Schatten war mehr da und die an sich schon erschöpften Menschen setzten sich an den Rand des Weges. Einige konnten danach nicht mehr aufstehen und fielen einfach an Entkräftung um. Hier war nun auch kein Wasser mehr zu finden. Der Durst wurde immer schlimmer. Bei jedem Schritt musste Johanna aufpassen, dass sie nicht auf einen der scharfkantigen Steine trat, der ihr die Füße aufreißen konnte. Sie hatte schon einige Kinder gesehen, die mit blutenden Füßen wieder zurück in das Tal gewankt waren. Für sie sollte dieser Kreuzzug doch aber nicht schon hier enden. An manchen Tagen hatte sie die Mutter als weißen Engel gesehen, der vor ihr nach vorn gezeigt hatte. Dorthin wollte sie!

Vermutlich war es eine ähnliche Erscheinung, die Nikolaus auf dem richtigen Weg hielt und ihm zeigte, wohin er sollte. Bis jetzt hatte er immer den richtigen Weg gezeigt. Johanna war schon viel zu weit weg und hätte niemals den Weg zurück nach Köln gefunden. Aber wollte sie eigentlich wirklich wieder dorthin zurück? Natürlich war sie in der Stadt frei gewesen. Wenn sie nun in einem der Dörfer am Rande des Weges bleiben würde, so wäre sie damit das Eigentum eines fremden Herrn. Nur hier im Zug war sie frei. Mit dem Kreuz auf ihrem Rücken und dem Wanderstock in der Hand war sie ihr eigener Herr.

Der Wille zog sie vorwärts. Nikolaus hatte sie irgendwie aus den Augen verloren. Er musste viel weiter vorn sein und den Zug anführen. Zwischen Johanna und der Spitze mochten sicher fünfhundert Kinder und Jugendliche sein. Doch ihr war das egal. Nur die Bewegung und das Ankommen waren wichtig. Der Aufstieg kostete sicher hunderten Menschen das Leben, doch von hinten drängten weitere nach. Als Johanna sich auf dem Gipfel des Passes umdrehte, sah sie einen Zug von Menschen, der sich am Berg wie ein langer Wurm nach oben schlängelte. Die Letzten waren sicher noch unten im Tal, während sich die Ersten schon auf dem Abstieg auf der anderen Seite befanden.

Der Weg hinunter war viel schlimmer als der Aufstieg zuvor. Die Menschen waren entkräftete und so mancher riss bei seinem Sturz andere mit in die Tiefe. Als sie dann endlich auf der anderen Seite wieder im Tal waren, wusste Johanna, dass mehrere tausend den Auf- und Abstieg nicht überlebt hatten. Sie waren jetzt ungefähr genauso viele, wie sie es gewesen waren, als sie in Köln aufgebrochen waren. Die Hälfte der Teilnehmer war unterwegs umgekehrt oder gestorben und es lag immer noch ein langer Weg vor ihnen. Sie hatten gerade erst einmal die Lombardei erreicht.

Hier war es so ganz anders, als auf der anderen Seite der Berge. Die Bäume sahen anders aus, die Menschen sprachen anders und sogar das Wetter schien ein anderes zu sein. Unmittelbar nach dem Abstieg versammelten sich alle zu einem Gottesdienst auf einer großen Wiese. Nun sah Johanna auch Nikolaus wieder. Er war auf einen Wagen gestiegen und hielt eine Predigt, in der er wieder von seinem Engel und dem göttlichen Auftrag erzählte. Dann zeigte er nach Süden und erzählte von dem Meer, zu dem sie zogen und das noch weit entfernt war. Doch der Jubel und die Euphorie der Predigt rissen die Menschen einfach mit. Die Erschöpfung war einfach verflogen und der Zug setzte sich noch an diesem Tag fort.

Nur ganz wenige, die wirklich nicht mehr weiter konnten, blieben zurück. In einem nahe gelegenen Kloster kümmerten sich die Mönche um die Menschen und so mancher würde vielleicht in dem Kloster bleiben. Johanna war aufgefallen, dass sie nun fast die Jüngste in dem Zug war. Viele kleinere Kinder hatten die Strapazen der letzten Tage mit ihrem Leben bezahlen müssen. Doch wie hatte Nikolaus in seiner Predigt beim Auszug aus Köln gesagt: „Wer auf einem Kreuzzug stirbt, den holen die Engel direkt in den Himmel. Der lebt weiter im Paradies!"

10. Kapitel

Aufwärts im Leben

D ie Glut beleuchtete das Gesicht des Jungen. Er stand am Feuer der Schmiede und schaute seinem Vater bei der Arbeit zu. Manchmal durfte er auch mithelfen, wenn es seine anderen Tätigkeiten im Stall zuließ. Die Arbeit mit dem schweren Schmiedehammer hatte seine Muskeln wachsen lassen und er hatte Oberarme, wie sonst kein vierzehnjähriger in der Umgebung. Der Vater zog ein langes Stück Eisen aus dem Feuer und sagte „Hans, greif dir den großen Hammer!" der Junge drehte sich zur Seite, wo der große Schmiedehammer neben dem Ambos stand. Der Vater griff zu einem kleineren und hielt das Eisen mit der Zange auf den Ambos. So wie sie es schon oft gemacht hatten, schmiedeten sie gemeinsam das Eisen in die Form. Schlag auf Schlag nahm die Pflugschar Gestalt an. Immer wieder drückte der Vater das Eisen zurück in die Glut und dann wurde das Werkstück weiter bearbeitet.

Zum Schluss ließ es der Vater in einen Eimer mit Wasser fallen. Der Dampf stieg zischend auf und umhüllte die beiden schwitzenden Männer. Auch wenn die Schmiede nach drei Seiten zum Dorf hin offen war, war es doch heiß hier drin und die frühsommerliche Hitze draußen sorgte auch nicht dafür, dass ein kühlendes Lüftchen durch die an das Haus angebaute Schmiede zog. Hans trat auf den Dorfweg, wischte sich noch einmal den Schweiß mit der flachen Hand von der Stirn und ging dann zum Stall hinüber. Mit der Mistgabel, die ebenfalls sein Vater geschmiedet hatte, kratzte er den Mist unter den Kühen weg und beförderte ihn nach draußen vor den Stall. Diese Arbeit kam ihm viel leichter vor, als das Schmieden, aber die Zeit, die er dafür brauchen würde, wäre um ein vielfaches länger. Der Berg neben dem Stall wuchs und von dort aus musste der Mist in die Ecke des Hofes getragen werden, wo er liegen blieb, bis sie ihn im Herbst nach der Ernte auf das Feld bringen würden.

So war sein Leben, so waren auch das des Vaters und dessen Vater davor. Mist und Schmiede. Seit undenkbaren Zeiten bestand die Arbeit hier auf dem Hof nur aus den beiden Dingen. So würde es auch für immer bleiben. Er drehte sich zum Stall zurück und sah auf den Berg hinter dem Dorf, auf dem von hier aus die Spitze des Turmes zu sehen war. Dort oben saßen die Herren, denen das alles hier gehörte und die drei Kühe im Stall gehörten Hans und seinem Vater nur so lange, wie sie die Abgaben an die da oben entrichten konnten. Oder an das Kloster. Jeder der Reichen wollte ein Stück der Arbeit abhaben. Hans rammte die Mistgabel in den Haufen und setzte sich zum Ausruhen neben den Stall auf einen umgedrehten Eimer. Gedankenverloren starrte er vor sich hin und bemerkte nicht, dass die Reiter von der Burg unmittelbar vor ihm über die Straße ritten.

Erst als eines der Pferde direkt vor ihm hielt schaute er auf. Er erkannte den Ritter und sprang auf. Schnell verbeugte er sich vor dem Herrn, wie es seine Pflicht war. Doch der Ritter fuhr ihn an „Was faulenzt du denn hier! Hast du nichts zu tun? Du solltest meine Peitsche zu spüren bekommen, wenn das dein Vater schon nicht macht." Hans wagte nicht aufzusehen. Es würde den Reiter nur noch mehr erzürnen, doch tief in ihm brodelte es. Ein zweiter Mann sagte „Las ab Vater. Er hat sicher schon genug gearbeitet." In der Verbeugung schaute Hans zur Seite und sah den jungen Herren, der ihn gerade in Schutz genommen hatte. Der Ritter trabte mit seinen Knechten ab, nur der junge Herr blieb noch kurz stehen. „Willst du mein Knappe werden?" fragte der vom Pferd aus und Hans blieb für einen Moment der Mund offen stehen.

Schließlich brachte er ein knappes „Ja." heraus und der junge Herr sagte „Morgen früh. Bei Sonnenaufgang. Am Tor!" dann ritt er den anderen Männern hinterher. Hans richtete sich auf und schaute ihm nach. Er hatte bei der Arbeit im Stall die Jacke ausgezogen und mit bloßem Oberkörper gearbeitet. Vielleicht hatten seine Muskeln den jungen Herrn beeindruckt. Wieder drehte er sich zur Burg. Da würde er morgen früh sein. Der Vater trat aus der Schmiede, er hatte alles mit angehört, war aber in dem Raum geblieben. Jetzt kam er zu seinem Sohn und legte ihm die Hand auf die Schulter. „Mit dir geht es aufwärts im Leben." sagte er und zeigte den Berg hinauf. Hans musste lachen. Von einem Moment auf den anderen hatte sich sein Leben geändert und wenn er es nicht zu dumm anstellte, so würde er von nun an auf der Burg leben und wohnen. Wie das wohl so war? Gemeinsam gingen sie in die Hütte hinein, um die Mutter zu informieren.

In der Morgendämmerung machte er sich auf den Weg zur Burg hinauf. Mit einem kleinen Bündel auf dem Rücken, das seinen gesamten Besitz enthielt. Nach ein paar Biegungen stand er endlich vor dem Gemäuer. Noch nie hatte er die Burg von innen gesehen. Nur einmal war er mit dem Vater bis hierher gekommen, um etwas zu übergeben. Noch war die Zugbrücke geschlossen, aber das würde sich in ein paar Augenblicken sicher ändern. Wenn das Licht der Morgensonne durch die Bäume auf das Tor fiel, dann würde auch die Brücke herunter fallen. Sollte er dann einfach hinein gehen? Oder warten?

Mit einem Knarren senkte sich die Brücke langsam über den Graben. Einer der Knechte öffnete das Tor und fragte „Was machst du denn hier?" „Der junge Herr hat mich hierher bestellt." antwortete Hans und war sich nicht sicher, ob er sich vor dem Knecht auch verbeugen sollte. Er nickte ihm einfach zu und das war vermutlich genug, denn der Knecht ließ Hans in die Burg hinein. Nun stand er hinter dem Tor und sah, dass das, was er sich als prunkvolles Leben vorgestellt hatte, nicht wirklich zutraf.

Es war ein Bauernhof mit einer Mauer drum rum und einem Turm oben drauf! Ein paar Hühner liefen vor seinen Füßen herum und an der Seite war eine kleine Schmiede, so wie die des Vaters. Der junge Herr trat aus einem Haus auf der anderen Seite des Hofes und kam auf ihn zu.

11. Kapitel

Teilt sich das Meer?

E s war der 25. August im Jahre des Herren 1212, als sie endlich das Meer vor sich sahen. Die letzten Schritte rannten sie alle und fielen am Ufer auf die Knie. Der Fußmarsch bis hierher war lang und beschwerlich gewesen und nur ein Drittel der Teilnehmer hatten es bis hierher geschafft. Es mochten noch etwa siebentausend sein, die nun hier in Genua am Rande des Meeres standen. Doch wenn Nikolaus Recht haben würde, und sich das Meer wirklich vor ihnen teilen würde, so hatten sie ja noch nicht mal richtig mit ihrem Zug begonnen. Dann wäre dieser Weg bis hierher, der schon so vielen das Leben gekostet hatte, erst der Anfang der Reise gewesen.

Fast bat Johanna darum, dass sich das Meer doch nicht teilt und sie ein Schiff nehmen würden. Im Hafen der Stadt, gar nicht weit entfernt, hatte sie einige der Schiffe gesehen. Groß waren sie, mit hoch aufragenden Masten und braunen Segeln daran. Auch jetzt im Moment, an dem sie hier stand, fuhr eines davon aus dem Hafen heraus und direkt vor ihnen auf das Meer. Alle Augen waren nun auf Nikolaus gerichtet, der sich durch die Massen von Menschen zum Meer hin bewegte. Sie gaben ihm eine Gasse frei und der Junge stand schon kurz darauf direkt am Ufer auf einem großen Stein, der zur Hälfte vom Wasser umspült war. Er kniete sich hin und begann zu beten.

Die vielen Menschen des Kreuzzuges taten es ihm nach. Es war eine Ruhe, die nur durch das leise Gebet und das Geräusch der Wellen durchbrochen wurde, die an das Ufer trafen und in kleinen Bächen wieder zurück in das Meer liefen. Nikolaus erhob sich und rammte seinen Wanderstab direkt vor sich in die Wellen. Vom

Meer her begann ein Wind zu wehen, der so stark war, dass die Menschen in der ersten Reihe furchtsam zurück wichen. Alle Augen waren auf den Stab gerichtet. Die Wellen wurden größer und bäumten sich auf. Gicht spritzte den Stein empor und als alle hofften, dass sich nun das Meer teilen und Gott ihnen den Weg weisen würde, flaute der Wind wieder ab. Nichts geschah. Alles war wie vorher. Ein laues Lüftchen wehte, Möwen kreischten und alle warteten immer noch auf das Wunder.

Enttäuscht drehten sich die Ersten um und gingen zur Stadt zurück. Nikolaus betete weiter, doch nichts passierte. Mit hoch erhobenen Händen stand er, den Blick auf das Meer gerichtet, dort auf dem Stein. Dann zog er seinen Stab aus dem Wasser und ging ebenfalls zur Stadt zurück. Doch sie waren ja alle noch an den Schwur des Kreuzzuges gebunden. Vielleicht konnte man ja per Schiff in das Heilige Land aufbrechen, oder es war einfach die falsche Stelle gewesen. Im Hafen versuchten nun viele auf eines der Schiffe zu kommen, doch die Preise, die die Kapitäne verlangten, konnten die armen Menschen nicht zahlen. Wer konnte ihnen nun weiter helfen? Sollten sie dem Schwur entsagen? Das konnte aber nur der Papst mit seinem Spruch. Nur wenige gelangten auf die Schiffe, viele zogen schon am nächsten Tag wieder zurück zu den Bergen und viele andere brachen auf nach Rom. Wo sie den Papst um die Aufhebung des Kreuzzuges bitten wollten.

So zog die eine Hälfte der Teilnehmer weiter nach Süden, während die andere nach Norden ging. Nur ein kleiner Teil versuchte da schon per Schiff den Kreuzzug fortzusetzen. Schließlich teilte sich der Zug nach Süden und damit waren es eher drei Züge. Johanna hatte sich entschieden, weiter nach Süden zu gehen und nicht mit nach Rom. Nach ein paar Tagen teilte sich auch diese Gruppe und die eine Hälfte wandte sich nun doch Rom zu, während die andere am Meer entlang nach Süden zog. Immer mehr löste sich der Zug auf. Viele blieben einfach in den Dörfern und verdingten sich dort bei den Bauern. Hier war eine reichere Ausbeute zu erwarten und Arbeit gab es für alle auch genug. Für die, die sich aus Armut auf den Weg gemacht hatten, war dies hier schon das gelobte Land. Warum also weiter ziehen?

Der Weg am Meer entlang nach Süden war sehr lang, doch die Straße war gut ausgebaut. Am Rande der Straße gab es auch Bauern, die ihnen Früchte gaben. Meist aus Mitleid. Auch in ein paar Klöstern konnten sie etwas zu essen bekommen. Mit dem Blick auf das Meer an ihrer linken Seite zogen sie immer weiter, doch das Wetter war für sie immer noch viel zu heiß. Und es wurde mit jedem Tag heißer. Die Sonne brannte weiter unerbittlich auf sie herunter. Manche kleine Kinder kamen auch bei den Bauern unter oder sie blieben wieder im Kloster, so wie es einigen schon zuvor gelungen war.

Anfang September erreichten die letzten verbliebenen Teilnehmer Brindisi und standen damit am letzten Hafen. Es waren sicher nur noch etwa fünfhundert, unter ihnen war auch Nikolaus, der es auch hier wieder versuchte, das Meer zu teilen, mit demselben Ergebnis, wie zuvor in Genua. In dem Hafen lagen auch ein paar Schiffe und vielleicht würde es ihnen ja hier gelingen, mit diesen noch das ferne Ziel zu erreichen. Doch wie sollten sie die Überfahrt bezahlen? Alle kramten zusammen, was sie noch besaßen. Auch die Silberpfennige von Johanna landeten in einem Topf. Mit dem Brief des Bischofs über den Kreuzzug, das Versprechen des Seelenheils für die Hilfe und dem kleinen Behältnis mit Münzen und Schmuckstücken ging Nikolaus zu den Schiffseignern.

Es war sonderbar, wie ein kleiner Junge von gerade einmal neun Jahren mit den Männern verhandelte. Das, was er ihnen bieten konnte, war nicht sehr viel und doch gelang es ihm Einen nach dem anderen zu überzeugen, den Kreuzzug zu unterstützen.

Zum Schluss hatte er zehn Schiffe zusammen bekommen, die eines nach dem anderen aufbrachen. Innerhalb von ein paar Tagen waren sie alle auf See. Johanna gehörte zur letzten Gruppe. Sie hatten zuvor die jeweilige Gruppe ausgelost und so wartete sie mit den letzten verbliebenen Teilnehmern am Kai auf das Schiff, das sie abholen sollte. Sie waren etwas mehr wie zwanzig, die dort am Ufer des Meeres warteten. Noch war das Schiff nicht da, das sie bringen sollte, doch Johanna wusste, dass es ganz sicher kommen würde. Sie schauten den anderen Segeln hinterher, die sich langsam auf das Meer hin entfernten.

Getrieben vom Wind nach Osten. Einer großen Aufgabe entgegen.

12. Kapitel

Zuhause

Grunhilda lebte nun schon über drei Monate auf der Burg. Eigentlich hatte sie sich diese etwas größer vorgestellt, aber es war nun mal so, wie es war. Ihre täglichen Tätigkeiten beschränkten sich auf Stallarbeit und Essen für die Männer machen. Genauso wie jede Bäuerin unten im Tal. Das kostbare Kleid hing oben in der Kemenate, die der einzige beheizbare Raum der Burg war. Jetzt im Sommer brauchte sie das Feuer im Kamin zumindest nicht. Es war das Schlaf- und Wohnzimmer vom Ritter und seiner Frau, sowie von ihr und ihrem Mann. Alle zusammen in einem Raum. Der Palas war auch nicht wirklich viel größer. Er hatte nur zwei Etagen. In der Ersten, zu ebener Erde, war die Küche und der Speiseraum und darüber das Wohn- und Schlafzimmer. Die Knechte wohnten unter dem Dach.

Zum Glück kam sie mit Martha, ihrer Schwiegermutter, gut klar. Für Streit hätte es hier gar keinen Platz gegeben. So waren sie beiden die einzigen Frauen unter den Männern und damit blieben auch alle Haushaltsarbeiten an ihnen Beiden hängen. Vielleicht hätten sie sich noch in einem der Dörfer eine Magd holen sollen, aber es war eben einfach kein Platz mehr hier oben. Die Magd hätte im Hühnerstall schlafen müssen. Sie hatte auch Glück mit ihrem Mann gehabt. Sie Beide verstanden sich gut, was nicht wirklich selbstverständlich war, bei den arrangierten Hochzeiten auf den Burgen. Es war eine Liebe in den vergangenen Monaten entstanden und ein fast blindes Verständnis füreinander. Mit der Schüssel voller Körner ging sie zum Stall hinüber und öffnete die Tür des Hühnerstalles. Die Tiere liefen ihr entgegen und am anderen Ende der Burg wurde das Tor gerade geöffnet.

Sie kippte die Körner in den Napf der Hühner und war hier drin auch schon wieder fast fertig. Nur noch die paar Eier in die Schüssel sammeln, die die Hühner über Nacht gelegt hatten. Sie ging über den Hof zurück und sah, wie ihr Mann zusammen mit seinem Knecht Hans das Pferd in der Schmiede beschlug. Der Junge hatte sich ganz gut hier eingelebt und leistete gute Arbeit, wie ihr Siegfried immer wieder sagte. Mit ihm hatten sie einen guten Arbeiter erhalten, auch wenn Berthold das manchmal nicht so sah. Vorsichtig trug sie die zerbrechliche Fracht in die Küche, wo sie von Martha entgegengenommen wurde. Nun waren die Schweine dran! Mit dem Eimer und den Abfällen des Vortages ging sie zu dem Stall auf der anderen Seite des Palas hinüber. Die grunzenden Borstentiere begrüßten sie schon und warteten auf die Reste des Essens. Ein lautes Schmatzen setzte ein und Grunhilda zog mit der Mistgabel den Dung aus dem Gatter zur Seite. Durch eine Öffnung in der Mauer schob sie die stinkende Brühe einfach nach draußen.

Die Frau stellte die Gabel ab, kippte Wasser aus einen Eimer, den sie zuvor am Brunnen gefüllt hatte, in den Trog der Schweine. Dann wusch sie sich am Brunnen in dem Eimer, den sie ein zweites Mal befüllt hatte, und ging zum Palas zurück. Sie stieg zu ihrem Zimmer hinauf, wo noch einiges zu nähen war. Mit einem Berg von zerrissenen Kleidungsstücken setzte sie sich auf das Fensterbrett, schob das Fenster auf und begann mit Nadel und Faden die Hemden und Hosen zu flicken. Ab und zu ließ sie ihren Blick nach draußen gehen, wo unten im Tal die Dörfer von der Sonne beschienen waren. Sie begann ein altes Lied zu singen, das sie von ihrer Mutter gelernt hatte. Singend ging die Arbeit flott von der Hand. Ein Kleidungsstück nach dem anderen lag nun repariert auf einem Stapel von Wäsche. Vom Hof aus rief Martha die Männer zum Essen in das Haus und auch Grunhilda stieg die Treppe hinab, um der alten Frau zur Hand zu gehen.

Als die Männer gegessen hatten, setzten sich die beiden Frauen in die Küche und löffelten ihre Suppe aus. Zusammen mit dem frisch gebackenen Brot schmeckte es gut, war aber im Vergleich zu dem, was die Wohlhabenderen so zu sich nahmen eher kärglich. Nur selten wanderte mal eines der Hühner in den Topf und richtig Fleisch gab es nur, wenn Berthold oder Siegfried Glück bei der Jagd hatten. Vermutlich war das Essen bei ihren Schwestern im Kloster besser, aber hier war sie frei. Zumindest eigentlich. Denn die letzten paar Monate war sie immer nur innerhalb dieser Mauern gewesen. Die Wege waren immer die gleichen. Vom Palas zum Stall und wieder zurück. Siegfried betrat die Küche und sie sah auf. „Der Abt hat uns eingeladen." sagte er zu seiner Frau und diese nickte. Sie hatte ihn zwar noch nie getroffen, aber die Beschreibungen und Schilderungen von Martha und Berthold ließen sie nichts Gutes ahnen. Was hatte der Abt vor? War es wirklich nur eine freundschaftliche Geste? So von Herren zu Herren? Zum Kennenlernen der neuen Nachbarn? Sie konnte es kaum glauben.

Grunhilda stellte die Schüssel zurück. Wischte sich den Mund ab und ging nach oben, um das kostbare Kleid anzuziehen. Wenig später saß sie auf dem Pferd und ritt neben ihrem Mann den Burgberg hinunter in das Tal. Wortlos galoppierten sie auf das Kloster zu. Es war nicht weit. Man konnte den Kirchturm der Klosterkirche sogar von der Burg aus sehen und manchmal, wenn der Wind günstig stand, konnte man sogar die Glocken hören. Auch wenn sie schon seit Monaten nicht mehr geritten war, so hatte sie nichts davon verlernt. Sie hielten am Tor des Klosters und einer der Mönche nahm ihnen die Pferde ab. Ein anderer geleitete sie in die Räume des Abtes.

Der Mann saß auf einem erhöht stehenden Stuhl, so als ob es ein Thron wäre. Die Kleidung, die er trug, hatte er sich vermutlich extra für diesen Moment ausgesucht. Es war ein sehr kostbarer

Stoff, der vermutlich in derselben Schneiderei wie Grunhildas Kleid gefertigt worden war, denn die Muster passten zueinander.

Der ältere Mann war für einen Moment verwirrt, das die Frau so ein kostbares Kleid trug, dann stand er auf und kam auf sie zu. Er begrüßte sie nur kurz und bat sie dann an einem Tisch Platz zu nehmen. Es war eine Art von Empfangsraum mit einem Tisch in der Mitte und dem Thron an der Seite. Grunhilda sah sich um. Zwei Türen führten aus dem Raum heraus. Eine Tür öffnete sich. Zwei Mägde brachten Braten herein und Grunhilda musste sich sehr zurück halten, sich nicht sofort auf die Teller zu stürzen. Betont langsam aß sie und die beiden Männer führten ein belangloses Gespräch, an dem sie sich nicht beteiligte. Frauen hatten am Tisch zu schweigen, außer sie wurden gefragt. Doch das war an diesem Abend nicht der Fall. Erst spät waren sie wieder in ihrer Burg zurück.

13. Kapitel

Hinterhältige Ränke

r wollte diese Frau haben! Die ganze Zeit hatte sie ihn gereizt und während des Essens hatte er kaum einen Blick von ihr lassen können. Schon als sie den Raum betreten hatte, mit einem Kleid, das kostbarer war, als seines, hatte er beinahe die Beherrschung verloren. Sie hatte seinem Raum mit ihrem Strahlen einen ganz neuen Glanz verliehen. Doch er hatte ja noch den Burgherren bei sich gehabt, sonst hätte er sich bestimmt sofort auf sie gestürzt. Es war zum Verrückt werden. Jeder Blick von ihr hatte ihn erregt. Jede Bewegung hatte ihn verzückt. Wie konnte es hier nur so ein graziles Wesen geben? Und dann noch auf diesem so verhassten Steinhaufen! Er wollte sie! Er musste sie haben! Am Fernster stehend hatte er ihnen hinterher geschaut, wie sie davon geritten waren und nun stand er hier. Er brauchte einen Plan, in dem er sich ihrer Bemächtigen und der anderen Burgbewohner entledigen konnte. Nur welchen?

Hinter ihm klapperten die Teller. Maria räumte den Tisch ab und er war noch so erregt von der Gestalt der Frau. Es brachte alles nichts, Maria musste ihm nun sofort zu Willen sein, aber das half ihm nur kurz. Als die Magd mit zerrissenem Kleid in die Küche lief, war er schon wieder am Fenster. Sie hatte Besitz von ihm ergriffen. War sie eine Hexe, dass sie ihn so verzaubert hatte? Ein Schwan unter lauter Enten! So kam ihm die junge Burgherrin unter all den plumpen Bäuerinnen vor. Schon lange hatte er Pläne gemacht und wieder verworfen, doch nun musste endlich etwas geschehen. Dieses eine Essen hatte seine Entschlossenheit gestärkt, dass dieses Problem nun endlich gelöst werden musste. Danach würde ihm die junge Burgherrin wie eine reife Frucht in den Schoß fallen.

Der Abt setzte sich wieder auf seinen Stuhl und dachte angestrengt nach. Er löste einen Beutel mit Münzen von seinem Gürtel und machte ihn auf. Der Mann ließ die silbern glänzenden Münzen durch seine Finger gleiten. Der Inhalt dieses Beutels sollte genügen, um ein paar Männer zu dingen, die in der Gegend auf seinen Befehl hin rauben und brandschatzen sollten. Damit konnte er dann über den Bischof beim König vorsprechen und behaupten, dass Berthold von Bärenberg sein Lehen nicht unter Kontrolle hatte und vielleicht fiel der Ritter dann in Ungnade. War der Ritter erst mal aus dem Weg, war der Rest nur noch ein Kinderspiel. Aber Berthold hatte einen guten Ruf beim König. Das war sicher schwierig diesen zu erschüttern. Er schaute auf den kleinen Schrank an der Seite des Raumes, stand auf und holte einen zweiten Beutel. Mit diesen beiden gefüllten Säcken war es doch sicher ein leichtes, einen landlosen Ritter zu „Überreden“. Still lachte er in sich hinein. Das war ein guter Plan. Nun brauchte er nur noch einen, der diesen in die Tat umsetzte.

Wieder dachte er an die Frau auf der Burg. Er warf die beiden Münzbeutel auf das Schränkchen und rief nach Maria, aber die hielt sich wohlweislich in der Küche auf. Auch Magdalena blieb in dem Raum nebenan. Langsam begann er zu toben und warf mit dem Rest des Geschirrs um sich. Dieses Weibsvolk wiedersetzte sich ihm. Kannten sie denn nicht ihre Pflichten? Mit einem Fußtritt öffnete er die Tür zur Küche und sah die verschreckt schauenden Frauen an. „Wenn ihr nicht morgen wieder bis zum Knie im Mist stehen wollt, dann kommt ihr jetzt her!“ brüllte er sie an und die beiden Frauen kamen nur zögerlich auf ihn zu. Schließlich hatte er sie mit seiner Drohung wieder gefügig gemacht und er konnte sie wieder abregen. Wenig später schlief er entspannt in seinem Bett ein.

Der Morgen war schlauer, als es der Abend mit all der Wut gewesen war. Nach dem Morgengebet, das er wie abwesend leitete, ließ er sich ein Pferd satteln und ritt zur nächsten Stadt. Alleine! Was ihm sonst nie eingefallen wäre. In einer der Schänken traf er auf einen Mann, der genau so aussah, als ob er ihm bei der Lösung seines Problems helfen konnte. Ein armer Ritter, der nur noch ein Auge hatte. Die abgetragene und zerschlissene Kleidung sagte alles über seinen Stand aus. Doch er trug noch ein Schwert und wäre bestimmt der Richtige, wenn es dem Abt gelänge, ihn zu gewinnen. Nach drei Kannen Wein waren sich die Beiden handelseinig und nach der Übergabe der Münzen sah er in dem Auge des Ritters, dass er die richtige Wahl getroffen hatte. Die Gier nach dem Silber hatte er gesehen und er hatte ihm noch einen weiteren Beutel, sowie die gesamte Beute, die er und seine Männer machen würden, als Lohn versprochen.

Vor der Schänke trennten sich die beiden Verschwörer. Der Abt hoffte, dass ihn niemand gesehen hatte und die Beiden würden sich erst wieder gegenüber stehen, wenn die Burg Geschichte sein würde. Wie er das zustande bringen wollte, das blieb nun dem armen Ritter überlassen. Der nun zum Räuber geworden war. Aber im Auftrag des Herren. Mit seiner Wahl sichtlich zufrieden ritt der Abt wieder zurück in sein Kloster. Dabei musste er an der Burg vorbei und entschloss sich, nach oben auf den Burgberg zu reiten. Warum wusste er selbst nicht, doch wenig später stand er vor dem Tor der so verhassten Burg. Als er vom Pferd absaß sah er die junge Burgherrin auf dem Hof, beim Füttern der Hühner, stehen. Nun, da sein Köder gelegt war, konnte er ihr viel ruhiger gegenüber treten. Er betrat den Burghof und verwickelte die Frau in ein Gespräch über Hühner und deren Eier, da die Frau gerade eine Schüssel mit Eiern trug.

60

Von der Seite wurde er aufmerksam von Berthold beobachtet. Er spürte den Hass der Ritters, doch er hatte Zeit. Der Plan reifte gerade heran. Nur noch eine kleine Weile, dann war er den Widersacher sicher los. So lange hatte er schon gewartet und nun war es nicht mehr lange hin. Ohne noch einmal mit dem Ritter gesprochen zu haben, drehte sich der Abt um, ging zurück vom Hof und saß wieder auf seinem Pferd auf. Im Galopp ritt er den Berg wieder hinunter und schlug dann den Weg zu seinem Kloster ein. Gerade noch rechtzeitig vor dem Abendgebet war er wieder in der Klosterkirche angekommen.

14. Kapitel

Ein einsames Segel

Es war ein eher klappriges Schiff, was sich dem Pier und den darauf wartenden Jugendlichen näherte. Schon von weitem hatte Johanna das Gefühl gehabt, das es tiefer als die anderen im Wasser lag, obwohl es eigentlich kleiner war. Von Nahem machte das Schiff einen noch verwahrlosteren Eindruck. Seile waren nur notdürftig geflickt und in der Reling fehlte ein Stück, das nur mit einem eilig darüber genagelten Brett geschlossen war. Ob dieses Schiff sie überhaupt tragen konnte, war fraglich und ob sie damit nach Jerusalem kommen würden, war mehr als unsicher. Vermutlich würde dieser Kahn schon beim ersten stärkeren Wind auf den Grund des Meeres segeln. Johanna schickte ein Gebet nach oben und sie sah an den anderen, dass diese es genauso machten.

Nachdem das Schiff endlich fest gemacht hatte, begannen die Passagiere an Bord zu steigen. Es gab nur vier Seemänner, die diesen schwimmenden Holzhaufen oberhalb des Wasserspiegels hielten. Ein alter, weißhaariger Mann stand am hinteren Ende und scheuchte die anderen drei umher. Mit ein paar Holzeimern wurde von unten Wasser nach oben gebracht und in das Meer gekippt, von wo es sicher nach ein paar Augenblicken wieder im Schiff war. Bei diesem Kahn half wirklich nur beten und Johanna bekreuzigte sich schnell. War das ein Teil der Prüfungen, die ihnen Gott auferlegte, bevor er ihnen die Tore der heiligen Stadt öffnen wollte?

Die Balken über die Johanna ging knarrten unter ihren Füßen und einige davon schienen so morsch zu sein, das sie vermutlich zerbrachen, wenn man etwas schwerer war. Zum Glück waren sie alle nur Leichtgewichte und durch den Hunger der Wanderung noch leichter geworden. Als sie die Treppe in den Laderaum hinunter stiegen, schlug ihnen ein modriger Geruch entgegen, der nichts Gutes erwarten ließ. Ein dunkler, nur spärlich, von ein paar Löchern an der Decke, beleuchteter Raum bot sich ihnen dar, in dem ein paar Kisten und Säcke lagen. Diese Ladung sah aus, als ob auch sie schon vermodert war und einige der Säcke zerfielen, als die Jungen versuchten sie zu einem Lager zurecht zu ziehen.

Da es schon spät war sollte das Schiff erst am nächsten Morgen auslaufen und weil Johanna nicht unter Deck schlafen wollte, suchte sie sich einen Platz oben am vorderen Ende des Schiffes. Durch die Bewegung der Wellen schaukelte das Schiff etwas hin und her und schließlich schlief Johanna ein, obwohl es ja noch hell war. Als sie später erwachte, sah sie den Mond über sich stehen und viele Sterne. Sie setzte sich auf und schaute auf das Meer. Im Lichte des Monds sah sie die Schaumkronen der Wellen, die sich neben dem Schiff an ein paar im Meer liegenden Steinen brachen. Überall knarrte es und das Schiff schien ein Eigenleben zu haben. Es wisperte und raunte. Am anderen Ende des Schiffes stand einer der Seemänner und hielt eine Fackel in der Hand. Er ging langsam an der Bordwand entlang und blieb öfters stehen. Er zog an Seilen und an Brettern und prüfte so wahrscheinlich, ob noch alles fest war.

Nachdem er an ihr vorbei war, legte sich Johanna wieder hin und versuchte weiter zu schlafen, doch es gelang ihr nicht. Der Mond schien ihr direkt ins Gesicht und die unsichere Fahrt am nächsten Tag raubt ihr nun gänzlich den Schlaf. War es eine gute Idee gewesen, mit dem Schiff zu fahren? Wieder sah sie die Mutter als Bild vor sich, die ihr zunickte. Johanna schreckte auf, war sie kurz eingeschlafen? Direkt über der See ging gerade die Sonne auf und die Männer machten das Schiff zum Auslaufen bereit. Das

Mädchen schickte ein erneutes Gebet voraus und setzte sich dann an die Seite des Schiffes, die zur Stadt zu lag. Sie schaute zu, wie die Häuser langsam hinter ihr zurück blieben und bald war nur noch Wasser um sie herum.

Langsam aber stetig zog das Schiff der Sonne entgegen, die sich immer weiter über den Horizont nach oben bewegte. Ein kontinuierlicher Wind blähte das Segel auf, das an vielen Stellen auch schon geflickt war. Anscheinend war an diesem Schiff nichts mehr vollkommen in Ordnung. Selbst die Hose des Kapitäns, der gerade an Johanna vorbei ging, hatte auf der Rückseite einen aufgenähten Flicken. Als die Sonne am höchsten Punkt stand, begann das Schiff im Wind zu schwanken. Einige der Passagiere tauchten aus dem Laderaum auf und versuchten sich an der frischen Luft davon zu erholen, dass ihnen im Laderaum übel geworden war. Da die meisten schon einen Tag nichts mehr gegessen hatten, konnten sie sich auch nicht mehr übergeben, aber bleich waren sie alle.

Einzig Johanna genoss die Fahrt. Der Wind wehte durch ihre Haare und sie stand direkt am vorderen Ende des Bootes. Eine junge Frau, die sich mit Uta vorstellte, blieb in ihrer Nähe sitzen und die anderen verschwanden wieder im Laderaum. Zum Schluss waren nur noch die Beiden und der Kapitän auf dem Deck. Uta war ein paar Jahre älter als Johanna und sie kam auch aus Köln. Für Johanna war es schon komisch, dass sie nach so einer langen Reise sich erst hier auf dem Schiff anfreundeten. Sie suchten sich eine alte, größere Kiste, auf die sie sich gemeinsam setzten und wo sie sich unterhalten konnten. Zum Mittag gab der Kapitän schimmeliges Brot und übel riechendes Wasser aus. Einer seiner Männer warf eine Angel in das Wasser und hatte schon nach ein paar Versuchen Glück. Einige frisch gefangene Fische landeten im Eimer und wurden zum Braten nach hinten gebracht. Schon bald stieg dort der Rauch des Feuers auf und der Wind wehte den Geruch von gebratenem Fisch nach vorn zu den beiden Frauen.

Sie waren schon ein paar Tage unterwegs, als Johanna ein fremdes Segel sah, das schnell auf sie zukam. Das Segel sah anders aus, als das ihrige. Als sie den Kapitän darauf hinwies wurde dieser nervös. Er lief nach unten und kam kurz darauf mit Pfeil und Bogen wieder zurück. „Seeräuber!" rief er seinen Männern zu und auch diese bewaffneten sich schnell. Die beiden Frauen erschraken und gingen zurück zu der Treppe, die in den Laderaum führte. Von dort aus schaute Johanna auf das fremde Schiff zurück, das nun sehr viel größer war.

15. Kapitel

Ein sonderbarer Mann

Er war wieder in die Schänke zurückgegangen. Dieser Mann war wirklich sonderbar gewesen. Kurt setzte sich zurück an den Tisch und sah in den Beutel hinein. Lauter Silberpfennige und davon eine ganze Menge! Schon lange hatte er nicht mehr so viel Geld in den Händen gehabt. Doch nun musste er über die Idee des Mannes nachdenken. Er bestellte noch einen Krug Wein und überlegte. Schwierig war es nicht. Er brauchte nur eine Handvoll Männer, die mit ihm die Dörfer überfielen und dann raubten, was ihnen gefiel. Mit dem einen Beutel würde er sich ein paar kräftige Kerle kaufen, die keine Skrupel hatten und dann würde die Sache auch schon laufen. Er trank den Krug aus und zahlte seine Zeche. Für ein paar weitere Münzen konnte er auch wieder mal in einem richtigen Bett schlafen und nicht wieder im Stall bei seinem Pferd.

Mit gewaltigen Kopfschmerzen wachte er am nächsten Morgen in seinem Bett auf. Der Beutel auf dem Tisch sagte ihm, dass er nicht geträumt hatte. Nachdem er sich aus dem Bett gequält hatte, ging er nach unten in die Schankstube und bestellte sich einen neuen Krug Wein. Vielleicht würde der helfen gegen die Kopfschmerzen und es half wirklich. Nach etwas Brot und Wurst war er wieder soweit bei Verstand, dass er sein Blick über die anderen anwesenden Gäste schweifen ließ. Wer würde sich dem Geld nicht verschließen? Wie viele brauchte er überhaupt? Drei oder vier? Drei würden schon genügen. In der Nähe des Kamins saß einer, dem er es zutraute und so setzte er sich zu ihm. Mit einem Krug Wein kamen sie in ein Gespräch und wurden sich schnell einig. Nun fehlten noch zwei.

Am nächsten Abend hatte er alle seine Männer zusammen und damit begann der Plan auch in seinem Kopf zu reifen. Wo sollten sie ihren Unterschlupf wählen? In einer Schänke sicher nicht. Das war viel zu teuer. Vielleicht konnten sie irgendwo einen Hof finden, der weitab vom nächsten Dorf lag und in dem sie bleiben konnten. Es würde sicher eine Weile dauern, bis sie die ganze Gegend unter ihrer Kontrolle haben würden. Zuerst mussten sie mal alles erkunden und begutachten. Ein jeder würde in eine andere Richtung reiten und danach würden sie sich hier wieder treffen, um weiter zu überlegen. Kurt würde sich auch um die Waffen kümmern, die sie ja brauchen würden.

Es war auch Kurt, der den verfallenen Bauernhof fand. Geradezu ideal, so als wäre er nur für sie gebaut und dann verlassen worden. Die Scheune war noch in Ordnung, nur im Haus war das Dach zerfallen. Noch war es ja Sommer, aber sie würden auch im Winter hier in der Gegend bleiben müssen und so machten sie sich als erstes daran, das Dach wieder in Ordnung zu bringen. Es war zwar eine nicht sehr ritterliche Tätigkeit, aber wer im Winter nicht frieren wollte, der musste im Sommer tätig sein. Dieser Hof war durch die, in der Zeit des Verfalls hoch wachsenden, Bäume gut vor den Blicken der anderen geschützt.

Es wurde Herbst, bevor sie langsam anfangen konnten den Plan des Abtes, von dem nur Kurt wusste, dass es der des Abtes war, umzusetzen. Da es auch noch gerade die Zeit der Ernte war, war ihnen die fette Beute so gut wie sicher. An Anfang durften sie aber noch keine Dörfer überfallen, sie suchten sich einzeln stehende Höfe und Reisende auf den Straßen aus. Für den Anfang würde das erst mal genügen. Es ging ja auch nur darum, ein bisschen Unfrieden zu stiften und so den Ritter von Bärenberg im Trab zu halten. Nur erwischen lassen durften sie sich nicht. Aber das hatten sie ja auch nicht vor!

Manchmal machte er sich schon abends darüber Gedanken, dass er ja eigentlich gegen jemanden mit hinterhältigen Tricks arbeitete, mit dem er früher vielleicht einmal Seite an Seite gekämpft hatte. Viele Kämpfe hatte er bestritten, aber zu einer Burg hatte es bei ihm nie gereicht. Über all die Jahre war er dadurch verbittert gewesen und nun konnte er es jemanden Heimzahlen. Auch wenn es vielleicht nicht der Richtige war. Es war wohl wenig ritterlich, aber man konnte davon überleben. Und andere machten es ja auch genauso wie er. Tag für Tag zogen sie los und kamen mit reicher Beute zurück. Das Jammern der Bäuerinnen konnte sie nicht erweichen und wenn die Pacht dann fällig sein würde, wäre das ja nicht ihr Problem.

Bisher war es noch nicht zu einer Konfrontation mit dem Ritter gekommen und den Widerstand der Bauern hatten sie immer schnell gebrochen. Rücksicht brauchten sie ja nicht zu nehmen und so nahmen sie sich, was immer sie haben wollten. Korn, Wein, Geld, aber auch die Frauen und Mädchen der Bauern. Solange sich niemand wehrte, blieben auch alle am Leben. Mit wildem Geschrei stürzten sie sich auf die erschrockenen Bauern, nahmen sich schnell was sie wollten und verschwanden wieder. So manche Maid wurde auf ihr Pferd gezogen und wenig später im Wald wieder ausgesetzt. Ihr Versteck musste aber geheim bleiben, würde es verraten, so wären sie dort nicht mehr sicher und eine direkte Konfrontation mit dem Ritter würden sie sicher nicht gewinnen können.

Kurt hatte auch zwei Armbrüste in der Stadt gekauft. Er hatte sie immer geladen an seinem Pferd hängen, auch wenn der Einsatz gegen Christen verboten war. Aber was kümmerte ihn dies? Er würde sowieso mit seinem Leben bezahlen müssen, sollte er jemals gefangen werden. Dann würde ihn auch der Abt nicht mehr beschützen können.

Gemäß seiner Absprachen vermied er es aber, das Kloster und den Besitz des Abtes zu überfallen. Auch wenn das vielleicht den Argwohn der Burgbesatzung hervorrufen würde. Aber wer würde schon glauben, dass ein Mann der Kirche hinter all den Überfällen steckt? Mit der Zeit kamen ihnen die Verfolger jedoch immer näher. Kurt musste sich etwas ausdenken, wie er seinen Kopf aus der Schlinge ziehen konnte. Mit Berthold von Bärenberg war sicher in dieser Hinsicht nicht zu Spaßen und er würde auch keine Gnade kennen, wenn es zu einem Kampf kommen würde. So wie auch Kurt keine Gnade gewähren würde.

16. Kapitel

Fette Beute?

Mustapha lehnte an der Bordwand und schaute auf das Meer hinaus. Wie leergefegt war der Horizont. Er schaute nach oben, wo in der Mastspitze einer seiner Leute saß, doch auch der hatte offensichtlich noch nichts gesehen, sonst hätte er schon nach ihm gerufen. Schon zwei Tage waren sie auf See und nichts! Nicht mal ein Fischerkahn, den er überfallen konnte!

Er drehte sich zu seinen Männern, die mehr oder weniger gelangweilt auf dem Deck saßen. Zwei von ihnen spielten Schach und einer schien zu schlafen. Mustapha war schon ein paar Jahre Kapitän auf diesem Schiff, aber eine solch beutelose Fahrt hatte er noch nicht erlebt. Wenn nicht bald etwas zu erbeuten sein würde, so musste er noch mit leeren Händen zurück zum Hafen fahren. Er schlug mit der flachen Hand auf die Reling und ging zu seinem Rudergänger nach hinten. Der Kurs stimmte und sonst war in dieser Gegend auch immer etwas zu holen gewesen und diesmal eben nichts. Hatte sie ihr Glück verlassen?

Ein Ruf von oben riss ihn aus seinen Gedanken. „Ein Schiff?" rief er zurück, doch der Mann im Ausguck schüttelte den Kopf. Er zeigte in seitliche Richtung und das Schiff schwenkte dort hin. Vielleicht war ja was Brauchbares dabei. Schon wenig später konnten die Männer eine Kiste sehen, an die sich jemand anklammerte. Die Person winkte ihnen zu und kurz darauf zogen sie die Kiste und den Menschen an Bord. Ein erschöpfter Junge von vielleicht dreizehn Jahren, mit roten, stoppeligen Haaren sank vor seinen Rettern auf die Knie, doch die beachteten ihn gar nicht. Der Inhalt der Kiste war viel interessanter. Mühsam ließ Mustapha das

Behältnis öffnen, doch es war nicht wirklich etwas Wertvolles darin. Ärgerlich warfen sie die Holzkiste über Bord und stießen den Jungen die Treppe hinunter in den Laderaum.

Als die Sonne direkt über ihnen stand, rief der Mann von oben „Ein Schiff!" und zeigte nach vorn. „Endlich!" rief der Kapitän und seine Männer suchten ihre Waffen zusammen. Alle bis auf den Rudergänger versammelten sich vorn und schauten auf das sich schnell nähernde Schiff. Es lag tief im Wasser und das deutete auf fette Beute hin. Der Kapitän rieb sich die Hände. Ein Pfeil schoss heran und traf den neben ihm stehenden Mann direkt in die Brust. Mit einem Schmerzensschrei stürzte der Mann zu Boden und ein zweiter der Männer wurde getroffen. Dann stießen die Boote aneinander und Mustapha ließ seine Männer auf das andere Schiff springen.

Schwertschwingend stürzten sie sich auf die andere Besatzung. Ein kurzer, aber heftiger Kampf entbrannte, in dessen Verlauf zwei Männer der anderen Besatzung über Bord gingen und einer getötet wurde. Einen vierten Mann ließ Mustapha sogleich am Mast aufhängen. Wer Wiederstand leistete, der musste bestraft werden. Schließlich waren zwei seiner Männer tot. Nun musste aber noch die Beute gesichert werden. Der Mann zeigte auf die Luke am Bug und ging selber zum Heck, wo eine Tür offen stand. Es war vermutlich die Kabine des Kapitäns und Mustapha durchsuchte alle Kisten nach etwas, was ihm nutzen konnte, doch außer ein paar Münzen war hier nichts zu holen. Ein Lärm von draußen ließ ihn aufhorchen. Es klang wie das Geschrei von Kindern und das versprach eher eine Beute nach seinem Wunsch zu sein. Er verließ die Kabine und stand einer Gruppe von Kindern und jungen Menschen gegenüber.

Es waren sicher mehr wie zwanzig und er zeigte einfach nur auf sein Schiff. Die Männer waren gut eingespielt und trieben die Kinder auf das andere Schiff hinüber. Sie versprachen ein gutes Geschäft auf dem Sklavenmarkt zu werden. Er hatte nur kurz überflogen, was er da hatte, aber einige der jüngeren Mädchen schienen besonders vielversprechend. Blond, gut gebaut und schlank. So wie sie ihm die Sklavenhändler sicher schnell aus der Hand rissen. Seine Männer zogen und traten die Kinder auf sein Schiff hinüber. Eine der jungen Frauen stürzte über den toten Mann an Bord und blieb liegen. Mustapha drehte sich zu seinem Schiff hinüber und sprang über die Bordwand. Als er sich umdrehte sah er, wie zwei seiner Männer der Frau das Kleid zerrissen und sich anschließend an ihr vergingen. Er beobachtete die Beiden und würde ihnen die Frau später einfach von der zu erwartenden Beute abziehen. So lange die Beiden aber noch nicht fertig waren, musste sie alle hier warten. An die Bordwand gelehnt, hörte er die Frau vom anderen Schiff schreien.

Endlich war Ruhe. Die beiden Männer zogen sich die Hosen hoch und sprangen an Bord. „Was ist mit der Frau?" fragte Mustapha, doch einer der Männer zeigte nur seinen blutverschmierten Dolch. Der Kapitän nickte, griff sich eine Fackel und warf diese auf das andere Schiff hinüber. Sie machten die Seile los, die bis gerade eben noch beide Boote fest miteinander verbunden hatten. Als die Flammen begannen das andere Schiff zu verzehren, waren sie schon ein Stück entfernt und Mustapha lies das Segel setzen. Er stellte sich auf den Laderaum und sah nach unten. Wie groß war wohl seine Beute? Was konnte er dafür erwarten? Um sein Schicksal nicht weiter heraus zu fordern sagte er „Wir segeln nach Hause!" und der Rudergänger schlug die Richtung ein.

Wie ein Pfeil zog das Schiff dahin. „Na dann zeigt mir mal, was für eine Beute wir gemacht haben." sagte er schließlich zu seinen Männern und einer von ihnen ging in den Laderaum hinunter. Er holte eine der Frauen nach oben und brachte sie zu seinem Kapitän. Der Mann begutachtete sie und ließ sie sich nach allen Seiten drehen. Das Haar hatte die Farbe von Stroh und war zu einem langen Zopf geflochten. Er schaute sie an und dachte daran, wie viel Freude sie ihm wohl schenken konnte. Dann packte er sie am Arm und zog sie in seine Kabine hinein.

Als er mit ihr fertig war, warf er sie einfach achtlos zu den anderen in den Laderaum zurück. Nun konnte er sich wieder der Schiffsführung widmen. Ein Sturm zog auf, der seine ganze Aufmerksamkeit benötigen würde. Er konnte schon an den Wolken erkennen, was da auf ihn zu kam und daher rief er seinen Leuten schon Befehle zu, noch bevor überhaupt das erste Lüftchen sich erhoben hatte.

17. Kapitel

Ein schmerzlicher Verlust

Immer wieder waren Hilferufe aus den Dörfern zu hören gewesen, doch immer waren sie zu spät gekommen. Die Besatzung der Burg hatte sich in zwei Gruppen aufgeteilt und war fast täglich unterwegs. Siegfried mit zwei Mann und sein Vater mit zwei weiteren Männern. Der Rest der kleinen Schar blieb auf der Burg. Da sie wussten, dass es sich um eine bewaffnete Gruppe von Räubern handelte, hatten sie alle immer ihre Kettenhemden, Schilder, Helme und Schwerter dabei. Wenn es wirklich zu einem Kampf kommen würde, so wollten sie wenigstens entsprechend gewappnet sein. Mit jedem Tag näherten sie sich den Räubern immer mehr an. Einmal hatte Siegfried einen Hof erreicht, unmittelbar nachdem die Räuber weggeritten waren. Die Anderen waren aber schneller, da sie keine Rüstungen trugen, und entkamen ihm.

Immer wieder hatten sie das Nachsehen, aber lange konnte es nicht mehr dauern. Wer auch immer da dahinter steckte, der musste für seine Untaten bezahlen! Berthold war schließlich für die Sicherheit seiner Untertanen verantwortlich und dafür wollte er auch einstehen. Wie jeden Tag machten sie sich auch an diesem Tag wieder bereit und ritten los. Berthold nach Osten und Siegfried nach Westen. Doch das Land war groß. Viel zu unübersichtlich. Das einzige, was sie tun konnten, war in Bewegung bleiben und die Räuber nicht zur Ruhe kommen lassen. Vielleicht machten sie dann einen Fehler und waren so zu fassen. Hinter Siegfried ritt Hans auf seinem Pferd. Er trug kein Kettenhemd, da über seine breiten Schultern keines der Hemden der Burg gepasst hatte. Nur mit Schild und Helm, sowie einer dicken Lederweste blieb er hinter seinem Herrn und sicherte die Seiten ab. Der dritte Mann ritt als letzter und hatte eine Lanze dabei. So waren sie für alles gerüstet und brannten darauf, es den Räubern endlich heimzuzahlen.

Als sie, nach einem langen Tag, am Abend wieder in der Burg eintrafen, fehlte von der zweiten Gruppe jede Spur. Normalerweise war der Vater immer schon vor ihnen da, denn er hatte das kürzere Stück zu beschützen. Doch es dauerte sehr lange bis vor dem Tor endlich Hufschlag zu hören war. Aber nur von einem Pferd. Siegfried lief nach draußen und konnte den Vater gerade noch auffangen, als dieser direkt vor ihm vom Pferd kippte. Ein Armbrustbolzen steckte in seinem Rücken und er hatte schon ziemlich viel Blut verloren. Zusammen mit Hans trug er den Vater in den Palas und schickte einen seiner Männer in das Tal, damit er die heilkundige Ursula auf die Burg holen sollte.

Wenig später tauchte die alte Frau, mit zerzausten Haaren und wirren Blick, auf der Burg auf. So richtig traute er ihr zwar nicht, aber diese Frau war die Einzige, die seinem Vater nun noch helfen konnte. Berthold lag auf dem Bauch und atmete schwer. Umständlich versuchten sie das Geschoß aus dem Rücken des Vaters zu ziehen. Nach drei Versuchen gelang es endlich und Ursula legte ein paar Kräuter auf, um die Blutung zu stoppen. Ein Verband um die Schulter sollte alles Nötige so zusammendrücken, dass sich die Wunde schloss. Nachdem die alte Frau gegangen war konnten sie nur Beten.

Siegfrieds Frau und seine Mutter wechselten sich am Bett von Berthold ab und legten ihm immer wieder feuchte Tücher auf die Stirn, um das einsetzende Fieber zu senken. So verbrachten sie die ganze Nacht und auch Siegfried blieb am Bett des Vaters sitzen. Am Morgen, als die Sonne wieder durch das Fenster kam, schien es dem Vater schon besser zu gehen. Da sie jetzt aber nur noch eine Gruppe hatten, musste Siegfried den Vater schweren Herzens verlassen und mit seinen Männern nun die Räuber alleine verfolgen. In einem der Dörfer fand er die anderen beiden Männer aus der Gruppe des Vaters. Sie lagen Tod neben einem der Bauernhöfe. Der Bauer erzählte, dass es vier Mann gewesen waren, die die Gruppe aus dem Hinterhalt angegriffen hatten. Nachdem einer durch eine Armbrust getötet und der Vater schwer verletzt gewesen war, hatte der dritte Mann sich verzweifelt gewehrt, war aber dann ebenfalls überwältigt und getötet worden.

Siegfried trug dem Bauern auf, für die Beerdigung der Männer zu sorgen, dann machte er sich wieder auf den Weg. Bis zur Abenddämmerung war er unterwegs, aber an diesem Tag waren die Räuber nirgendwo aufgetaucht. Schließlich ritt er wieder zur Burg zurück, wo ihm seine Frau schnell zu Berthold brachte. Dem Vater ging es nun immer schlechter. Vermutlich hatte sich die Wunde entzündet. Wieder schickte er einen seiner Männer in das Tal, aber es war schon zu spät. Noch bevor dieser mit Ursula zurückkam, war der Vater an der Verletzung gestorben. Es blieb nichts mehr für ihn zu tun, außer die Totenmesse zu bestellen. Als am nächsten Morgen die Sonne aufging ritt Siegfried mit Hans zum Kloster, um dort die Messe zu bezahlen.

Sie betraten die Räume des Abtes, der dort auf seinem Sessel auf sie gewartet zu haben schien. Der Abt war bestürzt über das Ende des Ritters, aber das schien nicht wirklich so gemeint zu sein. Es sah viel zu gespielt aus, und wenn es Siegfried nicht besser gewusst hätte, so hätte er darauf tippen können, dass der Abt hinter der Tat steckte. Der Mann versprach die Messe für den verstorbenen Ritter zu lesen und Siegfried wendete sich zum Ausgang „Wer übernimmt den jetzt die Burg?" wollte der Abt noch wissen und Siegfried drehte sich um, zog sein Schwert, hob es hoch empor, so dass die Spitze fast die Decke des Raumes berührte, und sagte „Ich werde dies tun. Beim Willen meines Vaters und bei diesem Schwert, das er mir gegeben hat!" Dann steckte er das Schwert wieder weg, verließ den Raum und ging mit Hans zurück zu den beiden Pferden, die im Klosterhof angebunden waren. Langsam ritten sie zurück zur Burg und hörten sich dabei in den Dörfern um, auch heute waren die Räuber nicht erschienen. Vielleicht waren sie geflohen, oder hatten sich nur versteckt und warteten ein paar Tage ab.

Siegfrieds Hand krampfte sich um den Schwertgriff zusammen. Er schwor sich, die Räuber zu bestrafen, aber jetzt musste er erst einmal den Vater zu Grabe tragen. Vor der Burg hatten die Knechte schon die Grube ausgehoben und warteten nur noch auf die beiden Männer. Sie bahrten Bertholds Leiche auf dem Burghof auf und führten ein Gebet durch. Das Läuten der Glocken aus dem Kloster, das leise zu hören war, war das Zeichen, dass dort gerade die Totenmesse zu Ende gelesen war. Zusammen trugen sie Berthold vor die Burg und bestatteten ihn dort neben den Gräbern von Siegfrieds tot geborenen Geschwistern.

18. Kapitel

Im Bauch des Schiffes

Der Kampf war so schnell zu Ende gewesen, dass die jungen Leute unten im Laderaum fast nichts davon mitbekommen hatten. Ein dumpfer Schlag gegen die Außenseite des Schiffes zeigte an, dass das fremde Boot angelegt hatte und von oben waren fremde Laute und Waffengeklirr zu hören. Wenig später war Ruhe. Wer hatte wohl gesiegt? Keiner von ihnen hatte sich nach oben getraut. Verängstigt saßen sie in dem dunklen Laderaum und warteten darauf, was nun geschehen würde. Viele beteten leise und auch Johanna schickte ein Gebet nach oben. Leise Schritte waren zu hören und kurz darauf sah man die Beine eines Mannes, und die Spitze eines seltsam gebogenen Schwertes, von oben vorsichtig die Treppe herunter kommen.

Die Seeräuber hatten also offensichtlich gewonnen! Das Erschrecken war auf beiden Seiten gleich groß. Der Mann, weil er auf einmal unvermittelt mehr als zwanzig Menschen gegenüberstand und die Passagiere unter Deck, weil der Mann ein so wildes Aussehen hatte. Er hatte ein Tuch um den Kopf geschlungen und trug einen sonderbaren Bart. Er erhob das Schwert und rief ihren irgendetwas zu, das keiner verstand, dann scheuchte er sich aus dem Laderaum nach oben. Mit einem wilden Geschrei jagte er hinter ihnen her. Als Johanna wieder auf dem Deck des Schiffs war prallte sie zurück, vor ihr lag der Kapitän in einer großen Blutlache und ein weiterer Mann der Mannschaft hing am Segel. Von den anderen war nichts zu sehen. Fünf oder sechs der Seeräuber standen Schwertschwingend oben und empfingen ihre Beute.

Sie hatten sich sicher mehr erhofft, denn sie jagten die jungen Menschen mit Fußtritten auf ihr Schiff hinüber. An Bord des Seeräuberschiffes lagen zwei der Männer, die von Pfeilen getroffen waren und vermutlich schon tot waren. Sie bewegten sich nicht mehr und Johanna musste direkt an ihnen vorbei. Unmittelbar hinter ihr sprangen zwei der Männer auf das Schiff herüber und hetzten sie schreiend zur Luke des Laderaumes. Die ersten beiden Jungen wurden von ihnen eine Treppe hinunter geworfen, weil es ihnen anscheinend nicht schnell genug ging, aber die Luke war zu schmal. In Panik behinderten sie sich gegenseitig und jeder versuchte als erster nach unten zu kommen, um aus dem Bereich der Schwerter der Seeräuber zu kommen. Einige der Mädchen stürzten und machten das Chaos damit nur noch perfekter. Das Gewimmel war unbeschreiblich.

Ein Schreien, Klagen und Jammern war zu hören. Johanna drehte sich noch einmal zurück zu dem anderen Schiff und sah, wie zwei der Seeräuber dort drüben Uta die Kleider vom Leib rissen und begannen sie zu missbrauchen. Nun lief Johanna noch viel schneller und sprang über eines der Mädchen hinweg zur Luke. Sie rutschte aus und fiel der Länge nach an Deck. Einer der Seeräuber packte sie am Genick und schleuderte sie die Treppe hinunter. Zum Glück fiel Johanna auf die anderen, die dort unten schon warteten, sonst hätte sie sich sicher nicht mehr abfangen können. Schnell bewegte sie sich zur Seite, kurz bevor ein kleiner Junge von oben herunter geworfen wurde. Schon ein paar Augenblicke später fiel die Klappe zu. Jetzt versuchten sie sich erst mal zu Orientieren und sich so hinzusetzen, das jeder einen Platz für sich hatte. Der Laderaum war nach oben durch ein Gitter abgeschlossen, durch das die Sonne herunter schien und auf dem einige der Seeräuber standen, die anscheinend über den Wert ihrer Ausbeute diskutierten.

Durch das Stimmengewirr, das langsam leiser wurde, hörte Johanna Uta schreien. Sicher war sie noch auf dem anderen Schiff und was im Moment gerade dort mit ihr passierte, wagte sie sich gar nicht vorzustellen, obwohl sie es ja noch gesehen hatte. Johanna schloss die Augen und versuchte zu beten, doch vor lauter Aufregung bekam sie kein Gebet zusammen. Das Schreien hörte auf, Johanna hörte ein Feuer prasseln und das Schiff setzte sich in Bewegung. Uta war nicht bei ihnen, vermutlich war sie tot und Johanna betet für ihre Seele. Nun gelang ihr das Gebet. Sie ließ den Blick um sich herum gehen, die Anderen waren von den letzten Augenblicken genauso entsetzt, wie sie selber. Was würde nun werden? Von unten konnte Johanna in das Segel schauen und sah, wie der Wind es aufblähte.

Erst jetzt bemerkte sie, dass ein Junge offensichtlich schon vorher hier drin gewesen war. Im hinteren Bereich des Raumes saß ein rothaariger Junge, der in etwas so alt war, wie sie selbst und der nicht von ihrem Schiff stammte. Über ihr waren die Schritte der Männer zu hören und manchmal unterhielten sie sich und zeigten nach unten. Nach einer ganzen Weile öffnete sich die Klappe und einer der Männer zog eines der Mädchen nach oben. Sie strampelte und wehre sich heftig, doch es half ihr nichts, der Mann war viel zu stark für sie. Dann fiel die Klappe wieder zu. Stunden später warf einer der Seeräuber das weinende Mädchen wieder zurück in den Laderaum. Was mit ihr passiert war, war wohl jedem klar, aber keiner wollte es wirklich wissen. Die Nacht senkte sich über das Schiff herein und es begann ein Sturm, der das Schiff hin und her warf.

Da sie ja nun gefangen waren, konnte Johanna nicht nach oben gehen. Das Schaukeln wurde so schlimm, dass sie sich übergeben musste. So wie ihr ging es den meisten anderen auch und da die Tür zu war, mussten sie sich dort übergeben, wo sie gerade saßen. Das Schiff wurde von den Wellen immer mehr durchgerüttelt und mit einem Knall riss eines der Seile direkt über dem Laderaum.

Das Segel klatschte gegen den Mast, aber die Bewegungen des Schiffes wurden weniger. Von oben waren eilige Schritte zu hören und die Männer versuchten das Segel wieder zu flicken. Schließlich gelang es ihnen und damit hörte auch der Sturm auf. Nun zog das Schiff ruhig durch das Wasser und Johanna versuchte etwas zu schlafen. Als die Sonne aufging brachte einer der Männer einen Eimer mit Wasser herunter und zeigte ihnen, dass sie sich damit säubern sollten. Mehr schlecht als recht gelang ihnen das auch. Schließlich holte er den Eimer wieder ab.

Johannas Magen begann zu knurren und sie hörte auch von den anderen Mitreisenden dasselbe Geräusch, doch zu essen gab es nichts.

19. Kapitel

Der Blick von Oben

So hatte er sich das Leben auf der Burg nicht vorgestellt. Hans war nun schon einige Wochen hier oben, aber es war alles anders. Noch vor einiger Zeit, unten im Tal, hatte er oft auf den Berg gesehen und sich vorgestellt, wie hier oben geschlemmt und gefeiert wird. Er hatte an die Braten gedacht, die es hier wohl täglich geben müsste und an all den anderen Luxus, den er sich noch nicht mal vorzustellen wagte. Doch nun hatte er gesehen, wie es hier wirklich war.

Es gab Suppe und Getreidebrei an jedem Tag. Dasselbe wie unten in seinem Dorf. Nur sonntags gab es mal Fleisch dazu. Meist in Form eines Suppenhuhns. Jeden Tag wurde schwer gearbeitet. Von früh bis zum Sonnenuntergang wurde Holz im nahen Wald gemacht. Die Anderen übten das Kämpfen und hatten mit den Tieren zu tun. Ein jeder hatte seine Aufgabe hier und Müßiggang gab es nie. Alles eben anders als erträumt.

Der Burgherr war sechzehn, seine Frau ebenfalls und er erst vierzehn. Die Hälfte der Burgbesatzung war noch keine zwanzig Jahre alt. Oft ging er am Morgen mit einem der anderen Knechte in den Wald. Das Holz stapelten sie dann abends neben dem Schuppen. Dieses Holz wurde im Sommer zum Kochen gebraucht und im Winter dann sicher zum Heizen. Es gab nur in zwei Räumen des Palas Feuerstellen. In der Küche und im Wohnzimmer der Burgherren, der Kemenate.

Innerhalb der Burgmauern war wirklich jeder Platz genutzt. Neben dem Tor lag der Pferdestall, an den sich die Schmiede an-

schloss. Daran lehnte der Turm an, den man nur durch eine wack-
lige Holzkonstruktion vom Dach des Palas aus betreten konnte. So
hatte man im Falle eines Überfalles die Möglichkeit, nachdem alle
im Turm waren, die Brücke hinter sich abzubrechen und in luftiger
Höhe auf Hilfe zu warten. Zwischen Palas und Turm lag der
Schweinestall, über den in der Höhe der Übergang zum Turm führte. Auf der anderen Seite des Palas war der Hühnerstall, dann war
der Schuppen für das Brennholz und an den schlossen sich der
Brunnen und der Schuppen für die Abgaben der Dörfer an. Nicht
viel Platz, aber für die paar Menschen hier durchaus ausreichend.

Es war alles mehr zweckmäßig und auf Funktion ausgelegt. Alles hatte eher schlicht zu sein. Die Decken, die im Zimmer der
Burgherren an den Wänden hingen, sollten im Winter vermeiden,
dass man die kalte Wand dahinter berührte. Einen kleinen Luxus
gab es hier oben aber doch. Sonntags konnten alle vor dem Gottesdienst baden. Dazu wurde ein großer Holzbottich in die Küche
gestellt und mit warmem Wasser gefüllt. Zuerst durften die beiden
Frauen baden. Dann Siegfried und danach die Knechte. Hans war
meist der Letzte. Es wurde in Unterwäsche gebadet, wie es auch
unten im Dorf üblich war. Nur das dort unten im Bach gebadet
werden musste. Hier oben kam das Wasser aus dem Brunnen der
Burg.

Hans verstand sich gut mit allen. Zwar war Siegfried ein Ritter
und damit sein Herr, aber er verhielt sich nicht so zu ihm. Auch
mit Grunhilda kam er gut zurecht. Nur Martha war ihm manchmal
nicht gut gesonnen. In ihren Augen war er ein Faulpelz, nur weil
Berthold dieser Meinung gewesen war. Da konnte Hans machen
was er wollte, die alte Frau ließ sich da nicht umstimmen.

Da sie nur wenige auf der Burg waren, hatten alle ihre Aufgaben. An manchen Tagen blieb Hans daher auf der Burg und musste das Tor bewachen. Manchmal kamen dann die Dorfältesten aus dem Tal zur Burg herauf. Streitigkeiten innerhalb der Dörfer wurden von den Dorfältesten meist alleine geklärt, außer bei schweren Verstößen, dann fragten sie bei Siegfried nach. Auch bei Streitereien zwischen zwei Dörfern, meist wegen Feldergrenzen, kamen sie auf die Burg, um ein Urteil abzuholen. Für einen so jungen Mann, wie es Siegfried war, urteilte er ziemlich Weise, wie Hans im Stillen anerkennend bemerkte. Er hörte sich beide Seiten an und wenn er nicht sofort zu einem Urteil kam, so schlief er noch einmal eine Nacht darüber, bevor er einen Rat erteilte.

Jetzt im Herbst begannen auch die ersten nächtlichen Stürme rund um die Burg zu toben. Hier oben war man nicht vor dem kalten Wetter geschützt, wie man es unten im Tal vielleicht noch war. Der Schlafraum der Knechte und Knappen lag oben im Palas unter dem Dach. An der höchsten Stelle der Burg, wenn man den Turm mal nicht mitrechnete. Hier wurde es als erstes kalt und ungemütlich. Die Strohsäcke waren zwar bequem, aber man musste sich mit dem eigenem Mantel zudecken und schon jetzt wollte jeder einen zweiten Mantel oder eine Decke zusätzlich dazu nehmen. Wie sollte das dann erst im Winter werden?

Er hatte sich hier mit allen arrangiert. Nur mit dem Abt kam Hans nicht richtig klar. Viel zu oft war dieser hier bei ihnen oben auf der Burg. Meist wegen Nichtigkeiten. Hans mochte die Art des Kirchenmannes nicht. Da war etwas Verschlagenes in dem Blick des Mannes und so wirklich konnte er sich nicht vorstellen, dass dieser wirklich nichts mit dem Tod des Ritters zu tun haben sollte. Aber man durfte diese Vermutung noch nicht mal denken, sonst würde man sich gegen den Mann aus dem Kloster versündigen. So eine falsche Beschuldigung konnte einen sicher teuer zu stehen

84

kommen. Sicher auch vor dem Gericht Gottes, das einen dann dafür geradewegs in die Hölle schickte.

Da die Burg keine Kirche besaß, gingen sie alle in die Klosterkirche zum Gottesdienst am Sonntag. „Gingen" ist da das falsche Wort, sie ritten dort hin. Nur Martha und der alte Peter, der grauhaarige Schmied der Burg, blieben auf dem Berg und bereiteten alles für das sonntägliche Essen vor. Die Klosterkirche war sehr schön. Es war ein großer Bau. Sicher hätten da doppelt so viele Menschen hinein gepasst, wie es in der Gegend gab. Vorn, durch einen Vorhang vom Rest getrennt, saßen die Mönche und vermutlich auch der Abt. Hinten saßen die anderen Menschen, die der Predigt zuhörten. Die Mönche und die Besucher hatten auch zwei getrennte Eingänge zur Kirche.

Als Besucher musste man nicht einmal in das Kloster hinein, da der Eingang der Kirche so in die Klostermauer hinein gebaut war, dass man nicht in den Bereich der Mönche musste. Auch das Haus des Abtes lag direkt an der Klostermauer und hatte Eingänge nach beiden Seiten. Durch den Vorhang blieb es ihnen aber sonntags erspart, den Abt unter die Augen zu treten, was auch wieder sein Gutes hatte.

20. Kapitel

Ein neuer Plan

Der erste Teil seines Planes war aufgegangen. Der Abt hatte sich heimlich die Hände gerieben. Berthold, sein alter Widersacher, war tot. Nun musste er nur noch diesen Jungen da von der Burg bekommen und dann gehörte die Burgherrin ihm. Die bezahlten Räuber hatten sich nicht wieder sehen lassen. Nach dem Tod des Ritters waren sie verschwunden, ohne die zweite Hälfte der Münzen zu fordern. „Auch gut." dachte der Abt „Habe ich was gespart."

Nun musste er nur noch Siegfried loswerden, doch das sollte bei einem sechzehnjährigen Jungen eigentlich kein Problem sein. Mit seiner Begleitung ritt der Abt zum Bischof in die nächste Stadt. Eigentlich war es nur eine Formsache, den Anspruch auf die Dörfer zu erhalten. Entsprechend siegesgewiss ging der Abt in die Räume des Bischofs. Die beiden Geistlichen verstanden sich ausgezeichnet und ein Beutel Münzen, den der Abt über den Tisch schob, stimmten den Bischof noch besser und machten ihn für den Plan des Abtes gewogen.

Ein Schriftstück wurde für den König aufgesetzt und per Bote losgeschickt. Nun hieß es nur noch warten. Zufrieden ritt der Abt zurück und machte dabei einen Umweg, so dass er an der Burg vorbei musste. Er lud sich einfach selber zum Essen ein, dass die junge Burgherrin in der Küche gerade zubereitete. Es gab nur eine Suppe, aber eine sehr wohlschmeckende, und frisch gebackenes Brot dazu. Auf seinen Wunsch hin blieben auch die Frauen mit am Tisch.

Er setzte sich so, dass er die Frau direkt gegenüber hatte. Es wurde nur belangloses gesprochen. Viel wichtiger war ihm, sie zu beobachten. Sie trug ein weißes, schlichtes Leinenkleid. Doch auch darin sah sie wie eine Königin aus. Eine Locke fiel ihr immer wieder in das Gesicht und sie strich sie wieder heraus. Obwohl er sich mit Siegfried unterhielt, behielt er die Frau immer im Blick. Zum Abschluss des Essens lud er die Beiden wieder zu sich ein und verabschiedete sich danach schnell.

Nun wurde es Zeit für den dritten Teil seines Planes. Diese Frau sollte ihm gehören! Dazu gab es noch ein paar Vorbereitungen zu treffen, schließlich wollte er bereit sein, wenn das Schreiben des Königs kam und die Burg dann dem Kloster unterstehen würde. Es war sicher nur noch eine Frage von ein paar Tagen. Das Wort des Bischofs hatte viel Gewicht am Hofe des Königs. Nun da Berthold nicht mehr seinen Einspruch einlegen konnte, würde dieser Berg sicher an das Kloster fallen. Natürlich durfte niemand erfahren, dass er mit dem Tod des Ritters etwas zu tun hatte, aber das wusste nur der fremde Ritter und der war ja verschwunden.

Der Abt läutete und ein alter Mann trat in den Raum, er verbeugte sich und wartete auf die Weisungen des Abtes. Der sagte „Hole mir diese Kräuterweib. Diese Ursula." und der Bote verschwand. Wenig später trat er mit der alten Frau wieder ein. So schnell hätte er sie eigentlich gar nicht finden können, doch dem Abt war es egal. Er schaute die alte Frau an und sagte zu ihr „Mache mir ein Schlafmittel. Das ich in Wein auflösen kann und das mir schnell hilft, wenn ich mal nicht einschlafen kann." Die Alte mit dem verwirrten Blick sah sich um, bemerkte die offen stehende Tür der Küche und trat ein.

Sie warf die beiden Mägde aus dem Raum und setzte einen Kessel mit Wasser an, in den sie Kräuter und verschiedene Pulver tat. Es zog ein abscheulich stinkender Qualm durch die Zimmer, so dass die beiden Mägde die Fenster aufreißen mussten. Es dauerte eine ganze Weile, in der Ursula verschiedene unverständliche Dinge murmelte, die in einem Kloster sicher sonst nicht zu hören waren. Wenn der Bischof jetzt zur Tür herein gekommen wäre, dann hätte er Ursula sicher sofort wegen Hexerei auf den Scheiterhaufen gebracht und der Abt wäre bestimmt auch die längste Zeit Vorsteher dieses Klosters gewesen, doch das war Reginald im Moment vollkommen egal.

Schließlich überreichte Ursula dem Mann einen kleinen Beutel mit einem weißen Pulver und sagte „Aber nimm nicht zu viel. Es wirkt sehr stark und du wachst vielleicht nicht mehr davon auf." Der Abt nickte und drückte der Kräuterfrau zwei Silberpfennige in die Hand. Wenig später war die alte Frau verschwunden. Nun musste das Pulver erst mal ausprobiert werden. Er bereitete einen Becher vor und gab ihn Maria zu trinken. Die sich heftig wehrende Frau musste das Gebräu schließlich schlucken und war schon wenig später eingeschlafen. Dieser Teil war also auch vorbereitet, nun blieb nur noch zu warten.

Schon am nächsten Tag ließen die Burgherren durch einen Boten mitteilen, dass sie am Abend die Einladung annehmen würden. Es war zwar viel zu früh, da die Nachricht des Bischofs noch nicht eingegangen war, doch der Abt nahm diese sich bietende Gelegenheit zur Fortsetzung seiner Pläne gern an. Er wies die beiden Mägde an, einen Festschmaus vorzubereiten, wie er eines Königs würdig gewesen wäre. Den ganzen Tag standen Maria und Magdalena daraufhin in der Küche. Es wurden alle möglichen erlesenen Gerichte vorbereitet und auch ein sehr süßer Wein wurde aus dem Keller des Klosters geholt.

Der Mann konnte es kaum erwarten und stand schon ewig am Fenster des Zimmers, als er die beiden Reiter endlich sah. Diesmal empfing er sie nicht vor seinem Thron, sondern direkt vor dem Tisch stehend. So wie man alte Freunde begrüßt. Warum er dies tat, war ihm selbst nicht ganz klar. Auch diesmal trug die junge Herrin wieder dasselbe schöne Kleid, wie beim letzten Mal. Kaum saßen die Drei am Tisch, wurde auch schon aufgetafelt. Wäre die Tischplatte nur etwas dünner gewesen, so wäre der Tisch sicher unter der Last der Speisen zusammen gebrochen.

Obst und Früchte. Gebackene Pasteten und ein gebratener Schwan wurden serviert und mit Freude stellte der Abt fest, dass sich die junge Burgherrin diesmal beim Essen nicht so zurück hielt, wie beim letzten Mal. Auch bei diesem Mahl wurde nichts wirklich Wichtiges besprochen. Wetter und Pferde waren die Themen am Tisch und die Frau schwieg dazu. Zum Schluss ging der Abt in die Küche, um noch ein paar Becher Wein zum Abschied zu hohlen. Er mischte das Schlafmittel in zwei der Becher und ging damit zurück zum Tisch. Dann gab er die zwei Becher den Besuchern und sie stießen damit an. Bald würde die Frau ihm gehören, wenn sie erst mal schlief! Still lächelte er in sich hinein und trank den Wein aus.

21. Kapitel

Im Hafen der Räuber

D er Mann stand am Rande der Straße und sah über all die Menschen hinweg, die sich in dem kleinen Hafen eingefunden hatten. Es war ein ziemliches Gewimmel und er hatte sich auf einen erhöhten Platz gestellt, um überhaupt etwas zu sehen. Er war etwa fünfzig Jahre alt und seine Tätigkeit als Stoffhändler hatte seinen Bauch an Umfang zunehmen lassen. Sein Wohlstand war ihm deutlich anzusehen. Hinter ihm standen zwei große, dunkelhäutige Männer, die den Mann um mindestens zwei Haupteslängen überragten. Die beiden Nubier trugen ärmellose Hemden, die ihre muskulösen Oberarme noch viel deutlicher zeigten. „Ali Beck, sollen wir auf weitere Schiffe warten?" fragte einer der Beiden den kleinen Mann, der sich zu ihm umdrehte.

„Die Schiffe der Seeräuber fehlen noch. Wir warten!" antwortete der Mann und drehte sich wieder zurück, um den Steg zu beobachten. Eigentlich war es viel zu heiß, um hier zu warten und es war auch gerade noch kurz nachdem die Sonne ihren höchsten Stand erreicht hatte. Kaum ein Stück Schatten war auf dem Gelände zu finden. Der Blick des Mannes schweifte weiter über die Schiffe, die schon angelegt hatten. Fischer und Händler waren es, die jetzt gerade ihre Ladung entluden, doch sein Stofflager war im Moment voll. Er wartete darauf, was die Räuber an exotischen Waren brachten und vielleicht hatte er ja Glück und konnte ein paar Sklaven günstig erwerben.

Sein Blick blieb auf der Einfahrt des Hafens hängen, so als wolle er die Schiffe mit seinen Augen zu sich ziehen. Endlich sah er die kleinen, schnellen Schiffe der Seeräuber in der Mitte dieser Einfahrt auftauchen. Es waren drei, von denen eines etwas weiter zurück blieb. Genau dieses eine Schiff zog seinen Blick wie magisch an. Ein langsames Schiff verhieß einen schwerere Ladung und damit auch ein besseres Geschäft. Ali Beck zeigte auf das kleine Segel und seine beiden Gehilfen schoben sich durch die Menschenmenge. Die Beiden drückten sich einfach eine Gasse frei, durch die der kleine Mann ihnen folgte. Am Ende des Piers, da wo das Schiff anlegen musste, weil es der letzte freie Platz war, schufen die beiden Riesen einen freien Platz und stellten sich mit verschränkten Armen so hin, dass kein anderer an das Schiff heran kommen konnte.

Erst im letzten Moment sah Ali Beck, dass das Schiff gar nicht so tief im Wasser lag. Ein Seil des Segels war gerissen und deshalb war es langsamer gewesen, als die anderen Beiden. Missmutig wollte er sich gerade den anderen beiden Booten zuwenden, als er ein Geräusch vernahm, dass ihn aufmerksam werden ließ. Es klang wie das Weinen eines Kindes. Gespannt sah der Mann zu, wie das Schiff festgemacht wurde. Es gab nur sieben Männer auf dem Deck, am Heck stand der Kapitän und schaute zu seinem Mast empor. Vermutlich überschlug er gerade, was die Reparatur ihn so kosten würde. Dann sah er zum Pier herüber und bemerkte, dass vor seinem Boot ein leerer Platz war. Nur Ali Beck und seine beiden Gehilfen standen davor. Vor den anderen Schiffen herrschte ein reges Gewimmel. Missmutig winkte er einen seiner Männer herbei und zeigte nach unten, dann verließ er das Schiff und kam zu Ali Beck herüber.

„Was ist deine Beute?" fragte er und der Kapitän winkte zu seinen Männern. Nach und nach stiegen etwas mehr wie zwanzig Kinder in den verschiedenen Größen an Bord und wurden dann auf den Pier gehoben, wo sie sich in eine Reihe aufstellen mussten. Der Kleinste war etwa acht und reichte ihm kaum bis zur Hüfte, der Älteste sicher gerade mal zwanzig geworden. Das Angebot war lukrativ für Ali, doch er wollte sich nicht so sehr verraten, um den Preis nicht allzu sehr in die Höhe zu treiben. Mit einem gespielten Uninteresse ging er die Reihe der Jungen und Mädchen ab. „Zu klein!", „Zu flach!", „Zu hässlich!" sagte er und ließ an keinem auch nur eine gute Bemerkung fallen. Er schaute sich die Kinder von vorn und hinten an, betastete sie, prüfte ihre Stärke und die Zähne. Da seine Gehilfen den Platz frei hielten, konnte er sich für das Verhandeln richtig viel Zeit lassen. Der Kapitän des Schiffes wurde immer unruhiger, da die meisten Kunden nun schon von den anderen Schiffen in die Stadt zurück gingen und der Weg auf dem Pier sich langsam leerte. Darauf hatte Ali Beck nur gewartet. Jetzt konnte er den Preis der „Ware" festlegen, da der Seeräuber ja sonst seine Sklaven selbst versorgen musste.

Er nannte einen Preis, der so niedrig war, dass der Seeräuber willkürlich zum Schwert griff. Doch er hatte keine Wahl. Wenn Ali Beck die Kinder nicht kaufte, wer sonst? Das Feilschen setzte ein. Von oben und unten näherten sich die beiden Preise langsam an, bis sich die beiden Männer geeinigt hatten. Zähneknirschend steckte der Kapitän die Münzen ein und stieg wieder auf sein Schiff. Nun konnte Ali Beck, der Sklavenhändler, seine Beute noch einmal genauer ansehen. Die eine Hälfte waren gute Sklaven, sie waren so, wie sich seine Kunden die Sklaven aus dem Norden wünschten. Groß, blond und gut gebaut. Der Rest war eher dürftig, aber für den Preis, den er gerade gezahlt hatte, immer noch ein gutes Geschäft gewesen. Nur ein paar der Kinder waren größer wie er.

Der Sklavenhändler winkte seine beiden Gehilfen zu sich und diese begannen eines nach dem anderen von den Kindern an ein Seil zu binden, dass sie mit zum Pier gebracht hatten. Es waren zehn Mädchen und vierzehn Jungen. Nun hatte jeder eine fest sitzende Schlinge um den Hals und beide Hände ebenfalls festgebunden. Am vorderen Ende des Seiles zog Ali Beck und hinten jagten die beiden Nubier die Kinder mit Tritten hinter ihrem Herren her.

Die Kolonne verließ das Hafengelände und zog der Stadt entgegen. Durch die Gassen ging es mit schnellen Schritten. Manchmal stürzte eines der Kinder und wurde für einen Moment mitgeschleift, bevor es wieder auf die Füße kam. Mit dem Strick um den Hals war das nicht ganz ungefährlich, aber dem ziehenden Sklavenhändler war egal, was hinter ihm passierte. In dem Innenhof seines großen Hauses banden die Nubier die Kinder wieder los und stießen sie in einen Schuppen hinein. Der Sklavenhändler schaute zu und rieb sich die Hände. Das versprach ein gutes Geschäft zu werden.

22. Kapitel

Burgleben

An manchen Tagen ging Grunhilda zu dem Grab vor das Tor. Es waren nur ein paar Schritte und doch tat es ihr gut, die schützenden Mauern für ein paar Augenblicke zu verlassen. Meist betete sie und manchmal legte sie auch eine Blume auf das Grab. Warum sie das machte, wusste sie selbst nicht, schließlich hatte sie Berthold ja nur ein paar Wochen gekannt. Aber er war es eben gewesen, der sie mit Siegfried zusammen gebracht hatte und dafür war sie dem Manne sehr dankbar. Sie verstand sich gut mit ihrem Mann und er achtete ihren Rat, auch wenn er sie meist hinter verschlossenen Türen danach fragte. Manchmal abends, wenn er ein Urteil in einer Streiterei fällen musste.

Seit Bertholds Tod schlief Martha nun unten in der Küche, so dass die beiden jungen Leute das Zimmer ganz für sich allein hatten. Erst jetzt konnten sie wirklich zu ihrem Eheleben kommen. Natürlich hatte Grunhilda auch in der Burg ihres Vaters mit in dem Zimmer der Eltern geschlafen, aber es war etwas anders, ob man den anderen dabei zusah, oder ob einem andere dabei zusahen. Irgendwie fühlte sie sich da immer beobachtet, obwohl man in der Dunkelheit des Raumes sowieso nichts sehen konnte. Doch nun hatten sie das Zimmer für sich.

Seit dem Tod des Ritters war eigentlich Grunhilda die Herrin der Burg, allerdings fragte sie Martha immer noch bei allem, was sie machte nach einem Rat. Noch wusste sie nicht allzu viel vom Leben auf dieser Burg, die so verschieden von der ihres Vaters war. Von irgendwo her hatte Siegfried ihr eine Laute mitgebracht und mit diesem Instrument saß sie in den freien Stunden am offenen Fenster und sang, während sie in das Tal hinunter schaute. Es war das einzige größere Fenster des Raumes. Es hatte sogar eine Glasscheibe, die aus vielen kleinen Glasscheiben zusammengesetzt war, welche mit Blei zusammen gehalten wurden. Von außen konnte man das Fenster mit Holz verschließen, was im Winter sicher sehr nützlich war.

Direkt unter dem Fenster ging es den Abhang hinunter. Manchmal wurde ihr richtig schwindelig, wenn sie aus dem Fenster nach unten sah. Die anderen Fenster der Kemenate gingen zum Hof hinunter und waren eher als Schießscharten zu gebrauchen und nicht so sehr als Fenster. Sie waren schmal und nicht einmal so breit, dass ihr Kopf hindurch passte. Von innen konnten diese Öffnungen mit Holzklappen zugemacht werden. An den Wänden hingen bunte Vorhänge aus dicker Wolle. Grunhilda hatte sich alle die Muster schon angesehen. Es waren Bilder von Drachen und Rittern darauf, aber auch einfach nur bunte Blumen als Muster. Der Raum war auch nicht wirklich groß, obwohl es der größte Raum der Burg war. Zwanzig Mal fünfundzwanzig Schritte maß dieses Zimmer. Die Kemenate. An der einen Seite das Fenster, auf der gegenüberliegenden, die Tür zur Treppe. Der Kamin genau in der Mitte der hinteren Wand.

Sie mochte dieses Zimmer, es war ihr kleines Reich und sie versuchte es sich so einzurichten, dass er ihr gefiel. Alle ihre Sachen waren in zwei Kisten verstaut, die an der hinteren Wand neben dem Kamin standen. Es gab zwar auch einen Tisch und ein paar Stühle in dem Raum, an denen sie ihre Arbeiten machen konnte, doch am liebsten saß sie an dem Fenster. Es gab ihr das Gefühl von Freiheit und Raum, wenn sie dort auf einem der Stühle saß und über das Land schauen konnte. Manchmal flog auch ein Vogel vorbei und einmal hatte sich einer der kleinen Sänger zu ihr gesetzt, als sie mit der Laute ein Lied gespielt hatte. Da hatten sie das Lied einfach zusammen zu Ende gesungen, bevor das kleine Vögelchen seine Reise fortgesetzt hatte.

Seit einiger Zeit war auch der Abt immer mal wieder zu Besuch bei ihnen auf der Burg und eines Tages lud er sie, um sich für eine Einladung zum Essen erkenntlich zu zeigen, zu einem Essen in das Kloster ein. Bei dem Gedanken an den leckeren Schmaus beim letzten Mal, lief Grunhilda schon das Wasser im Mund zusammen. Sie mochte den Abt, er war ihr gegenüber immer sehr zuvorkommend und höflich. Dass die Anderen in nicht leiden konnten, verstand sie nicht wirklich. Vielleicht lag das aber an der jahrelangen Nachbarschaft und dem Teilen der Macht zwischen Burg und Kloster. Damit hatte sie aber nicht wirklich etwas zu tun, was der Abt anscheinend auch so sah.

So freute sie sich natürlich über die Einladung und auch darüber, dass Siegfried sie fast sofort annahm. Wieder einmal konnte sie das kostbare Kleid aus der Kiste holen, wo sie es ganz unten eingepackt hatte. Der Abt begrüßte sie diesmal fast wie Freude. Es wurde geschlemmt und erzählt. Zum Abschluss des Festessens gab es noch einen süßen Wein, der wahrscheinlich für besonders gute Zeiten irgendwo in den Kellern des Klosters gelagert hatte. Sie stießen alle zusammen an und tranken den Wein aus. Dann blieben sie doch noch einer Weile sitzen und der Abt richtete auch ein paar Worte an sie. Sie sah, wie Siegfried am Tisch einschlief und irgendwie ging es ihr plötzlich im Magen herum. Mochte es das viele Essen gewesen sein, oder das sie irgendetwas davon nicht vertragen hatte. Sie versuchte aufzustehen und fiel nach hinten um.

Sich immer wieder übergebend lag sie neben dem Tisch und eine der Mägde half ihr, sich wieder aufzurichten. Aber es wurde nicht besser. Das ganze schöne Essen landete wieder in dem Eimer, den ihr die Magd hingestellt hatte. Der Abt schien etwas verwirrt zu sein, was da gerade, wenige Schritte neben ihm, passierte. Er blieb einfach sitzen und sie hockte direkt neben ihm. Als es ihr schließlich etwas besser ging, trug sie zusammen mit einer der Mägde ihren Mann nach draußen und hob ihn auf sein Pferd. Sie selbst stieg auf das Andere und ritt los, auch wenn es ihr immer noch etwas flau im Magen war. Mit ihrem schlafenden Mann, auf dem andern Pferd, das sie am Zügel hinter sich her zog, war sie noch vor Sonnenuntergang wieder auf der Burg.

In der Nacht ging es wieder los und ihr Magen spielte wieder verrückt. Martha vermutete, dass dies geschah, weil Grunhilda ein Kind unter ihrem Herzen trug, obwohl sie das selbst noch nicht wusste, aber es konnte gut möglich sein. Erst als die Sonne wieder aufging beruhigte sich Grunhilda Bauch wieder und Siegfried erwachte aus seinem Schlaf.

23. Kapitel

Gefangene der Nacht

Ein Weinen holte sie aus ihrer Apathie heraus. Was war geschehen? Sie saß in einem Schuppen, in den sie, zusammen mit den Anderen aus dem Schiff, hinein getrieben worden war. Noch nicht mal zwei Tage zuvor war sie noch auf dem Kreuzzug gewesen, um die Sarazenen aus Jerusalem zu vertreiben und nun sah sie sich in der Hand eben dieser Sarazenen, in einer Stadt eingesperrt. Wie in Trance hatte sie die letzten Stunden durchlebt, wie als hätte sie neben sich gestanden. Die fremde Stadt hatte sie kaum wahrgenommen und nun saß sie hier. War das Teil ihrer Aufgabe? Eine Prüfung? Sie sah sich um und ließ ihren Blick über die Anderen schweifen, die im Halbdunkel des Schuppens saßen.

Hatte Nikolaus nicht gesagt, dass Gott ihnen die Tore von Jerusalem öffnen wollte? Vielleicht machte er das hier auch mit der Schuppentür. Johanna stand auf, ging zu der Tür hinüber und rüttelte daran, doch die Tür war fest verschlossen. Sie wackelten nicht einmal. Gefangen! Wo sie doch eigentlich befreien wollte! Das Mädchen drehe sich um und ging zu ihrem Platz zurück. Nun sah sie sich ihr „Gefängnis" näher an. Es war ein kleiner Raum, mit Stroh ausgelegt und sicher nur etwa zehn Schritte breit, fünf Schritte lang. Die Menschen darin hatten gerade mal so Platz, um sich nebeneinander auszustrecken.

Die Tür wurde aufgerissen, etwas flog in den Raum und ein Eimer wurde neben die Tür gestellt. Danach war die Tür wieder zu. Das, was da in den Raum geworfen worden war, war vermutlich eine Art von Fladenbrot. Es schmeckte nicht wirklich nach Brot. Es schmeckte eigentlich nach gar nichts, aber die ausgehungerten Gefangenen verschlangen es einfach. Das Wasser aus dem Eimer wurde einfach mit der Hand heraus geschöpft, weil da auch keine Kelle oder sonst etwas dazu war. Johanna hörte nur ringsum das Schmatzen der Anderen. Was würde nun mit ihnen geschehen? Sie lehnte sich an die Rückwand des Gebäudes und starrte auf die verschlossene Tür, die ihr genau gegenüber lag. Im Gedanken begann sie zu beten.

Das Mädchen schreckte auf, während des Gebetes war sie eingeschlafen und nun war es mitten in der Nacht, wie sie an dem dunklen, vergitterten Fenster oben sehen konnte. Immer noch wusste sie nicht, was sie erwarten würde. Sie hatte nur gesehen, das ein Beutel von dem Mann, der sie hier her gebracht hatte, zu dem gewechselt war, der das Schiff geführt hatte. Vermutlich waren wohl Münzen darin gewesen und damit waren sie gekauft worden. Ob das nun aber wirklich so war, konnte sie nicht ergründen. Aber eigentlich war sie ja aus der Unfreiheit geflohen, nur um nun wieder unfrei zu sein. Für ein paar Jahre hatte sich die Freiheit gut angefühlt. Und nun?

Konnte man einen Menschen eigentlich kaufen? In ihrem Dorf hatte einmal ein Bauer seine Pacht nicht an den Ritter bezahlen können und war daraufhin von ihm in den Burgturm eingesperrt worden. Vermutlich hatte er sich dort so gefühlt, wie Johanna jetzt hier. Erst gegen eine Zahlung hatte er sich damals wieder freikaufen können. Doch sie besaß nun nichts mehr. Ihre vier Silberpfennige, ihr kleiner Schatz, war in die Bezahlung des Schiffes investiert worden und ob das überhaupt gereicht hätte, war eher fraglich. Wieviel war ein Menschenleben wert? Wer konnte so etwas wissen?

Sie lehnte sich zurück, schloss die Augen und versuchte weiter zu schlafen, aber es gelang ihr nicht so recht. Immer wieder schoben sich die Bilder vom Schiff in ihrem Gedächtnis nach vorn. Anscheinend ging es anderen hier drin ähnlich, denn sie hörte jemanden leise schluchzen. Schließlich holte sie der Schlaf in sein Reich und sie sah die glänzende Figur der Mutter wieder vor sich. Sie wollte fragen, doch ihr Mund war verschlossen. Keine Frage! Keine Antwort! Nur die Hoffnung auf eine Morgen und ein Leben. Oder wollte sie die Mutter zu sich holen? Sie träumte von Nikolaus, der ihr sagte „Wer auf dem Kreuzzug stirbt, der kommt direkt in den Himmel." War sie aber noch auf dem Kreuzzug? Es kam ihr zumindest nicht mehr so vor. Schon auf dem Schiff hatte sie dieses Gefühl nicht mehr gehabt.

Gab es Freiheit eigentlich überhaupt auf Erden? Diese sogenannte „Freiheit" die sie in Köln erlebt hatte, bestand doch auch nur darin, dass sie sich selbst ernähren und verstecken musste. Das sie im Müll der Anderen gewühlt hatte und nur dadurch noch am Leben war. Wenn das da wirklich die Freiheit gewesen war, dann wollte sie lieber heute als morgen in das Himmelreich aufbrechen, um sich dort wieder mit der Mutter zu vereinigen. Ihr schien es da ja gut zu gehen. Wie aber konnte sie dorthin gelangen? Doch eigentlich nur dadurch, dass sie den Weg weiter ging. Es weiter als Kreuzzug betrachtete und wenn sie dabei zu Tode kommen würde, so wäre sie wieder bei der Mutter. Nun war sie viel gelassener, was ihr weiteres Leben betraf.

Ein Geräusch weckte sie schließlich wieder auf. Die Tür wurde wieder aufgerissen und der Eimer wurde von einer Frau nach draußen geholt. Dann war wieder Ruhe. Auch die Sonne war noch nicht richtig aufgegangen. Es musste gerade erst die Morgendämmerung sein. Nur ein schwacher roter Schein fiel in den Schuppen. Johanna streckte sich und strich sich die Haare nach hinten, die ihr im Schlafen ins Gesicht gefallen waren. Kurz darauf ging die Tür wieder auf und der Eimer wurde wieder herein gestellt. Diesmal wurde das Fladenbrot danebengelegt und nicht geworfen, wie noch am Abend zuvor. Johanna holte sich eine der flachen Scheiben und biss herzhaft hinein. Diesmal hatte es sogar den Geschmack von Brot. Ob das auch am Abend schon so gewesen war und sie es nur nicht gemerkt hatte, konnte sie nicht sagen.

Endlich war es draußen auch ganz hell, als sie alle aus der Behausung herausgeholt wurden. Jetzt sah sie auch den Garten, den sie am Vortag gar nicht wahrgenommen hatte. Ein paar kleine Bäume, mit gelben Früchten daran, standen an der Seite. An einem Trog sollten sie sich waschen und eine Frau gab ihnen danach neue Sachen. Ihre anderen waren durch die Seefahrt und die lange Wanderung schon viel zu zerschlissen. Was würde nun passieren? Aufmerksam beobachtete sie die drei Männer vor sich.

24. Kapitel

Ein scharfer Schnitt

li Beck trat aus seinem Haus und schaute zur aufgehenden Sonne hinüber. Aus der Seitentür seines Hauses traten zwei Frauen mit bunten Sachen in den Armen. Die beiden Gehilfen öffneten die Tür des Schuppens und traten danach hinein. Der Sklavenhändler ließ die Sklaven aus dem Schuppen holen und sie in eine Reihe vor sich aufstellen. Die beiden Frauen verteilten neue Sachen an die Kinder. In all den Jahren hatte der Sklavenhändler gelernt, dass die Verpackung einen großen Teil des Geschäftes ausmachte. So zerlumpt und dreckig, wie die Kinder jetzt waren, würden sie nur einen Bruchteil dessen einbringen, was sie in wenigen Augenblicken, gewaschen und neu angezogen, wert waren.

Der Mann winkte eine der Frauen heran und sagte zu ihr „Übersetze an die Kinder: Ihr seid nun Sklaven. Euer Leben hängt ab jetzt am Willen eurer Herren. Denkt immer daran: Gehorche oder Stirb!" er hörte zu, wie die Frau dies in eine fremde Sprache übersetzte und sah zu, wie sich die Kinder an einem mit Wasser gefüllten Trog wuschen und danach umzogen. Sorgsam begutachtete er dabei seine „Ware" und schätzte den Wert ein, den diese Jungen, junge Männer, Mädchen und junge Frauen ihm einbringen würden. Er zog einen gebogenen Dolch aus einer am Gürtel angebrachten Scheide und prüfte die Schärfe der Schneide, dann verwahrte er die Waffe wieder. Auch seine Gehilfen trugen ähnliche Waffen aber auch kurze Schwerter an ihren Gürteln.

Schließlich banden die beiden Gehilfen die Sklaven, einen nach dem anderen, wieder an ein Seil und gaben das eine Ende Ali Beck in die Hand. Der Sklavenhändler zog die Gruppe einfach hinter sich her, gefolgt von seinen beiden Gehilfen, die aufpassen mussten, dass sich keiner vom Seil losmachen würde, was aber angesichts der Knoten sicher nicht möglich war. Sie zogen durch die Gassen bis zum Markt, wo ein kleiner Bereich für ihn abgesteckt war. Ein etwa schulterhoher Zaun umgab den Bereich, der nur vorn eine Öffnung hatte, gerade groß genug, um einen Menschen hindurch zu lassen und in dieser Öffnung stand Ali Beck.

Es dauerte gar nicht lange, bis der erste Käufer eintraf. Der Sklavenhändler begrüßte den Mann mit einer Verbeugung und bot dann mit einer ausladenden Armbewegung seine Ware zur Begutachtung feil. Der Kunde, ein älterer Mann, zeigte auf zwei etwas größere, sicher fünfzehn Jahre alte, junge Männer und sagte zu Ali Beck „Aber ich brauche sie als Eunuchen!" Der Sklavenhändler verbeugte sich und gab seinen Gehilfen ein Zeichen. Einer schnappte sich einen der beiden Jungen an den Schultern und hielt ihn fest. Ali Beck öffnete die Schnur, die die Hose des Jungen oben hielt. Ein kurzer Schrei aus der Kehle des Jungen, der in einem Röcheln endete und der Sklavenhändler hatte mit zwei kurzen Schnitten den Wunsch des Kunden erfüllt. Die abgetrennten Hoden ließ er in einen, extra dafür hingestellten, Eimer aus Holz fallen. Sein Gehilfe stoppte mit einem Stoffstreifen die Blutung und der Sklavenhändler wendete sich dem anderen Jungen zu.

Dieser versuchte nach hinten zu entkommen, wurde aber von dem zweiten Gehilfen schon fest an der Schulter gepackt. Ali Beck trat an den Jungen heran, legte sein blutverschmiertes Messer an die Kehle des Jungen und sagte „Gehorche oder Stirb!" der Junge nickte unmerklich und schluckte ein paar Mal. Dann fiel die Hose des Jungen, ein kurzer Schrei und die beiden abgetrennten Samenspender landeten ebenfalls in dem Eimer. Die Gehilfen zogen den Jungen die Hosen hoch, banden die Hände zusammen und gaben das andere Ende des Strickes dem Kunden. Ein Beutel mit Münzen wanderte in Ali Becks Tasche und die beiden Jungen taumelten ihrem neuen Herren hinterher. Der Sklavenhändler ließ seinen Blick über die wie erstarrt stehende Gruppe schweifen. Ein Lächeln zog um seinen Mund. Nun wussten die Sklaven, dass er keine Scherze machte. Der Mann genoss sichtbar das Entsetzen der Gruppe und war fast dankbar über den Wunsch des Kunden.

Ein neuer Kunde kam und dieser interessierte sich für zwei, etwa sechzehn Jahre alte, Mädchen, mit hellen blonden Haar und wohlgeformten Körpern. Es wurde betastet und geprüft. Vor allem die Haarfarbe, ob sie auch wirklich echt war. Ein weiterer Beutel mit Münzen wanderte in die Tasche des Sklavenhändlers. So wie die Anzahl der abgetrennten Körperteile in dem Eimer anwuchs, so wuchs auch die Menge der Münzen in der Tasche des Sklavenhändlers. Schließlich waren nur noch drei Kinder übrig. Ein schmales, flachbrüstiges Mädchen, mit langem dunkelblondem Haar, von sicher dreizehn Jahren. Ein etwa gleichaltriger Junge mit rotem Stoppelhaar und ein vielleicht acht Jahre alter Junge, der der Jüngste in der Gruppe gewesen war. In Anbetracht des Sonnenstandes und der nur noch wenigen vorhandenen Käufer beschloss Ali Beck nach Hause zu gehen. Er gab dem Mädchen einen Stoß in den Rücken, so dass sie dem einen Gehilfen in die Arme flog. Dieser band zuerst ihre Hände zusammen und danach die beiden anderen Kinder ebenfalls an das Ende des Strickes.

Die kleine Gruppe hinter sich herziehend verließ Ali Beck zufrieden den Markt. Gefolgt von seinen beiden Gehilfen, von denen einer den Eimer trug. Nach einer Weile waren sie wieder an dem Schuppen angelangt. Einer der Gehilfen band die Kinder los und stieß sie regelrecht durch die offene Tür in die Unterkunft für die nächste Nacht. Der Sklavenhändler säuberte das Messer in einem Brunnen und setzte sich dann an einen Tisch. Er breitete die Münzen aus und sortierte sie nach Wert. Es war viel mehr zusammen gekommen, als er erwartet hatte. Einer der Gehilfen kippte die abgetrennten Hoden auf eine freie Fläche, wo sie in der Sonne liegen bleiben konnten. Die würde er dann noch an alte Männer als Potenzmittel verkaufen, wenn sie erst mal richtig trocken waren. Er blinzelte in die Sonne und war mit seinem Tagewerk zufrieden.

Eine der beiden Frauen des Vormittags erschien und verbeugte sich vor ihm „Herr, euer Essen ist bereitet." sagte sie und Ali Beck folgte ihr in das Haus hinein. Dabei zeigte er auf den Schuppen und sagte „Gib denen da drin erst morgen früh Wasser und Brot." Dann setzte er sich an seinen reichlich gedeckten Tisch und begann ein langes Mahl.

25. Kapitel

Immer noch komplett?!

Johanna war fast in den Schuppen geworfen worden. Am Morgen waren sie noch mehr wie zwanzig hier drin gewesen und nun nur noch drei. Sie saß mit dem Rücken an der Wand im Halbdunkel des Gebäudes. Oben an der Decke war die kleine vergitterte Öffnung, durch die die untergehende Sonne ihr letztes rotes Licht in das Gebäude hinein warf. Johanna dachte an den Tag zurück. Mit Erschrecken hatte sie auf die Brutalität des Sklavenhändlers reagiert. Sie dachte an ihre Heimat zurück. Oft hatte sie den Vater dabei zugesehen, wie er die jungen Eber kastriert hatte. Ein kurzer Schnitt, ein Quicken und fertig, aber das hier war etwas ganz anderes gewesen. Hier ging es um Menschen! In den Augen des Mannes hatte sie so etwas wie Freude gesehen, als er sich an den Jungen verging. Seine Handlungen waren schnell und geübt. Sicher machte er so etwas öfters. Diese Überlegenheit und Gewalt des kleinen Mannes hatten eine Gänsehaut bei ihr ausgelöst. Noch immer hörte sie die Schreie der Jungen.

Doch wie sollte es mit ihr weiter gehen? Vor dem Messer des Sklavenhändlers war sie als Mädchen zumindest sicher. Johanna sah an sich herunter. Mit über dreizehn war sie noch immer flach wie ein Junge. Sicher war das einer der Gründe gewesen, warum sie keinen Käufer gefunden hatte. Ihre dunkle Haarfarbe war sicher ein weiterer. Nicht umsonst waren die beiden strohblonden Frauen als erste gekauft worden. Am Morgen hatte sie die anderen Mädchen gesehen, die sich nackt am Trog gewaschen hatten. Viele waren nicht so alt wie sie und dennoch waren sie eher wie Frauen geformt gewesen.

Das Mädchen schaute zur Seite, wo die beiden Jungen im Stroh saßen. Der Ältere kramte in seiner Hose und war sicher froh, dass er noch komplett war. Nicht so wie seine Kameraden, die jetzt schon bei ihren neuen Herren dienten. Johanna dachte zurück. Der Stoß in den Rücken, den ihr der Sklavenhändler auf dem Markt gegeben hatte, ließ sie schon eine dunkle Vorahnung dessen gewinnen, was wohl mit ihr passieren würde, wenn sie am nächsten Abend wieder nicht verkauft sein würde. So wie der Sklavenhändler am Tage reagiert hatte, war ihr Leben dann sicher nicht mehr viel wert. Sie hatte das Lächeln in den Augen des Mannes gesehen. Ihm ging es nur um die Gewalt. Um Macht und darum, Herr über Leben und Tod zu sein. Wer wusste schon, was er sich für sie ausgedacht hatte, oder noch ausdenken konnte. Sie streckte sich in dem Stroh aus und schaute zur Decke des Raumes hinauf. All das Grübeln hatte sie müde gemacht und so war sie schon wenig später eingeschlafen.

Johanna erwachte mitten in der Nacht, als sich eine Hand auf ihren Mund legte. Im Schein des Vollmondes, dessen Licht durch die Öffnung des Raumes direkt auf ihr Gesicht fiel, sah sie den Kopf des älteren Jungen über sich. Er schob ihr mit der anderen Hand das Kleid nach oben und sie ahnte, was er vorhatte. Sie zog die Knie an, so wie sie es oft bei der Mutter gesehen hatte, doch es war vorbei, bevor es begonnen hatte. Leise weinend fiel der Junge neben sie in das Stroh. Das Mädchen drehte sich zu ihm um und streichelte seine Wange, danach wischte sie seine Tränen ab. Sie dachte an die Heimat. Viele Mädchen in ihrem Alter waren schon verheiratet, wenn der Lehnsherr es genehmigt hatte. Doch nun dachte sie auch daran, dass der Sklavenhändler und ihr neuer Herr, falls sie jemals einen bekommen würde, sicher auf ihre Jungfräulichkeit großen Wert legen würden. Vielleicht würde man sie sogar töten, wenn sie es nicht mehr war.

Wie konnte sie dem Jungen helfen, ohne ihr eigenes Leben aufs Spiel zu setzen? Sie dachte wieder an die Mutter, die ihr einmal hinter vorgehaltener Hand, vor vielen Jahren, erklärt hatte, dass es eine weitere Öffnung gab, die man benutzen konnte, um nicht schwanger zu werden. Das Mädchen richtete sich auf, hockte sich auf den Jungen und zog sich das Kleid über den Kopf. Sie mussten leise sein, um den anderen Jungen nicht zu wecken. Der zweite Versuch klappte, die Finger des Jungen krallten sich in ihre Hüften und wenig später schliefen sie nebeneinander im Stroh.

Eine zum Glück traumlose Nacht folgte und ein Geräusch an der Schuppentür weckte sie am Morgen alle auf. Eine der Frauen brachte Wasser und Brot. Die drei hungrigen Kinder stürzten sich auf die Speise und das Getränk. Am Abend hatten sie nichts zu essen erhalten und ihre letzte Mahlzeit war mehr als einen Tag her. Schlimmer als der Hunger, war aber der Durst, zwar war der Schuppen in der Nacht etwas abgekühlt, aber die Hitze kam nicht wirklich aus dem Gemäuer heraus. Vermutlich erst wieder im Winter und der Krug mit dem lauwarmen Wasser, den sie am Abend vorgefunden hatten, war schon nach wenigen Augenblicken leergetrunken gewesen. Als sie fertig waren, wurden sie nach draußen an den Trog gebracht, wo sie sich wieder waschen sollten. Nicht weit von ihnen entfernt saß der Sklavenhändler an einem Tisch und beobachtete sie.

Offensichtlich schien er den Wert der drei Sklaven einzuschätzen. Lohnte es sich, mit den Dreien auf den Markt zu gehen? Sicher nicht! Wenig später saßen sie wieder im Halbdunkel des Schuppens. Johanna konnte die Sprache des Jungens nicht verstehen und er die ihre nicht. Mit Händen und Füßen versuchten sie sich irgendwie zu unterhalten. Allerdings mit nicht sehr viel Erfolg. Bis zum Mittag blieb alles ruhig und langsam machte sich Johanna Gedanken um ihr weiteres Leben. Der Mann würde sie ja nicht einfach so verpflegen, ohne dass er für sie irgendeinen Gewinn erzielen konnte. In ihre Gedanken vertieft starrte sie auf die Tür. Plötzlich wurde diese aufgerissen und einer der Helfer des Sklavenhändlers zerrte das Mädchen in das Sonnenlicht hinaus. Geblendet blieb sie auf der freien Fläche vor dem Schuppen stehen.

Ein vornehm gekleideter Mann ging um Johanna herum. Sie konnte nur kurze Blicke auf ihn werfen, wenn er vor ihr vorbei ging, doch das Mädchen hoffte, dass er sie kaufen würde. Ihr Blick war fest nach vorn auf den Sklavenhändler gerichtet und sie verstand kein Wort von dem, was die beiden Männer sprachen.

26. Kapitel

Der Garten der Früchte

Es war ein sehr schöner Morgen. Ali Beck liebte diese Zeit des Tages. Es war noch nicht so warm draußen und man konnte im Garten sitzen, den einer seiner Sklaven für ihn gerade mit einer Kanne Wasser bewässerte. Seine Vorfahren lebten zwar schon seit Jahrhunderten in diesem Land und hatten schon den Pharaonen gedient, aber er selbst konnte sich mit der Hitze nicht wirklich anfreunden. Ein kühler Platz war da immer eine gute Wahl. Seine Leibesfülle war da vermutlich mit ausschlaggebend bei seiner Entscheidung, lieber im Schatten zu bleiben. Unschlüssig schaute er zu dem Schuppen hinüber. Noch waren da drei Sklaven drin, aber es lohnte sich wahrscheinlich nicht mit den Dreien zum Sklavenmarkt zu gehen. Was sollte er mit ihnen machen? Ein Fischer hätte wahrscheinlich gesagt: „Das ist Beifang und geht wieder zurück in das Meer." Aber er konnte das nicht so sehen.

Zwar hatte er mit den Anderen am Vortag schon genug Münzen erhalten und war mehr als zufrieden, aber die Drei mussten doch auch zu etwas gut sein. Nur zu was? Sollte er noch einmal zum Hafen gehen und dort weitere Sklaven kaufen? Aber diese drei da drin würden sicher wieder übrig bleiben. Gerade brachte seine Dienerin die jungen Sklaven nach draußen, damit sie sich waschen konnten und er sah ihnen zu. Da war nicht viel Geld damit zu machen. Ein flaches Mädchen, das aussah wie ein Junge mit langen Haaren. Ein Junge, fast ohne Muskeln und mit roten Haaren. Und ein kleiner Kerl, der kaum die Kante seines Tisches berühren konnte. Für einen achtjährigen eigentlich viel zu klein. Ali Beck seufzte. Er stand vom Tisch auf und ging zu einem der Bäumchen neben dem Schuppen und betrachtete die Blätter. Die kleinen gelben Früchte würden schon bald ein schönes Getränk abgeben, sauer zwar, aber sehr lecker. Zwischen seinen Fingern drehte er eine der Früchte.

Sein Blick fiel auf die daneben zum Trocknen abgelegten Hoden vom Vortag. Diesmal hatte er acht Jungen von ihrer Männlichkeit befreit. Seine Vorfahren hatten das schon seit ewigen Zeiten für die Priester der Pharaonen gemacht und er selbst wusste nicht, wie oft er diesen Schnitt schon angesetzt hatte. Es mochten hunderte Male gewesen sein. Diesmal waren es besonders viele gewesen, aber das kam sicher durch das geringe Alter seiner gestrigen „Ware". Je früher man diesen Schnitt im Leben machte, umso größer waren die Überlebenschancen des Jungen. Er ging zum Tisch zurück und zog das Messer hervor. Die Klinge war besonders für diese Art des Schnittes geformt. Es hatte keine Spitze und die Klinge war so scharf, das sie ein fallendes Blatt in der Luft durchschneiden konnte. Er schaute vom Messer auf und sah den Schuppen. Was nur tun? Verschenken? Als Zugabe mit irgendetwas abgeben? Vielleicht!

Eine der Dienerinnen kam an den Tisch und verbeugte sich. Ein Kunde war eingetroffen und wollte Stoff kaufen. Ali verstaute das Messer in seinem Gürtel und ging dem Gast entgegen. Er verbeugte sich und führte den Kunden in sein Tuchlager, wo dieser sich die schönen Stoffe ansehen konnte. Sie suchten lange und fanden dann endlich das Passende, was dem Kunden gefiel. Nach dem Geschäft setzten sie sich zum Abschluss noch in den Garten. Der Blick des Kunden fiel auf den Baum neben dem Tisch und als dieser die gelben Früchte ansprach, fiel Ali wieder seine nicht verkaufte Sklavin ein. Er stand auf, verbeugte sich kurz und ging zu einem seiner Gehilfen. Dieser ging zu dem Suppen und zerrte das schmale Mädchen nach draußen in den Garten. Mit einer Handbewegung bat Ali Beck seinen Kunden zu sich und sagte „Wenn du mir auch die Anfertigung deiner Satteldecken aus meinem Stoff anvertraust, so gebe ich dir diese Sklavin dazu. Sie ist noch Jungfrau!" Der Kunde umrundete das Mädchen. „Das soll ein Mädchen sein?" fragte er zweifelnd und fuhr mit der Hand durch die langen Haare. Ali Beck zog das Kleid des Mädchens soweit hoch, dass es der Kunde sehen konnte. Zweifelnd schüttelte der Mann den Kopf und umkreiste das Mädchen erneut. „Und sie ist wirklich noch Jungfrau?" fragte er weiter, und Ali Beck nickte, obwohl er es ja nicht genau wissen konnte. Was hatte ihn zu dieser Aussage bewogen? Der Gedanke, sie sonst nicht loszuwerden?

„Mein Frau braucht zwar eine neue Dienerin, aber das kann doch nicht dein bestes Angebot sein?" fragte er und Ali Beck setzte hinzu „Aber ich gebe sie dir umsonst dazu." Er machte eine kleine Pause „Sie ist sehr flink im Haushalt und zu fast allem zu gebrauchen." log er und pries das Mädchen immer weiter an. „Na gut." sagte der Kunde und die Beiden gingen zum Tisch zurück. Das Mädchen ließen sie einfach dort stehen, wo es mit dem Gehilfen des Sklavenhändlers stand. „Was möchtest du nun aber für das Anfertigen der Satteldecken haben?" fragte der Kunde und schnell kamen sie beim Preis überein. Dann standen Beide auf, Ali Beck verbeugte sich noch ein paar Mal vor seinem Kunden. Der Gehilfe legte dem Mädchen einen Strick um den Hals, band deren Hände daran fest und danach ging der Kunde, das schlanke Mädchen hinter sich herziehend, aus dem Garten davon.

Blieben noch zwei! Erst jetzt kam Ali Beck ein schrecklicher Verdacht. Hatte er wirklich das Mädchen und den gleichaltrigen Jungen zusammen über Nacht, alleine in dem Schuppen gelassen? Zwar hatte er das Mädchen dem Kunden geschenkt, aber gesagt, dass sie noch Jungfrau war, und gerade jetzt stand sein guter Ruf damit auf dem Spiel. Er begann wütend zu werden und seine Gedanken fingen an Kreise zu drehen. Schnaufend ging er zu der

Schuppentür und riss sie auf. Sein Blick fiel auf den Jungen. Er packte ihn am Hals und drückte ihn gegen die Wand. „Was hast du getan?" brüllte er den Jungen an, der ihn nicht verstehen konnte. Ali Beck zog sein Messer und setzte es an die Kehle des Jungen. Immer wieder wiederholte er die Frage, doch der Junge verstand ihn einfach nicht und antwortete auch nicht.

Der Sklavenhändler durchtrennte mit einem Schnitt die Schnur, die die Hose festhielt und der Junge stand halbnackt vor ihm. Er setzte den Schnitt ganz besonders langsam und dem Jungen entfuhr kein Laut. Mit zusammengebissenen Zähnen ertrug er den Schmerz. Einer der Gehilfen stoppte die Blutung und Ali Beck verließ den Raum. Über die Schulter rief er „Das hätte ich schon gestern tun sollen!" Achtlos warf er den abgetrennten Hautsack samt Inhalt zu den anderen.

27. Kapitel

Gebrandmarkt

Der Mann hatte sie am Strick durch die Stadt gezogen. Er hatte keine Rücksicht darauf genommen, dass sie die Schlinge um den Hals hatte und ein paar Mal fast gestolpert war. Manchmal blieb er an einem Stand stehen und dann hatte das Mädchen Zeit sich umzusehen. Die Stadt war sauber und das lag nicht nur daran, dass es hier viel trockner war als in Köln. Hier gab es nicht diesen knöcheltiefen Schlamm. Auch die Häuser sahen viel freundlicher aus. Helle Farben an den Hauswänden überwiegten und die Menschen saßen zum Teil unter großen, über die Straße gespannten, Tüchern. Um diese Zeit waren nicht viele von ihnen zu sehen, das lag sicherlich an der Hitze, die sie nun aber erst heute so richtig wahrnahm, obwohl es doch sicher gestern auch schon so warm gewesen war.

Immer weiter gingen sie durch die Stadt, dann verließen sie den Ort und waren mit einem mal auf einer Fläche vor der Stadt. Direkt vor ihr waren ein paar Ställe zu sehen, hinter denen sich ein großes Anwesen befand. Direkt auf den Eingang eines der Stallgebäude steuerte der Mann hin. Auf einem der Plätze vor dem Stall blieb er stehen und so konnte Johanna schöne Pferde sehen, die von Männern hin und her geführt wurden. Sie gingen an dem Rand des Platzes vorbei, bis sie an eine Stelle kamen, an der den neuen Pferden Brandzeichen eingebrannt wurden. Der Mann rief etwas Unverständliches und zwei der Männer kamen auf das Mädchen zu. Sie drückten sie mit dem Gesicht auf den Boden und Johanna spürte einen stechenden Schmerz in der Schulter. Sie schrie auf. Ein Zischen und der Geruch von verbranntem Fleisch verrieten ihr, dass ihr neuer Herr ihr sein Brandzeichen aufgedrückt hatte.

Die beiden Männer stellten das Mädchen wieder auf die Füße und schon ging es weiter. Am Strick wurde sie durch einen der Ställe zur anderen Seite gezogen, wo es einen großen Hof gab. Ein herrschaftliches Haus, wie sie es noch nie prachtvoller gesehen hatte, lag auf der anderen Seite des Hofes. Doch ihr blieb nur wenig Zeit, um die Pracht auf sich wirken zu lassen. Immer weiter ging der Mann mit ihr und schob sie schließlich durch eine offene Tür in ein Seitengebäude. In dem Raum standen eine alte Frau und zwei jüngere Frauen. Der Herr gab Johanna einen Schubs in den Rücken und sie taumelte hinein. Die ältere Frau löste den Strick um Johannas Hals und danach ergriffen die beiden anderen Frauen jeweils einen Arm des Mädchens und brachten sie zu einem großen Tisch. Die alte Frau strich eine Salbe auf die Brandwunde an Johannas linker Schulter. Danach drückten die beiden Frauen Johanna mit dem Rücken auf den Tisch und banden anschließend die Arme des Mädchens unter dem Tisch fest.

Die alte Frau schob das Kleid bis zu Johannas Bauch nach oben und die beiden jungen Frauen zogen die Beine des Mädchens auseinander. Fachkundig betastete die alte Frau Johanna und kontrollierte alles. Dann lächelte sie, drehte sich um und nickte dem Mann zu, der von der Tür aus die ganze Prozedur aufmerksam verfolgt hatte. Er nickte, lächelte ebenfalls und verließ danach den Raum. Eigentlich hätten die beiden Frauen ja nun ihre Beine wieder loslassen können, doch sie hielten Johanna so fest, dass diese sich nicht bewegen konnte. Die alte Frau stand mit dem Rücken zu Johanna an einem kleinen Schränkchen und suchte offensichtlich etwas. Als sie sich wieder umdrehte, sah das Mädchen die Klinge eines Messers aufblitzen. Verzweifelt versuchte Johanna zu entkommen, doch die Arme waren fest verschnürt und die Beine wurden von den beiden jungen Frauen mit aller Kraft auseinander gehalten.

Die alte Frau beugte sich mit dem Messer zu Johanna hinunter und deutete auf den Hals des Mädchens. Sie verstand den Hinweis „Gehorche oder stirb!" Das Messer näherte sich immer weiter ihrem Körper. Von oben zog die Frau die Klinge zum unbekleideten Unterkörper Johannas und als die Klinge ihren Schoß berührte raubte der Schmerz dem Mädchen die Sinne.

Es hatte mehr wie sieben Tage gedauert, bis Johanna sich wieder bewegen konnte. In der Zeit hatte eine der jungen Frauen sie in der Kammer, in die sie gelegt worden war, bedient. Auch bei ihr hatte Johanna das Brandzeichen gesehen. Ein Halbmond mit einem Pferdekopf darunter. Sicher das Zeichen für eine Sklavin des Hauses. Jeden Tag war die alte Frau bei ihr gewesen und hatte eine Salbe auf die Wunde aufgetragen und nun durfte das Mädchen wieder aus dem Bett aufstehen. Bei jedem Schritt schmerzte die Wunde. In den letzten Tagen hatte sie, im Bett liegend, bemerkt, dass es in dem Haus angenehm kühl war, obwohl es draußen sicher genau so heiß geblieben war. Die Bauweise des Hauses mit den großen Fenstern und hohen Räumen sorgte sicherlich für diese angenehme Temperatur.

Als sie etwas besser gehen konnte, führte sie Fatma, wie die alte Frau hieß, über den großen Hof des Hauses an einen der beiden Seitenflügel. Dieser Teil des Hauses war anders. Die Fenster schienen viel kleiner und es waren Gitter davor. Hier gab es auch nur einen Eingang, während der Rest mit vielen Durchgängen und Gewölben versehen war. Dieser Teil war so offensichtlich anders, dass Johanna gern gefragt hätte, doch Fatma konnte sie ja nicht verstehen. Vorerst führte die alte Frau das Mädchen nur im Haus und Hof herum, damit sie sich alle Gegebenheiten hier einprägen konnte. Von Zeit zu Zeit musste die alte Frau das Mädchen noch stützen, aber das schien für sie vollkommen normal zu sein. Manchmal stützte sich Johanna auf den Zaun des Bereichs, in dem die Pferde ihren Auslauf hatten und schaute den prächtigen Tieren zu. Das waren nicht die großen, robusten Ackergäule, die sie aus der Heimat gewohnt war, sondern grazile und schlanke Renner.

Manchmal sah sie dabei auch den Hausherren stehen. Der Mann war etwa fünfunddreißig Jahre alt und sehr vornehm gekleidet. Aber das war auch bestimmt normal, wenn man das vornehme Haus so betrachtete. Außer ihm waren nur ein paar Sklaven und Bediensteten Männer, die bei den Pferden arbeiteten. Im Haus war er nur von Frauen umgeben. Jede von ihnen verbeugte sich, wann immer er ihnen begegnete. Auch Johanna verbeugte sich. Noch immer wusste sie „Gehorche oder Stirb!"

28. Kapitel

Die neue Sklavin

Da zog er das Mädchen nun hinter sich her und wusste eigentlich nicht, was er mit ihr sollte. Zwar hatte seine Hauptfrau ihn um eine neue Dienerin gebeten, aber dazu musste das Mädchen wirklich noch Jungfrau sein und für den Preis, den er gerade eben bezahlt, oder eben nicht bezahlt, hatte, war das kaum zu erwarten. Er hatte sie sich eigentlich von Ali Beck aufschwatzen lassen. Zum Überlegen lief er einen extra langen Weg bis nach Hause und blieb an einigen Ständen stehen.

Was konnte er mit ihr anstellen? Alles hing eigentlich an der einen Frage: Jungfrau oder nicht? In seinem Hause hatte er es sich selbst auferlegt, das seine Frauen, er hatte drei, in einem verschlossenen Bereich zu bleiben hatten. Dieser Bereich hieß Harem. Kein andere Mann durfte ihn betreten, keine seiner Frauen ihn je wieder lebend verlassen. Nur eine Jungfrau, eine unbefleckte Frau, durfte diesen Bereich als Dienerin betreten und auch wieder verlassen.

Die letzte Dienerin hatte seine Ehefrau bestohlen und er hatte nicht einen Augenblick gezögert, die Diebin zu töten. Er hatte den Hieb mit dem Schwert selbst ausgeführt und es hatte ihm nichts ausgemacht. Es war doch nur eine Sklavin! Ein Gegenstand! Weniger Wert, als eines seiner Pferde. Noch dazu eine Diebin. Doch nun brauchte er wieder jemanden, der seine Frauen in dem verschlossenen Bereich mit Essen, Getränken und all dem versorgte, was diese benötigten.

Natürlich hatte er noch andere Sklaven, aber keine davon war unbefleckt. Eigentlich machte es sich Kaleb unnötig schwer. Keiner seiner Freunde hatte so rigorose Festlegungen in Bezug auf die Frauen. Manche von ihnen begleiteten seine Freunde sogar bei ihren Besuchen, aber er hatte es so für sich festgelegt und so wollte er es auch handhaben. Gott hatte es ihm so befohlen und dem wiedersprach man eben nicht! In Bezug auf Gott war er ein sehr gläubiger Mann und wenn dieser ihm etwas auftrug, so wurde es umgehend von ihm umgesetzt. So hatte er es bisher immer in seinem Leben gehalten und war gut dabei durch sein Leben gekommen.

Mit nur einem Pferd hatte er damals seine Zucht angefangen. Der Verkauf des ersten Fohlens hatte seinen Reichtum begründet und er war mit jedem Pferd reicher geworden. Viele seiner rassigen Rennpferde lebten nun am Hofe des Sultans und durch jedes Pferd, das dort mit seinem Brandzeichen für alle sichtbar als aus seiner Zucht stammend erkennbar war, wurde er angesehener. Jederzeit fand er beim Sultan ein offenes Ohr für seine Fragen und Wünsche und der Sultan ließ bei allen Pferdefragen seinen Rat einholen. Kaleb war ein sehr angesehener Mann geworden.

Und nun zog er diese Sklavin hinter sich her. Sie war weder besonders hübsch noch besonders gut gebaut. Sie sah wie ein Junge mit viel zu langen Haaren aus. Sie war sicher noch nicht lange dreizehn und die Haarfarbe war auch nicht wirklich das, was man sich von einer Sklavin aus dem Norden versprach. An einigen Ständen überlegte der Mann, ob er sie nicht gegen irgendetwas eintauschen konnte. Doch es half alles nichts. Er musste sie mit nach Hause nehmen.

Endlich hatte er sein Anwesen erreicht. An einem der Höfe schaute er den Pferden zu. Ein junges Fohlen sollte gerade mit seinem Brandzeichen versehen werden und da sie nun schon mal hier waren, rief er den beiden Sklaven zu, dass sie dem Mädchen ebenfalls sein Zeichen aufbrennen sollten, was diese natürlich auch sofort machten. Nun erst war sie wirklich sein Eigentum. Er zog sie weiter hinter sich her und betrat den Innenhof seines Hauses. Kaleb ging zu einer Seitentür, hinter der Fatma, sein altes Kindermädchen, lebte. Er öffnete die Tür und sah, dass auch zwei andere Sklavinnen gerade anwesend waren. Er übergab die neue Sklavin und sagte zu Fatma „Prüfe, ob sie noch Jungfrau ist." Die alte Frau nickte und die beiden anderen Sklavinnen zogen das Mädchen zu einem Tisch. Nach einer kurzen Untersuchung bestätigte Fatma, dass das Mädchen wirklich noch unbefleckt war. Kaleb konnte sein Glück kaum fassen.

„Führe die Beschneidung durch!" sagte er und drehte sich um. Auf dem Hof hörte er die Schreie des Mädchens, die kurz darauf verstummten. Er betrat den verschlossenen Bereich und ging zu seiner Hauptfrau. „Ich habe eine Dienerin für dich gefunden." sagte er zu ihr und setzte sich auf einen Stuhl. „Spiele weiter." forderte er die Frau auf, die mit dem Spiel ihrer Laute aufgehört hatte. Er liebte dieses Instrument und er hörte es gern, wenn seine Frau in die Saiten griff und schöne Töne entlocken konnte. Dazu sang sie ein melancholisches Lied aus ihrem Volke.

Beim Lauschen des Liedes ging sein Gedanke wieder an die neue Sklavin. Er würde es Fatma überlassen sie auszubilden und einzuweisen. Die kannte sich da am besten damit aus. Schließlich kannte sie ihn schon sein ganzes Leben. Wenn es jemanden gab, dem er vertraute, so war es wohl diese alte Frau da drüben. Nicht einmal seiner Hauptfrau vertraute er so sehr. Schließlich hatte er sie ja hier eingeschlossen, weil er ihnen nicht vertraute. Jeder Blick eines anderen Mannes würde seine Frauen entehren und er würde sie eigenhändig töten müssen. So war das Gesetz, das er sich selbst gegeben hatte und so hatte er es seinem Gott geschworen.

Er schreckte auf. Er war bei dem Lied der Frau eingeschlafen und draußen ging gerade die Sonne unter. Er verließ den verschlossenen Bereich seines Harems und betrat das Haus. Er sah Fatma, die in einem der Zimmer an einem Bett saß. Kaleb sah die junge Sklavin dort drin liegen. Fatma hatte ihr einen Verband gemacht und die junge Sklavin schien zu schlafen. Es würde sicher noch ein paar Tage dauern, bis sie ihre Pflichten im Harem übernehmen konnte.

Der Mann betrat seinen Bereich des Hauses, wo er sich wusch und sich danach neue Kleidung überzog. Für einen Moment überlegte er, welche seiner drei Frauen er heute mit seiner Anwesenheit beglücken würde. Doch das konnte er immer noch entscheiden, wenn er den Harem wieder betrat. Auf dem Weg nach draußen ging er wieder an dem Zimmer vorbei. Er sah nach der schlafenden Sklavin, die er mehr als einen nützlichen Gegenstand betrachtete, dann verließ er das Haus und überquerte im Mondschein den Hof.

29. Kapitel

Ein Brief des Königs

Ein paar Tage nach ihrem Essen bei dem Abt traf ein Bote des Königs auf der Burg ein. Er überbrachte im Auftrage des Königs eine Nachricht, dass sich Siegfried bei ihm auf der Pfalz einfinden sollte. Die Pfalz war ein paar Tagesritte entfernt und so beschloss er, dass er sich zusammen mit Hans sofort auf den Weg zu seinem Herren machen würde. Er verabschiedete sich von Grunhilda, während Hans unten schon die Pferde sattelte. Wenig später waren sie unter dem Tor hindurch, auf dem oben seine Frau stand und ihm noch eine Weile hinterher schaute. Sie ritten sehr schnell und kamen an diesem Tag auch schon ein gutes Stück voran. Am Abend erreichten sie eine Schänke, wo sie über die Nacht bleiben wollten. Hans würde bei den Pferden im Stall schlafen und Siegfried nahm sich eines der Zimmer.

Dort erst hatte er Zeit über die Nachricht nachzudenken. Was konnte es wohl so wichtiges geben, dass der König ihn zu sich bestellte? Einen Krieg? Einen Kreuzzug? Er grübelte lange nach, bis er endlich in dem weichen Bett einschlief. Doch auch im Traum verfolgte ihn der König. Otto war irgendwie im Moment mit Friedrich im Zweikampf. Viele Fürsten sahen in Friedrich den neuen König und würden ihn sicher noch in diesem Jahr wählen. Aber Siegfried hatte bisher nur Otto einmal kennen gelernt, als er damals mit seinem Vater in der Pfalz gewesen war. Nun hatte ihn aber Friedrich zu sich berufen. Warum wusste Siegfried immer noch nicht, nur das der zukünftige König nicht viel älter war, als er selbst und im Süden in einer der Pfalzen auf ihn wartete.

Es war noch ein weiter Weg und so brachen sie am nächsten Morgen schon früh wieder auf. Eigentlich hätte er ja zu Otto gemusst, aber der schien immer schwächer zu werden. Die meisten der Fürsten waren nun, nach Ottos missglückten Feldzug gegen Italien, eher auf Friedrichs Seite. Der Achtzehnjährige nutzte sein diplomatisches Geschick gut und auch die Münzen, die er großzügig unter den Fürsten verteilte, waren für ihn sehr nützlich. Zu diesem Manne ritten nun Siegfried und Hans und hatten keine Ahnung, worum es wirklich ging.

Von seinem Vater wusste er, dass der Bischof ein treuer Anhänger von König Otto war. Auch der Abt hielt zu diesem König. Er selbst kannte keinen der beiden Könige wirklich gut. Nach mehr als einer Woche trafen die Beiden endlich in der Pfalz ein. Es herrschte ein Gewimmel in dieser Pfalz. Mächtige Fürsten und einfache Ritter waren dort, um Friedrich ihre Unterstützung zuzusagen. Obwohl Siegfried immer noch nicht wusste, was er dort sollte, nutzte er die Gelegenheit und kniete sich vor Friedrich hin.

Der Mann sah auf und fragte seine Begleiter, wer der junge Ritter war. Schließlich begann Friedrich, nachdem einige aus seiner Begleitung ihn informiert hatten, zu fragen. „Du bist noch sehr jung und wie ich erfahren habe, ist dein Vater erst vor kurzen ums Leben gekommen. Der Bischof würde wohl sicher, dass ich dich unter seinen Schutz stelle, weil du noch zu jung bist." Siegfried sah zum König auf, der seine Rede fortsetzte „Ich glaube, du bist alt genug, um für dein Recht zu streiten." Siegfried nickte zustimmend. „Willst du mir immer treu dienen?" fragte der zukünftige König und Siegfried stand auf. „Mein Schwert soll das deine sein. Mein Arm soll dein Arm sein." sagte er, zog sein Schwert und kniete sich wieder vor Friedrich hin.

„So sei es!" sagte Friedrich stand auf und legte seine Hand auf die Schulter von Siegfried. Der erhob sich wieder und steckte das

Schwert wieder weg. Noch ein paar Augenblicke unterhielten sich die fast gleichaltrigen, danach übergab Friedrich ihm ein Schriftstück, das diesen Willen bekundete und ihm die Burg zur Verwaltung übergab. Siegfried bedankte sich und machte sich wieder auf den Weg zu seiner Burg. Solange Friedrich noch nicht offiziell der neue König war, war das Schriftstück nicht wirklich eine Beglaubigung, aber es war mehr als Siegfried bisher gehabt hatte. Auch König Otto würde dieses Schriftstück sicher respektieren und der Abt würde es dann auch tun müssen. Auf dem Rückweg zu ihrer Burg mussten sie durch eine Gegend, in der es schon geschneit hatte und von dort aus schien der Schnee sie zu begleiten. Es wurde immer kälter und der dampfende Atem der Pferde zog vor ihnen her, während die Hufe der Tiere den Schnee hinter ihnen aufwirbelten.

Alles war mit einer weißen Decke zugedeckt. Sie mussten nun vorsichtiger reiten, da durch den Schnee der Weg nur schwer zu sehen war. Es hätte sich ja eine Grube darunter befinden können, die man nun nicht mehr sah. Siegfried blieb auf den Straßen und sein Knappe folgte ihm. Nun war er wirklich ein Ritter. Durch den Handschlag Friedrichs war der Wille des Vaters bestärkt worden, dass er die Burg als Ritter weiter führen sollte. Das Schriftstück mit dem Siegel hatte er gut verwahrt in der Tasche auf seinem Rücken.

Er hatte Friedrich die Treue geschworen, ohne daran zu denken, was wohl passieren würde, wenn Otto König bleiben würde. Das konnte dann vielleicht auch für ihn eine Einschränkung bedeuten, wenn der Bischof durch Otto über ihn gestellt, oder als Vormund bestellt werden würde. Dann würde die Burg zum Besitz der Kirche und der Abt würde in den Dörfern uneingeschränkter Lehnsherr werden. War das vielleicht die Absicht der Kirche gewesen? Hatte der Bischof ihn deshalb hierher bestellen lassen?

Aber warum zu Friedrich und nicht zu Otto. Für einen Moment stutzte Siegfried und hielt sein Pferd an. Er überlegte im Stehen und Hans sah ihn fragend an. Nach einer Weile sagte er „Ich glaube wir sollten zu Otto gehen und nicht zu Friedrich. Ich habe da bestimmt etwas verwechselt. Aber wie dem auch sei, wir haben das Wort Friedrichs."

Hans nickte und sie ritten weiter den Weg entlang. Es war sicher nicht ohne Grund passiert, dass sie den jeweiligen König verwechselt hatten. Friedrich statt Otto. Was sollte es. Das Ergebnis zählte. Sie brauchten noch einmal mehr als eine Woche für den Rückweg und erreichten die Burg noch bevor es dort anfing zu schneien.

30. Kapitel

Im Harem

eit nunmehr vier Wochen lebte Johanna in dem Haus des neuen Herren. Seinen Namen hatte sie mittlerweile erfahren. Er hieß Kaleb. Für mehr hatten ihre Sprachkenntnisse noch nicht gereicht. Fatma und die anderen beiden jungen Frauen konnten sie nicht verstehen. Nur mit Gesten konnte Fatma ihr einiges erklären. Die alte Frau war so fast etwas wie eine Freundin geworden, obwohl sie Johanna so grausam verstümmelt hatte. Aber vermutlich hatte Fatma auch keine Wahl gehabt. Überall im Haus war Johanna schon gewesen, sogar im Schlafzimmer des Hausherrn, da war er allerdings gerade außer Haus, nur in dem vergitterten Anbau war sie bisher noch nicht gewesen.

Eines Tages brachte sie Fatma zu der, bisher immer für sie verschlossenen, Tür. Sie hatte schon bemerkt, dass dieser Eingang zweigeteilt war. Etwa auf Kniehöhe war die Tür unterteilt und das untere Ende ließ sich separat öffnen. Sie hatte Fatma einmal beobachtet, wie diese diesen Teil geöffnet und ein Tablett hindurch geschoben hatte. Vermutlich durfte Fatma diese Tür nicht komplett öffnen. An diesem Tag jedoch zog die alte Frau die ganze Tür auf und schob Johanna hinein. Hinter dem Mädchen fiel die Tür in das Schloss und sie stand alleine in einem wunderschön verzierten Vorraum. Bunte Bilder waren an Wand und Decke, den Fußboden zierte ein Mosaik mit einem großen Hund darauf. Vermutlich sollte er das Überschreiten seines Bildes verhindern.

Wozu war sie hier? Sollte sie weiter gehen? Oder zurück? Fatma hatte sie sicher nicht umsonst durch die Tür geschoben, aber sie konnte ja niemanden fragen. Also ging sie einfach weiter. Sie betrat einen zweiten Raum, in dem einige kleine Bäume standen und dessen Decke nach oben hin offen war, damit die Bäumchen Licht zum Wachsen bekamen. Der Raum war durch einen Vorhang zur anderen Seite abgetrennt. Vorsichtig schob Johanna den Vorhang zu Seite und trat hindurch. Nun stand sie in einem riesigen Raum, der fast die Hälfte des Anbaues einzunehmen schien. Ein großes Becken mit Wasser war in der Mitte und dieses war sicher zehn Mal fünfzehn Schritte groß.

An der gegenüberliegenden Seite dieses Beckens saß eine blonde Frau im Wasser und schien sich die Haare zu waschen. Johanna näherte sich der Frau, die sie aber schon bemerkt hatte. Aus dem Becken heraus schaute sie zu ihr auf. „Du bist die Neue?" fragte die Frau und Johanna stutzte. Die Frau hatte sie in ihrer Sprache angesprochen. „Ich bin Johanna." antwortete sie. Die andere Frau nickte „Ich bin Franziska. Die erste Nebenfrau deines Herren." sagte sie und stieg aus dem Becken. Sie war vollkommen nackt und blieb auch einfach so. „Du sollst unsere neue Dienerin sein, die uns Kaleb versprochen hat." setzte sie fort und begann Johanna, nass wie sie war, durch die Räume zu führen. Sie erzählte weiter, dass sie vor zehn Jahren als Sklavin hierhergekommen war und nun als eine der Nebenfrauen hier lebte. „Dieser Bereich heiß Harem, was so viel wie heiliger Bereich der Frauen bedeutet." erklärte Franziska.

Johanna hatte gesehen, das Franziska weder das Brandzeichen trug, noch das sie so verstümmelt worden war, wie sie, daher musste sie vermutlich von vornherein als Nebenfrau vorgesehen worden sein. Sie gingen durch einen Gang, von dem ein paar Zimmer abzweigten. Franziska erklärte Johanna alles. „Das ist das Zimmer von Asara, der zweiten Nebenfrau von Kaleb." sagte sie und zeigte in ein Zimmer, dessen Tür offen stand und in dem eine junge Frau, mit fast schwarzer Haut, auf einem Bett lag. Die Frau hatte ein kostbares Kleid an, das in allen Farben schillerte und laß in einem Buch. Sie lächelte Johanna an und nickte dem Mädchen kurz zu, bevor sie sich wieder dem Buch widmete. Weiter ging die Führung „Und das ist mein Zimmer." sagte Franziska, öffnete eine Tür. Trocknete sich dort ab und zog sich ein weißes Kleid an. Anschließend gingen sie weiter. Am Ende des Ganges stand eine Tür offen. „Das ist das Zimmer unserer Herrin." flüsterte Franziska und Johanna sah eine etwa dreißig Jahre alte Frau auf einem Stuhl sitzen. Sie spielte leise auf einem Instrument und bemerkte die beiden Frauen vor ihrem Zimmer überhaupt nicht.

Wieder am Becken angekommen zog Franziska zwei Hocker nach vorn und setzte sich auf einen davon. Mit einer Handbewegung bat sie Johanna sich ebenfalls zu setzen. „Nur du und unser Herr können dieses Haus betreten und verlassen." begann Franziska „Und Fatma?" fragte Johanna nach. „Die ist unrein. Sie ist keine Jungfrau mehr. Jeder andere, außer dir, würde sofort von unserem Herren getötet werden." Dabei machte Franziska mit der Hand eine Bewegung vor ihrer Kehle, die unmissverständlich war. „Auch wir dürfen das Haus nicht verlassen. Sonst …" und wieder machte sie dieselbe Bewegung. „Und meine Vorgängerin?" fragte Johanna nach „Sie hat die Herrin bestohlen. Was folgte dürfte dir klar sein?" erwiderte Franziskas und die Handbewegung war eindeutig. „Alles was wir brauchen, wirst du uns hohlen und lerne die Sprache, damit die Herrin dich versteht und du die Herrin." Johanna nickte und schon begann Franziska ihr die ersten Begriffe in der fremden Sprache beizubringen.

Sie zeigte einen Gegenstand, nannte den Begriff in Johannas Sprache und setzte dann den fremden Namen dazu. Johanna musste es solange wiederholen, bis Franziska zufrieden war. Beere, Stuhl, Bett, Kette und Pflanze waren die ersten Begriffe, die Johanna lernte. Immer mehr wurden es. Als die Herrin in das Bad trat und um etwas bat, konnte Franziska sehen, dass Johanna schon viel gelernt hatte, denn diese eilte sofort los und brachte den gewünschten Gegenstand, den ihr Fatma in der Küche übergab. Johanna war froh, dass sie jemanden gefunden hatte, der ihre Sprache verstand und der ihr auch beim Lernen der fremden Sprache helfen konnte. Den Rest des Tages eilte sie zwischen Harem und Küche hin und her. Später half sie Franziska und Asara noch beim Haare waschen in dem großen Becken. Gegen Abend machten sich die beiden Frauen schön, denn sie wussten ja noch nicht ob der Herr an diesem Abend zu ihnen zu Besuch kommen würde, und ob er seine erste oder zweite Nebenfrau für die Nacht erwählen würde.

Doch er blieb am Abend fern und die beiden Frauen konnten sich somit mit Johanna unterhalten, die ihnen wiederum jeden Wunsch erfüllte. Schließlich war das ja ihre Aufgabe gewesen. Die Herrin blieb jedoch den ganzen Abend in ihrem Zimmer. Nur leise hörte man sie singen.

31. Kapitel

Wintertage

Seit dem missglückten Essen war der Abt nicht mehr auf der Burg erschienen. Grunhilda war es immer noch irgendwie peinlich. Sie hatte zu seinen Füßen gesessen und sich in den Eimer übergeben. Aber Martha hatte mit dem Grund recht gehabt. Ihr Bauch nahm eine kleine Rundung an und das konnte ja nicht von dem Essen sein. Nachdem Siegfried wieder zurück war und er dem Abt das Schriftstück von Friedrich gezeigt hatte, waren sie nicht mehr vom Berg hinunter gekommen. Es schneite so stark, dass vor der Burg ein großer Berg an Schnee liegen blieb und sie somit kaum noch das Tor öffnen konnten.

Innerhalb der Mauern schoben sie jeden Tag den Schnee durch die Öffnungen am Boden nach draußen. Manchmal kamen sie kaum hinterher, aber sie mussten ja nach draußen, um nach den Tieren zu sehen. Die drei Schweine hatten sie zwar im Herbst geschlachtet, das Fleisch hing jetzt in der Küche im Rauch des Herdfeuers, aber die Pferde und Hühner wollten täglich ihr Fressen haben. Wenn möglich blieben die Frauen im Hause und die Männer arbeiteten im Hof. Sie schoben den Schnee zur Seite und kümmerten sich um die Tiere, alles Tätigkeiten, die sonst die Frauen machten, aber im Moment hatten die Männer nicht viel anderes zu tun.

Erst wenn der Schnee wieder geschmolzen war, würden sie die Burg wieder verlassen können. Die Fenster der Kemenate waren nun dicht verschlossen und mit Decken zusätzlich verhängt. Das Feuer brannte Tag und Nacht und jetzt im Winter war es der wärmste Raum auf der Burg. Im Scheine eines Talglichtes machte Grunhilda oft ihre Handarbeiten, oder sah den Männern bei ihren Brettspielen zu, die diese am Tisch durchführten. Das Mühlespiel hatten die Männer direkt in den Tisch geritzt und spielten es mit verschiedenfarbigen Steinen. Meist gewann Siegfried, obwohl sie manchmal das Gefühl hatte, dass die anderen Männer ihn gewinnen ließen.

An manchen Tagen setzte sich auch Martha an das Feuer des Kamins und erzählte eine alte Geschichte, wobei ihr alle der Anwesenden lauschten. Die alte Frau wusste viele alte Geschichten zu erzählen und oft ergänzte der alte Schmied die eine oder andere Erzählung, die er auch in seiner Jugend gehört hatte. Solange es draußen hell war arbeiten die Männer im Hof, nach dem Einbruch der Dunkelheit zogen sie sich zuerst in die Küche zurück und nach dem Essen trafen sich alle in der Kemenate. Auf Wache war in dieser Zeit niemand von ihnen. Es konnte sowieso keiner zu ihnen auf die Burg hinauf. Der Weg auf den Berg war genauso eingeschneit und unpassierbar, wie das Tor.

In der Nacht stiegen die Knappen nach oben in ihre Unterkunft unter dem Dach, an dessen Innenseite sich eine dicke Eisschicht gebildet hatte. Die Männer wickelten sich in zwei Mäntel und deckten sich noch mit einer zusätzlichen Decke zu, um in der Nacht nicht zu erfrieren. Nun war die Zeit, wo nachts der Wind heulend um die Burg zog und es pfiff im ganzen Palas gar scheußlich. Den Männern machte dies nichts aus, aber Grunhilda hatte manchmal eine Gänsehaut und das nicht nur wegen der kalten Winde, die trotz der Abdeckung manchmal durch die Fenster zogen.

Obwohl sie sicher erst im dritten Monat war, tat ihr oft der Rücken weh. Sie dankte Gott schon jetzt dafür, dass sie erst im Frühling oder Frühsommer das Kind bekommen würde. Alleine im Winter auf der Burg ein Kind zu bekommen wäre sicher um ein vielfaches gefährlicher, als es im Frühling zu bekommen, wo sie nach einer Hebamme schicken konnte. Manchmal machten die Schilderungen Marthas ihr Angst. Die alte Frau hatte erzählt, dass sie fünf ihrer Kinder bei der Geburt, oder kurz danach, verloren hatte. Nur Siegfried war als einziger am Leben geblieben. In Grunhildas Augen war es schon ein kleines Wunder, dass Martha all diese Geburten überlebt hatte. Von ihrer Mutter wusste sie, dass bei jeder zweiten Geburt die Mutter starb. Manche von ihnen schon bei der Ersten. In diesen Momenten umschloss sie ihren Bauch mit den Händen und betete, dass bei ihr alles gut gehen würde.

Martha hatte einmal gesagt „Je schmaler die Hüften, desto schwerer die Geburt." und wenn sie so an sich herunter schaute, und sich mit Martha verglich, dann konnte ihr dabei schon Angst und Bange werden. Natürlich freute sie sich auf das Kind, doch das Risiko für sie war auch nicht von der Hand zu weisen. Würde das Kind lebend zur Welt kommen? Würde sie es auch aufwachsen sehen können? Manchmal, wenn sie alleine in der Kemenate war, weinte sie, ließ sich aber von den anderen Bewohnern nichts anmerken.

Da sie ja auch nicht mehr zur Kirche in das Tal konnte, hielt Siegfried nun jeden Sonntag einen Gottesdienst in der Kemenate ab. Es war zwar nicht dasselbe, wie unten im Tal, aber trotzdem sehr feierlich. Sie hatten ein Kreuz aus Holzbrettern angefertigt und es dort aufgestellt. Zwei Talglichter beleuchteten es und sie hofften, dass ihre Gebete trotzdem von Gott erhört werden würden. Das Zusammenleben in der Burg wurde jeden Tag enger und manchmal sangen sie alle zusammen zur Laute, die Grunhilda spielte. Sie sangen vom Sommer und den bunten Blumen. Von den Vögeln und der Zeit der Ernte. Wie eine kleine Familie.

Manchmal hätte sich Grunhilda eine Frau in ihrem Alter als Gesprächspartner gewünscht, mit der man über Frauendinge reden konnte. Martha war da zwar da, aber da sie ja auch die Schwiegermutter war, war das nicht ganz so einfach für die junge Frau. Sie freute sich schon auf den Moment, an dem sie das Fenster wieder öffnen und hinunter in das grüne Tal blicken konnte. Dann war sie zwar auch auf der Burg hinter den Mauern eingeschlossen, doch das Gefühl war für sie ein anderes. Es ging darum, dass man gehen konnte, wenn man wollte. Im Moment konnte man es eben nicht. Alles reine Gefühlssache.

Dafür gab es jetzt im Winter deutlich mehr Fleisch zu essen als sonst. Das geräucherte Fleisch der Schweine aus dem Herdrauch schmeckte einfach herrlich. Sie schonten die Hühner und aßen dafür das Räucherfleisch der Schweine. Auch in der Suppe gaben diese Fleischbrocken einen ganz besonders würzigen Geschmack ab. Somit hatte alles eine gute und eine weniger gute Seite. Man musste nur das Beste daraus machen.

32. Kapitel

Der (Un)Treueschwur

Innerlich hatte der Abt geflucht. Erst ging der eine Plan schief und dann, nur ein paar Tage später, auch der andere. Zuerst hatte er zusehen müssen, wie das von ihm begehrte Weib den schönen Schlaftrunk wieder erbrach und danach zeigte ihm dieser Jüngling auch noch die Urkunde Friedrichs. Zwar war immer noch Otto hier der König, doch ihr eigener Fürst unterstützte Friedrich und da es sich der Abt nicht mit dem weltlichen Herrscher verderben wollte, musste er mehr zähneknirschend die Urkunde akzeptieren. Nun war es seinerseits an der Zeit, sich bei Friedrich eine bessere Position zu sichern.

Unmittelbar nach der Rückkehr des jungen Ritters machte sich nun der Abt auf den Weg nach Süden, um Friedrich seiner Loyalität zu versichern. Man konnte ja nie vorsichtig genug sein. Im Gegensatz zu dem Ritter machte er sich aber in einer Kutsche auf den Weg, was natürlich sehr viel länger dauerte. Dafür war es aber bequemer. Durch das Dach über der Kutsche störte ihn auch der Schneefall nicht, in den sie immer mehr hinein gerieten. Die Fahrt wurde immer länger, zumal Friedrich vor ihnen her nach Westen zog und sie ihm damit folgen mussten. Aber da der Abt ja, dick eingepackt in mehrere warme Decken, gemütlich in seiner Kutsche saß, machte ihm das nichts aus.

In Mainz holten sie den zukünftigen König ein und so konnte der Abt ihm noch unmittelbar vor der Krönung die Treue schwören. Friedrich war in Vorfreude auf die kommende Königswürde so freigiebig, dass er dem Abt auch ein paar Silbermark übergeben ließ, nebst eines Schriftstückes seines Vertrauens. Zur Regelung der strittigen Herrschaftsverhältnisse zwischen Burg Bärenberg und dem Kloster sagte der neue König aber damit nichts aus, nein eigentlich verschärfte er die Spannungen damit nur noch mehr, da er ja nun beiden Seiten ihre Ansprüche gewährte.

Dieser Treueschwur des Abtes hatte seinen Zweck nun durchaus schon jetzt erfüllt. Reginald von Rabenhorst hatte sich alle Möglichkeiten offen gehalten und auch noch ein paar Münzen erbeutet. Wohl wissend, in was er dieses Geld investieren würde. Es kam ihm gerade Recht, um damit das Fundament der Burg derer zu Bärenberg wieder einmal in den Grundfesten zu erschüttern. Dass er dabei einen Erlass des Königs brechen musste, dem er gerade eben erst selbst die Treue geschworen hatte, störte ihn dabei nicht. Sich die Hände vor Freude reibend machte er es sich in seiner Kutsche gemütlich und ließ sich durch den Schnee nach Hause bringen. Nun hatte er eine ganze Weile Zeit für die Ausarbeitung eines neuen Plans, zur Eroberung der Burg.

Als er endlich wieder in seinem Kloster war bemerkte er, dass an die Burg sicher für ein viertel Jahr kein Herankommen mehr sein würde. Zu viel Schnee lag nun rund um den Berg in der Gegend. Daher hatte er nun noch mehr Zeit sich einen guten Plan zurecht zu legen. Einen der diesmal auch wirklich funktionierte. Durch seine Fenster, die mit guten Bleiglasscheiben ausgestattet waren, konnte er den Burgberg jeden Tag sehen. Dunkel hob sich der Turm vor der weißen Bergkuppe ab und schien ihn irgendwie immer wieder auszulachen. So viel hatte er schon probiert in den vergangenen zwanzig Jahren und fast alles war irgendwie gescheitert. Das musste nun langsam enden.

Wenn er es nur gekonnt hätte, so hätte er sicher auch dem Teufel seine Seele verkauft, nur um endlich diese Burg loszuwerden. Aber sie blieb da in seinem Blick einfach stehen. Vermutlich hatte der Teufel seine Seele aber auch schon lange zu sich geholt. Das Verhalten des Abtes war nun wirklich nicht christlich zu nennen. Manchmal erschraken sogar seine beiden Mägde vor ihm, wenn er wieder einen seiner dunklen Pläne ausbrütete, nur um ihn wenig später wieder zu verwerfen. Es musste doch möglich sein mit Geld etwas Einfluss zu gewinnen, um die da oben auf der Burg loszuwerden. Nur wie? Das war die Frage. Der Trank, dem ihn Ursula gemacht hatte, hatte ja nicht zum erwünschten Ziel geführt. Eigentlich konnte er der alten Frau keinen Vorwurf machen. Bei dem Burgherren hatte der Trank ja auch ganz ausgezeichnet gewirkt, doch tief in seinem innersten hegte er immer noch Groll gegen Ursula, weil der Trank bei der Burgherrin so sonderbar gewirkt hatte. War das Absicht von der alten Frau gewesen?

Da er im Moment nichts gegen die Burg unternehmen konnte, richtete sich nun sein Hass erst mal gegen die Kräuterfrau. Er ließ sie einfangen und in den Keller des Klosters bringen. Dort ließ er die alte Frau anketten und hatte sie nun jederzeit sicher im Gewahrsam. Manchmal ging er hinunter in den Raum und freute sich darüber, dass er die alte Quacksalberin sicher hatte. Befragen lassen wollte er sich nicht, zu gefährlich war das Wissen der alten Frau um den Trank, den er bei ihr in Auftrag gegeben hatte.

Schließlich reifte in ihm der Plan den Burgherren von der Burg zu locken, um dann das Gebäude mitsamt der Bewohner in Besitz zu nehmen. Er ließ durch einen seiner Mönche, dem er Stillschweigen auferlegte, ein Schriftstück anfertigen, das so aussah, als würde es vom König kommen. Selbst das Siegel ließ er durch den Mann fälschen. Er benutzte dafür das Siegel, das an der Urkunde für seinen eigenen Treueschwur hing.

Als der Mönch das fertige Schriftstück vorlegte und der Abt es für gut befunden hatte, vergewisserte er sich noch einmal, dass der Mönch mit niemanden darüber gesprochen hatte. Als der Mönch dies bejahte stach ihn der Abt nieder und ließ die Leiche im Keller verschwinden. Die alte Frau hatte es trotz der Vorsicht des Abtes gesehen, wie er eigenhändig die Leiche dort verborgen hatte. Nun würde er auch die alte Frau nicht wieder gehen lassen können. Diesmal fälschte er selbst ein Geständnis der alten Frau, in dem sie sich selbst der Hexerei beschuldigte. Mit diesem Dokument brachte er Ursula auf den Scheiterhaufen.

Als die Flammen im Klosterhof an der alten Frau herauf züngelten verfluchte Ursula den Abt und alle im Kloster konnten es hören. Auch einige in der Nähe arbeitenden Bauern hörten den Fluch der alten Frau und trugen ihn weiter in die Dörfer hinein.

Nun blieb ihm nur noch zu warten, bis der Schnee geschmolzen war, um seinen neuen Plan auszuführen, der ja schon zwei Menschen das Leben gekostet hatte.

33. Kapitel

Segnungen und falsche Wege

Kaum war der Schnee geschmolzen stand schon ein Bote des Königs vor dem Tor der Burg. In einem Brief forderte dieser Siegfried auf, sich unverzüglich mit seinen Knappen bei ihm am Hofe einzufinden. Da der König nach dem Schreiben schon wieder auf dem Weg nach Italien war, mussten sie sich beeilen. Sofort ließ er alles vorbereiten. Mit drei Knappen und voller Ausrüstung machten sie sich also auf den Weg und ließen seine Frau und die Mutter mit Peter, dem alten Schmied, als Schutz, in der Burg zurück. Bevor er den Berg hinunter ritt, schaute er sich noch einmal um. Grunhilda stand oben auf der Mauer über dem Tor und winkte ihm zum Abschied zu. Wie lange mochte es wohl dauern, bis er sie wieder sehen würde?

Er wendete sein Pferd und jagte den Knappen hinterher, die schon einen kleinen Vorsprung gewonnen hatten. Es war ein langer und gefahrvoller Weg und so ließen sie sich in der Klosterkapelle segnen, bevor sie weiter aufbrachen. Der Abt persönlich nahm die Segnung vor und wünschte ihnen alles Gute für den langen Weg. An der Klosterkapelle schaute Siegfried noch einmal zur Burg zurück, bevor er wieder auf dem Pferd aufsaß. So schnell es ging ritten sie los. So würden sie vielleicht beizeiten wieder zurück sein.

Sie folgten einer breiten Straße, die nach einigen Tagen immer steiler anstieg und über ein hohes Gebirge führte. Hier oben lag immer noch Schnee und sie mussten sehr vorsichtig sein. Manchmal mussten sie sogar absteigen und die Pferde an der Leine führen, damit keines von ihnen stolperte und in die Tiefe der Felsen fiel. Dank der Segnungen blieben sie aber von jedem Unheil verschont.

Immer weiter ritten sie nach Süden und waren schon nach ein paar Wochen durch ganz Italien bis zur Südspitze geritten, wo sie sicher mit dem König zusammen treffen würden. Dort warteten sie bis weit nach Ostern, doch der König ließ sich nicht blicken. Noch nicht einmal eine Nachricht von ihm traf ein, so dass sie sich entschlossen, ihm entgegen zu reiten. Es dauerte wieder ein paar Wochen, bis sie endlich auf den König trafen, doch der wusste von nichts. Als ihm Siegfried das Schriftstück zeigte, war der König sehr erzürnt. Es war nicht seine Unterschrift und das Siegel war auch gefälscht.

Wer konnte den so etwas tun? Friedrich ließ sofort einen seiner Männer eine Untersuchung durchführen, bei der das Schriftstück analysiert wurde, aber kein Schuldiger zu finden war. Da Siegfried nun aber schon mal am Hofe des Königs war, führten die Beiden auch lange Gespräche. Schließlich trennten die beiden Männer gerade mal zwei Jahre. Friedrich war froh, mit einem fast gleichaltrigen zu reden. In seinem Hofe waren die Meisten mehr als doppelt so alt, wie er selbst. Die beiden jungen Männer führten fast zwei Wochen lang jeden Abend Gespräche über alles Mögliche. Dann brach Siegfried wieder auf, um zu seiner Burg zurück zu kehren. Schließlich würde es nicht mehr lange dauern, bis sein erstes Kind zur Welt kommen sollte.

Immer wieder machte er sich Gedanken darüber, wer ihn wohl von der Burg gelockt hatte. Er kam aber zu keinem richtigen Gedanken. Wer würde den so dreist sein und das Siegel des Königs fälschen? Diese Tat wurde mit dem Tode bestraft und das Ganze nur, um ihn vom Berg herunter zu bekommen? Vielleicht war es ein Ritter aus einem der Nachbarbezirke, der die Burg erobern wollte? Doch dann würde ja sofort der Verdacht auf ihn fallen und er würde vom König zur Rechenschaft gezogen werden. Das Ganze ergab für Siegfried keinen Sinn und so ritt er den Weg entlang, weiter zu seiner Burg zurück.

Je mehr sie sich der Burg näherten, desto schneller wurden sie auch. Aber die Pferde waren durch den langen Weg auch ziemlich erschöpft, so dass sie dringend eine Pause brauchten. Daher rasteten sie in einem Waldstück und machten ein Feuer, um sich daran zu wärmen. In der Nacht hörte Siegfried seltsame Geräusche und schlich durch den Wald, um zu ergründen, woher sie kamen. Im Mondlicht sah er eine Gestalt zwischen sich und dem Feuer. Leise bewegte er sich an die Person heran und setzte ihr seinen Dolch an die Kehle. Der Fremde ließ eine Armbrust fallen und stand auf.

Gemeinsam gingen sie zum Feuer. Als der Fremde das Schild von Siegfried sah erstarrte er. Plötzlich kam Siegfried ein Gedanke. Er ging zurück und suchte die Armbrust. Als er sie fand, zog er den Bolzen heraus und nahm ihn mit zum Feuer. Dort betrachtete er ihn genau und stellte fest, dass er dieselbe Bemalung wie der Bolzen hatte, der seinen Vater getötet hatte. Das konnte sicher kein Zufall sein! Er versuchte den fremden Mann zur Rede zu stellen, aber der stammelte nur etwas von Ritter und Räuber, mehr war aus ihm nicht heraus zu bekommen. Sie versuchten es die ganze Nacht weiter, aber mehr als das erfuhren sie nicht.

Da er sicher war, den Mörder seines Vaters vor sich zu haben, und einen Räuber noch dazu, fällte Siegfried ein schnelles Urteil und hängte den Mann bei Sonnenaufgang an einem Baum auf. Nun hatte er einen der Männer zur Strecke gebracht, die für den Tod seines Vaters verantwortlich waren. Aber es waren ja vier Männer gewesen, wie der Bauer ihm damals gesagt hatte. Somit blieben noch drei, die er jagen musste. In Gedanken versunken machte er sich wieder auf den Weg, von seinen Knappen begleitet.

Schon bald war die Burg wieder zu sehen, doch bevor sie sich auf den Weg nach oben machten hielten sie im Kloster an, um dort für den Schutz auf ihrer Reise zu danken. Sie banden die Pferde außen an einem Zaun fest, legten ihre Waffen ab und schoben dann das knarrende Kirchentor auf. In der Kapelle, auf der ersten Bank vor dem Altar, saß der Abt im Gebet vertieft und begrüßte dann die Reisenden. Nach der Schilderung der Reise schüttelte der Kirchenmann den Kopf und sagte „Wer macht den so etwas? Ein Schriftstück des Königs fälschen?" auch Siegfried wusste es nicht, machte sich dann aber auf den Weg nach Hause.

34. Kapitel

Ursulas Fluch?

Er stand am Fenster der Kapelle und schaute den Reitern hinterher. „Das konnte doch gar nicht besser gehen." freute sich der Abt und rieb sich die Hände. Da melden die sich auch noch bei ihm ab und bitten ihn um seinen Segen. Der gefälschte Brief hatte also zumindest die Besatzung der Burg fortgelockt und wenn er beim letzten Mal richtig gezählt hatte, so war nun die junge Burgherrin mit Martha und einem anderen Knecht allein auf der Burg. „Alleine und Schutzlos." murmelte der alte Mann vor sich hin und sah zur Burg hinauf. Die Männer waren sicher drei oder vier Monate unterwegs. Hinterhältig wie er war, hatte er sie in den Süden Italiens geschickt, dort wo Friedrich ebenfalls König war.

Nun brauchte er nur noch zwei oder drei Tage warten, bis die Einsamkeit zu wirken begann und dann würde er zur Burg hinauf reiten und sich als Beschützer anbieten. Es konnte gar nicht besser laufen. Ein Mönch riss ihn mit einer Frage aus seiner Vorfreude und er hätte ihn fast deswegen angeschrien, konnte sich aber dann doch beherrschen. Er schaute noch einmal auf die Burg und widmete sich dann seinen täglichen Pflichten.

Viel öfter als sonst schaute er nur zum Berg hinüber und es schien ihm so, als ob er ihn überall sehen würde, sogar in einer Spiegelung sah er ihn, als er mit dem Rücken zur Burg stand. Jetzt, da er wusste, dass der Weg frei war, wollte er unbedingt da hin. Konnte er noch diese zwei Tage warten? Oder würde ihn das Verlangen schon vorher zerreißen? Vielleicht konnte er ja einen Grund erfinden, warum er auf der Burg war? Schließlich war er froh, als die Sonne endlich unterging und er den Berg nicht mehr sehen konnte.

Aber auch in seinen Traum schlich sich die junge Burgherrin hinein. Gerade als er sie berühren wollte, wachte er auf. Der Mann schob Maria, die neben ihm schlief zur Seite und wälzte sich aus dem Bett. Dann ging er durch den Raum und setzte sich in seinen Stuhl, der am anderen Ende des Zimmers stand. Es war eine Besessenheit, die ihn befallen hatte. Vielleicht war diese junge Frau wirklich eine Hexe und er musste sie aus dem Weg schaffen! So wie er Ursula aus dem Weg geschafft hatte? Er hörte wieder die Worte der alten Frau, die ihn verflucht hatte, kurz bevor sie starb. „Nie wirst du dein Glück finden. Immer wirst du ein getriebener deiner Gier bleiben!" hatte Ursula geschrien. Was hatte sie wohl damit gemeint? Sein Verlangen nach der Frau, die er einfach nicht bekommen konnte?

Die Sonne ging auf und die ersten Strahlen fielen durch das Fenster herein. Aber für die junge Frau da oben war es die erste einsame Nacht gewesen. Wie hatte sie sich wohl in dem leeren Bett gefühlt? Alleine auf der Burg? Weit oben ohne den Mann? Die beiden Mägde räkelten sich auf dem Bett und er scheuchte sie in die Küche. Ein Diener kam und begann ihn anzukleiden, dann war auch das Essen soweit fertig, dass er sich an den gedeckten Tisch setzen konnte. Mit dem Rücken zum Fenster ließ er es sich schmecken, bis er auf einem glänzenden Becher das Spiegelbild der Burg sah, so groß, wie er sie noch nie gesehen hatte. Spielten ihm seine Augen einen Streich? Er drehte sich um und sah den Berg ganz klein hinter sich und auch auf dem Becher war sie nun kaum zu sehen.

„Bei Gott. Sie hatte recht." murmelte er. Er war ein Getriebener! Der Fluch hatte schon lange eingesetzt, aber eigentlich schon bevor Ursula ihn ausgesprochen hatte. Praktisch in dem Moment, als er die junge Burgherrin das erste Mal gesehen hatte, war er ihr verfallen. Daran konnte er nichts ändern und nun war wenigstens der erste Teil des Planes gelungen. Der Mann war aus dem Weg und die Frau einsam da oben. Er stand auf und ging an das offene Fenster. Er rief seinen Diener zu sich und gab ihm den Auftrag zwei Pferde zu satteln. Nachdem dies geschehen war, ritt der Abt, von seinem Diener gefolgt, los.

Während des Weges überlegte der Mann, was er wohl sagen würde und mit welchen Worten er sich Zugang zur Burg verschaffen konnte. So richtig fiel ihm aber nichts ein und so ließ er es einfach sein und konzentrierte sich nur noch auf den Weg. Schon nach einer kurzen Strecke waren sie unten am Burgberg angekommen, den er nun besonders langsam nach oben ritt. Je näher er dem Tor kam, desto aufgeregter wurde er und desto mehr musste er auch versuchen, seine Aufregung in den Griff zu bekommen.

Das Burgtor stand offen und ein alter Mann stand, auf eine Lanze gestützt, direkt davor. Der alte Mann schaute den Abt an und blieb einfach stehen. Hinter ihm trat Martha aus einem der Ställe und sah den Abt. Sie kam zum Tor und rief schon im Gehen „Da hast du dir aber Zeit gelassen. Ich hätte schon gestern mit dir gerechnet. Was willst du?" dabei stellte sie sich neben den alten Mann, so dass sie nun beide das Tor mit ihren Körpern vor dem Abt verschlossen.

„Siegfried war gestern bei mir und hat mich gebeten, euch unter meinen Schutz zu stellen." log er vom Pferd herunter. Zumindest die Hälfte des Satzes war richtig. Siegfried war ja wirklich bei ihm gewesen. Er saß vom Pferd ab und übergab seinen Zügel an seinen Diener und trat vor die Beiden am Tor hin. „Wollt ihr den Wunsch eures Herren nicht entsprechen?" fragte er und versuchte sich den Weg frei zu machen. „Das hätte mein Sohn nie gesagt." begann Martha, doch der Abt verbot ihr mit einer Handbewegung das Wort „Willst du mich also der Lüge bezichtigen?" fragte er zischend und schob die beiden Alten einfach zur Seite.

„Mit euch werde ich auch noch fertig." dachte er, als er über den Burghof ging. Er spürte die Blicke der beiden Menschen in seinem Rücken und suchte nach der jungen Herrin. Vermutlich war sie im Palas. Der Mann betrat das Haus und sie saß in der Küche an einem Tisch, an dem sie Gemüse putzte. „Ich soll euch unter meinen Schutz stellen." sagte er, als er den Raum betrat. Die Frau blickte nur kurz auf, lächelte und nickte. Fast hätte er gerufen „Gib dich mir sofort hin!" doch er schaute sie nur an. Die Frau stand vom Tisch auf und er sah, dass sie sicher im sechsten Monat schwanger war. Fast wären ihm seine Gesichtszüge entglitten. Das durfte doch nicht wahr sein! Gedankenverloren drehte er sich um und verließ die Burg ohne ein Wort wieder.

35. Kapitel

Ein neues Leben

S ie war glücklich darüber, dass ihr Mann daran gedacht hatte, sie unter den Schutz des Abtes zu stellen. Nun kam sie sich nicht mehr ganz so alleine vor. Die letzte Nacht war furchtbar gewesen. So ganz alleine in dem Zimmer und fast alleine auf der Burg. Nur die beiden alten Leute noch hier oben. Dass der Abt so schnell verschwunden war, verwunderte sie etwas, aber er hatte ja gesagt, was er sagen wollte. Nun galt es erst einmal das Essen für sie drei fertig zu bekommen. Zusammen hatten sie sich am frühen Morgen einen Plan gemacht. Der alte Mann würde die Wache am Tor übernehmen, Martha das Vieh versorgen und sie würde im Palas alle anderen Tätigkeiten übernehmen.

Mit ihrem Bauch konnte sie sich nicht mehr so richtig bücken und damit war die Arbeit im Stall nicht mehr die Richtige für sie gewesen. Manchmal schaute sie oben aus dem Fenster und hoffte, dass ihr Mann wieder da sein würde, wenn das Kind auf die Welt kommen würde. Dass sie nun so alleine war, hatte auch sein Gutes. Sie konnte sich nicht mehr so viele Gedanken darum machen, was sein könnte und was werden würde. Es blieb einfach nicht mehr die Zeit zum Nachdenken. Sie nahm sich nun vor, wann immer möglich, nach unten in das Dorf zu reiten, oder auch in das Kloster zum Beten zu gehen.

Zumindest solange sie noch reiten konnte. Es würde aber sicher noch vier Monate dauern, bis es dann soweit sein würde und ihr Kind auf diese Welt wollte. Während das Essen auf dem Feuer kochte, stieg sie zur Kemenate nach oben und setzte sich auf das Fensterbrett. Sie legte ihre Hände auf ihren Bauch und begann ein Lied zu singen. Von Blumen und siegreichen Männern, die als

Ritter für die Tugend ihrer Damen kämpften. Von Siegerkränzen im Turnier und strahlenden Helden. Sie schaute in das Land unter ihrem Fenster. Nur ihr Held war nicht da. Er kämpfte für sie woanders. Eine Träne lief über ihre Wange, dann stand sie auf und ging zurück nach unten in die Küche, wo sie wieder umrührte und danach die Holzschüsseln in den Raum nebenan trug.

Martha trat in den Raum „Er ist verschlagen und falsch." sagte sie und Grunhilda wusste, wen die alte Frau meinte. Sie drehte sich um und antwortete „Ich finde es nicht schlecht, dass er uns unter seinen Schutz gestellt hat. Wir brauchen aber trotzdem noch mindestens einen Knecht hier oben." „Niemals hat Siegfried ihn darum gebeten. Da kenne ich meinen Sohn viel zu gut." setzte Martha fort, doch Grunhilda musste in die Küche zurück, um die Suppe zu holen. Für drei Leute war es eigentlich zu viel Suppe und so erhielt jeder zwei Schüsseln. In der Zeit des Essens war das Tor der Burg zu und die Brücke hochgezogen. Schließlich konnten sie nicht überall gleichzeitig sein.

„Wir brauchen noch einen Knecht." begann Grunhilda nach dem Essen wieder und der alte Mann nickte. „Ich gehe dann in das Dorf und suche mir einen aus." antwortetet er, aber das würde sicher nicht so einfach. Der Mann war ja nicht der Burgherr. Das würde dann wohl an Grunhilda bleiben und so beschlossen sie zusammen in das Tal hinunter zu gehen, während Martha alleine die Burg bewachen würde. Das erste Grün war schon an den Zweigen neben dem Weg zu sehen, als sie den Pfad entlang gingen. Der alte Mann hatte seine Lanze mitgenommen und an Grunhildas Gürtel, der etwas seltsam über dem Bauch spannte, hing der lange Dolch, den ihr die Mutter einst mitgegeben hatte. Man konnte ja nie wissen, ob man ihn nicht brauchen würde.

Im letzten Winter hatte sie oft mit Siegfried das Kämpfen geübt. Als Burgherrin musste man sich ja auch zu wehren wissen.
Gerade jetzt, da er nicht mehr da war, fühlte sie sich durch den
Dolch und ihr Können besser beschützt. Der alte Mann mit der
Lanze wäre sicher kein guter Schutz für sie. Ob er die Waffe überhaupt noch benutzen konnte, stand in den Sternen. Der Mann war
schon sehr gebrechlich und die Zeit, in der er mit Berthold in den
Kampf gezogen war, war schon mehr als dreißig Jahre her. Er benutzte die Lanze eher wie einen Gehstock und nicht wie eine Waffe. Endlich hatten sie das Dorf erreicht und sie sahen sich um. Wo
konnten sie einen Knecht herbekommen, ohne dass im Dorf einer
bei der Arbeit fehlen würde?

Schließlich hatten sie einen der Knechte gefunden und nach
kurzem Gespräch mit dem Bauern waren sie sich einig geworden.
Ein paar Münzen wechselten den Besitzer und Grunhilda hatte
einen neuen Knecht. Zu dritt stiegen sie den Berg wieder hoch.
Der Mann war nur ein paar Jahre älter als sie selbst und half ihr
auf dem Weg. So waren sie nun einer mehr auf dem Berg und die
Arbeit wurde neu verteilt. Der neue Knecht sollte sich um das
Holzsammeln außerhalb der Burg kümmern.

In den nächsten Wochen ließ sich der Abt nicht mehr sehen
und auch Grunhilda sah ihn nicht, nicht mal im Kloster, in das sie
zum Beten am Sonntag ritt. Ihren Schutz übernahmen sie somit
alleine und damit lebten sie auf ihrem Berg weiterhin völlig sicher.
Die Rechtsprechung über die Dörfer übernahm wie selbstverständlich ebenfalls Grunhilda. Dazu ließ sie sich einen Stuhl vor den
Palas stellen, denn mit dem Stehen hatte sie schon bald ihre Prob-
leme.

Eines Tages, als sie gerade eine Streiterei zwischen zwei Bauern schlichten wollte, zuckte ein Schmerz durch ihren Bauch und sie kam nicht mehr alleine vom Stuhl. Auf Martha gestützt schleppte sie sich in den Palas hinein. Doch sie kam nicht mehr die Treppe hinauf.

Martha ließ sie sich einfach auf den Tisch in dem Speiseraum legen und dort brachte sie auch nach nur ganz kurzer Zeit ihr Kind zur Welt. Martha war verwundert, wie schnell das gegangen war, aber Grunhilda war froh, dass das Kind lebte. Sie und Siegfried hatten einen Sohn und nun musste sie nur warten, bis ihr Mann wieder da sein würde. Jedoch noch bevor sie die Treppe zur Kemenate nach oben gehen konnte, traf Siegfried im Hof der Burg ein. Überglücklich begrüßte er Frau und Kind und erzählte dann von seiner Reise. Sie hörte aufmerksam zu, auch wenn Grunhilda im Moment lieber etwas Ruhe gehabt hätte.

36. Kapitel

Kinderschritte

Seine Herrin und sein Herr hatten ihr Kind nach Siegfrieds Vater Berthold getauft. Immer wenn Hans das kleine Kind, das nun auch schon wieder ein Jahr alt geworden war. Im Schutze der Mutter und an deren Hand über den Burghof tapsen sah, dachte er daran, dass ihm als Knecht wohl dieses Glück für immer versagt bleiben würde. Nur als freier Mann konnte er überhaupt an Hochzeit und Kinder denken. Als Knecht war dies völlig unmöglich. Er würde Siegfried fragen müssen, ob er sich nach einer Frau umsehen durfte und der Herr würde sicher „Nein" sagen, da war er sich fast sicher.

Um sich das zu ersparen, fragte er erst gar nicht. Er hätte sowieso nicht gewusst, wen er den freien sollte. Und Geld hatte er auch nicht. Womit hätte er also eine Familie ernähren sollen? Hier auf der Burg hatte er freie Verpflegung und Unterkunft, aber Geld gab es keines als Entlohnung. Doch die Kinderschritte von Berthold und sein Lachen, das über den Burghof schallte, ließen Hans oft nachdenklich werden. Er sah die anderen Knechte, die schon so viel älter waren, als er selbst und diese hatten auch noch keine Frau. Auch die Knechte unten im Dorf hatten nicht das Recht zur Heirat.

Nur wer Land oder Eigentum hatte, der konnte an Frau und Kinder denken. Aber Gedanken machte er sich trotzdem, auch wenn es zu nichts führen würde. Praktisch lebte er hier oben auf dem Berg wie ein Mönch. Fernab aller Frauen und doch mit der Herrin und deren Sohn unter einem Dach. Die Mönche im Kloster wurden wenigstens nicht jeden Tag an ihr Zölibat erinnert, er hier oben schon. Vermutlich dachten die anderen Knechte ähnlich, denn wo auch immer Berthold auftauchte wurde die Arbeit meist für ein paar Spiele kurz unterbrochen. Selbst Siegfried unterbrach das Kampftraining für ein paar Augenblicke, wenn seine Frau mit dem Sohn erschien.

Für Hans hatte das vergangene Jahr auch eine Veränderung gebracht. Der neue Knecht, den die Herrin im Dorf gefunden hatte, hatte seine Aufgabe im Wald übernommen und somit ging seine Ausbildung zum Knappen jeden Tag weiter. Zuerst hatte er das Kämpfen mit dem Schwert geübt, aber in seiner großen Faust wirkte das lange Schwert wie ein Dolch. Schließlich hatte er sich in der burgeigenen Schmiede eine Axt gefertigt, die genau dem entsprach, was er als Waffe haben wollte. Sie war schwer geworden und die anderen Knechte hatten Mühe, die Axt überhaupt anzuheben, aber Hans konnte sie mittlerweile meisterlich führen.

Mit einem Hieb konnte er Holzbalken spalten und auch ein alter, verbeulter Helm wurde durch einen Hieb in zwei Hälften geteilt. Doch auch das Kämpfen ohne Waffe und das Reiten wollten geübt sein und wurden jeden Tag von Siegfried für ein paar Stunden gefordert. Aber alleine schon die Körperkraft von Hans ließ ihn in jedem Kampf der Sieger sein. Die schwere Arbeit in der Schmiede des Vaters hatte ihm diese Kraft verliehen. Schließlich wurde er Schildknappe bei seinen Herren und damit sozusagen erster Gehilfe Siegfrieds im Kampf.

Manchmal mussten sie ihr Können auch in einem Turnier unter Beweis stellen und auch dort blieb sein Herr siegreich. Er selbst durfte als Knappe nicht daran teilnehmen, aber er war für seinen Herren sehr wichtig geworden und Siegfried fragte ihn oft nach seinen Ansichten. Meist ritten sie zu zweit los und kamen auch so wieder zurück. Auf den langen Wegen zum Turnier und zurück hatten sie dann viel Zeit sich zu unterhalten. Es war ein Verhältnis wie zwischen zwei Freunden und nicht wie zwischen Herr und Diener, so wie es Hans bei anderen Rittern gesehen hatte, die ihre Knappen herablassend behandelten oder herum scheuchten.

Im Stillen dachte er darüber nach, was diese Ritter da machten. Er fragte sich, ob diese Männer nicht wirklich wussten, dass sie im Kampf ihr Leben den Knappen anvertrauen mussten. Hans war sicher, dass Siegfried dies verstanden hatte und ihn deshalb so gut behandelte. Seine Aufgabe als Knappe im Kampf war es, dem Herren den Rücken frei zu halten, ihm seine Waffen zu reichen und ihn eventuell wieder auf sein Pferd zu helfen, falls er davon abgeworfen wurde. Würden das die anderen Knappen bei ihren Rittern auch machen? Oder konnte es dann sein, dass der eine oder andere Ritter unter die Hufe kam? Natürlich unbeabsichtigt!

Manchmal sah er das schon jetzt bei den Turnieren. So wie die Knappen dort ihre Ritter ansahen, war das Schicksal der Ritter in einem Kampf sicher schon besiegelt, noch bevor der erste Schwerthieb ausgeteilt worden war. Jedenfalls war er mit seinem Herren zufrieden. Alles war gut. Fast alles. Denn manchmal lag er oben im Palas, unter dem Dach, und hörte das Kind in der Etage unter sich weinen, dann schaute er zur Wand gegenüber und stellte sich vor, dass dies sein Kind wäre. Aber schnell verwarf er diesen Traum wieder. Es durfte eben nicht sein. Er war Mann und Knappe, da blieb für Weibsvolk keine Zeit. Insgeheim sehnte er sich aber trotzdem danach.

Manchmal musste er auch an den Ritt im vergangenen Jahr denken, der sie bis nach Italien gebracht hatte. Zwar war es nur eine Finte gewesen, von wem wussten sie immer noch nicht, aber in diesem südlichen Land war es einfach nur schön gewesen. Die fremden Bäume und das warme Wetter hatten ihm gefallen und auch der Wein in dem Land war nicht mit dem zu vergleichen, den sie hier in der Heimat tranken. Dort unten im Süden steckte viel mehr Sonne in den Trauben. Hier gab es nur bitteren Wein.

Doch eigentlich tranken sie hier oben meist nur Bier. Selbst Berthold erhielt schon das dünne Bier. Das Wasser aus dem Brunne der Burg war einfach ungenießbar. Es stank aus dem Eimer heraus, aber wenn der alte Peter es zu Bier gemacht hatte, war es in Ordnung und man konnte es ohne Bedenken genießen. Jeder bekam täglich zwei Becher von dem dünnen Bier. Nur wenn es auf der Burg eine Feier gab, so braute Peter das Bier etwas kräftiger und dann erhielt man einen zusätzlichen Becher, der aber ganz schön die Sinne vernebeln konnte. Davon erhielt Berthold dann natürlich nichts, auch wenn er danach griff.

37. Kapitel

Freundinnen?

Drei Jahre waren vergangen wie im Fluge. Sie hatte sich soweit gut eingelebt und ihr Leben war selbst in der Gefangenschaft so viel besser, als das alte Leben in Köln. Natürlich fehlte ihr die Freiheit, aber sie hatte bisher ein gutes Leben gehabt. Sie war jeden Abend satt in ihr Bett gekommen. Und sie hatte jetzt auch ein Bett, nicht so wie in den Jahren in Köln, wo sie sehen musste, wo sie bleiben konnte. Nur das unsichtbare Band der Sklaverei störte sie. Franziska und Johanna waren Freundinnen geworden, mussten es aber vor allen anderen geheim halten, denn eigentlich waren sie ja Herrin und Dienerin und Kaleb hätte vielleicht falsche Schlüsse aus der Situation ziehen können. Dann wären sowohl Johannas, als auch Franziskas Leben verwirkt gewesen. Johanna hatte mit eigenen Augen gesehen, wie brutal Kaleb auf Wiederworte oder Hintergedanken reagieren konnte.

Dabei dachte sie auch an den Sklaven, der etwas aus der Küche gestohlen hatte und dem Kaleb persönlich die Hand abgehakt hatte. Diese Strafe war zwar auch in Johannas Heimat normal und sie dankte Gott dafür, dass sie in Köln nie erwischt worden war, oder schneller gewesen war, als ihre Verfolger, aber der Gesichtsausdruck Kalebs hatte ihr Angst gemacht. Es war derselbe Ausdruck, den der Sklavenhändler damals auf dem Markt gehabt hatte. Mit dem blutigen Messer in der Hand.

Konnte es daran liegen, dass sie als Sklaven nichts Wert waren? Nur ein Gegenstand? Vielleicht! Es konnte aber auch einfach nur die Überlegenheit der Männer sein. Der Spruch „Gehorche oder Stirb!" war immer noch in ihrem Ohr und sie hielt sich jeden Tag daran. Egal wie seltsam die Wünsche der Herrschaften waren,

154

Johanna erfüllte sie ohne ein Zeichen des Zögerns. Aber manchmal fragte sie sich, tief in ihrem Inneren verschlossen, schon nach dem Sinn der Wünsche. So musste sie neben dem Bett stehen bleiben, während Kaleb bei seinen Frauen war.

Es hätte ja sein können, dass er oder die Frauen etwas gebraucht hätten. Aber so richtig gut fühlte sich Johanna nicht dabei. In all den Jahren, in den sie nun schon hier war, war sie auch noch nicht einmal in diesen Momenten fortgeschickt worden, um etwas zu holen. Sie musste einfach drei oder vier Mal jede Woche dort am Kopfende des Bettes stehen und zusehen. Besonders bei Franziska war ihr das peinlich die Freundin so zu sehen. Aber es half nichts. Ein Widerwort wäre sicher nicht geduldet worden und so stand sie da, starrte zur gegenüberliegenden Wand und wartete, während ihr Herr bei seiner Frau lag.

Auch mit der Herrin kam Johanna gut aus. Sie war freundlich und spielte fast den ganzen Tag auf einem Instrument, das wie eine Laute aussah. Dazu sang sie schöne Lieder über Blumen, weite Steppen und den Wind, der durch ihr Haar strich. Alles Dinge, die sie nun schon seit vielen Jahren nicht mehr hatte. Manchmal sah Johanna eine einzelne Träne über die Wange der Herrin laufen, die diese schnell wegwischte. Kaleb wollte glückliche Frauen haben. Aber Johanna wusste, dass sich auch die Herrin tief in ihrem Inneren nach Freiheit sehnte.

Innerhalb des Hauses bot er ihnen jegliche nur mögliche Annehmlichkeit. Aber nach draußen durften sie nicht. Und auch der Ausblick durch die kleinen, vergitterten Fenster war nicht wirklich schön. Man sah nur den Hof und die gegenüberliegende Häuserwand. Da hatte es Johanna schon leichter. Manchmal konnte sie die Pferde sehen, wenn sie etwas holen musste. Und auch wenn es

Kaleb nicht gefiel, blieb sie dort einfach einen Augenblick stehen. Sie tat dann so, als ob sie ihr Schuhband neu binden musste, oder etwas verloren hatte und es nun suchte.

Oft spürte sie dabei die Augen des Herren auf sich gerichtet. Es schien so, als ob er nur nach einem Fehler von ihr suchte. Doch sie blieb vorsichtig. Konnte es sein, dass er ihre, doch eigentlich geheim gehaltene, Freundschaft zu Franziska bemerkt hatte? Hatte er Angst, dass die beiden Frauen etwas planen würden, was seinem Willen wiedersprach. Immer wenn sie in ihrer alten Sprache redeten, wurde er hellhörig und verbot es sofort. Er wollte wissen, was seine Frauen und Sklaven redeten.

In der Nacht stand nun ein bewaffneter Posten vor der einzigen Tür des Harems. Nur Kaleb und Johanna ließ dieser Mann auch nur in die Nähe der Tür. Das große breite Schwert an seiner Seite und der lange Spieß in seiner Hand schreckten alle ab. Der Mann war sehr groß und schien auch entschlossen den Willen seines Herren mit der Waffe in der Hand immer durchzusetzen. Warum Kaleb diesen Mann gerade jetzt dort hinstellte, war Johanna nicht klar, aber es konnte nur mit ihr und Franziska zu tun haben.

Also sah sie sich vor, alle Wünsche des Herren ausgeführt zu haben, noch bevor dieser sie ausgesprochen hatte. Trotzdem spürte sie diese Zweifel Kalebs. Vielleicht dachte er, dass sie hier für ihn eine Gefahr war. Diese Gedanken konnten für sie gefährlich werden. Der Herr würde sicher keinerlei Bedenken haben, sie sofort zu töten, wenn sie auch nur den Hauch einer Andeutung zeigen würde. Doch ihre Gedanken waren ja frei, die konnte er nicht lesen.

Egal wie schön es Kaleb aber auch in dem Harem einrichten ließ, Johanna war am liebsten unter dem Dach des Himmels. Dort konnte sie sich frei fühlen. Mit den Wolken über sich, die von der Heimat kamen, oder dorthin zogen.

Aber noch viel lieber war sie mit Franziska zusammen. Sie hatte ihr die fremde Sprache gut beigebracht. Trotzdem unterhielten sie sich oft in ihrer alten Sprache, zumindest wenn Kaleb nicht in der Nähe war. Da konnte sie niemand belauschen. Ihr Glück wäre perfekt gewesen, wenn sie mit Franziska nach draußen hätte gehen können, doch sie war ja nur eine Sklavin. Und der Herr würde sie für diesen Wunsch sofort töten. Sie beide!

38. Kapitel

Angst und Verdächtigungen

Hatte er einen Fehler gemacht, als er diese Sklavin in sein Haus geholt hatte? Jeden Tag stellte sich Kaleb diese Frage, wenn er die Sklavin sah, wie sie in den Harem ging, oder daraus heraus kam. Bisher hatte er die Frauen dort drin unter seiner Kontrolle behalten, aber durch diese Sklavin, die so ganz anders war, als ihre Vorgängerin, hatten sie Kontakt nach draußen. Einen Kontakt, den er nicht kotrollieren konnte! Er hasste es, die Kontrolle zu verlieren und damit war auch die Ursache dieses Kontrollverlustes immer unter seiner ganz speziellen Beobachtung.

Was konnte er tun, damit weiterhin er der Herr im Hause war? Dummerweise mochten seine Frauen diese Sklavin auch noch, so dass er sie nicht einfach so verschwinden lassen konnte. Es blieb ihm also nichts anderes übrig, als zwei Wachposten zu bezahlen, die für ihn den Eingang zu Harem, oder besser deren Ausgang, und sein eigenes Haus bewachten. Um wirklich sicher zu sein, stellte er dafür zwei Eunuchen an, die ihm, durch die Gabe von viel Geld, bedingungslos gehorchten. Er hatte den Beiden auch gesagt, dass er keinen Augenblick zögern würde, irgendjemanden aus seinem Hause zu töten, wenn er, oder sie, seinem Befehl nicht gehorchten. Die Anspielung auf die beiden Wachen war deutlich, wurde von ihm aber nicht ausgesprochen. Die beiden Männer hatte auch so verstanden, was Kaleb meinte.

Es blieb aber immer noch seine Angst zurück, dass die Sklavin in seiner Abwesenheit irgendetwas mit den Frauen plante. Dieser Zweifel nagte jeden Augenblick an ihm und ließ ihn oft nicht schlafen. Was wäre wenn? Manchmal wälzte er sich bis zum Morgengrauen im Bett herum und fand doch keine Antwort. Sollte er sie wieder loswerden? Freilassen? Töten? Oder einfach soweit einschüchtern, dass sie seinem Befehl ohne ein Zögern nach kam? Letzteres war sicher die beste Wahl. Nun brauchte er einfach nur noch jemanden, den er so hart bestrafen konnte, dass jeder in seinem Hause mitbekam, dass mit ihm nicht zu spaßen war.

Der Unglückliche, auf den nun dieses Los fiel, war einer seiner Sklaven, der in dem Stall arbeitete. Eigentlich mochte er den Sklaven sogar und war mit seiner Arbeit auch sehr zufrieden, doch es hatte ihn nun einmal erwischt. Er hatte, im Beisein eines anderen Sklaven, eine andere Meinung über die Aufzucht der Fohlen gehabt und da Kaleb ja sowieso jemanden suchte, an denen er seinen Willen zeigen konnte, hatte er den Sklaven auch sofort in den Schuppen werfen lassen. Nun blieb nur noch die Frage der Bestrafungsart zu klären.

Er ließ alle Sklaven, Sklavinnen und seine Bediensteten auf dem Hof antreten und verkündete, dass der Sklave für seine Widerworte fünfundzwanzig Peitschenhiebe bekommen sollte. Dann begann einer seiner beiden Wachposten schon mit der Bestrafung. Kaleb schaute über die angetretenen Menschen hinweg und sah, wie sie bei jedem Schlag ebenfalls zusammenzuckten. Es gab ihm ein Gefühl von Macht, sie so zu sehen. Er konnte mit einem Hieb alle treffen und hoffte, dass auch wirklich jeder, der hier vor ihm stand, begriff, dass es ihn, oder sie, genauso treffen konnte. Besonders an der jungen Sklavin, der Jüngsten seiner Angestellten, blieb sein Blick lange hängen. Ihre Augen trafen sich und er sah die Angst bei ihr darin.

Eigentlich konnte er mit dem Erfolg seiner Bestrafung zufrieden sein. Aber eben nur eigentlich, denn an seiner Angst hatte diese nichts geändert. Im Gegenteil. Sie war sogar noch größer geworden. Und gerade in diesem Moment wurde er auch noch zum Sultan gerufen, wo er ein paar Tage sein würde. Nun stand er vor der Abwägung, den Sultan warten zu lassen, oder seinen Frauen einfach zu vertrauen. Würde es der Sultan akzeptieren? Wohl eher nicht! Konnte er den Frauen vertrauen? Er holte alle seine Sklaven zusammen und stellte sie in den Hof in die Sonne. Dort ließ er sie erst eine Weile stehen, bevor er vor sie trat und verkündete „Meine neuen Anweisungen sind unbedingt einzuhalten. Jeder, der dagegen verstößt, ist des Todes. Erstens: Männer und Frauen bleiben in meinem Hause getrennt. In keinem meiner Räume will ich sie gemeinsam sehen. Zweitens: Die Pferde werden gut behandelt, auch wenn ich nicht da bin. Und drittens: Mein Eigentum bleibt mein Eigentum. Wer seine Hand danach ausstreckt, verliert diese."

Mit diesen Worten drehte er sich um und ließ die Sklaven dort stehen. Er ging zum Stall hinüber und bestieg sein schönstes Pferd. Als er lostritt sah er, dass die Sklaven immer noch dort standen, wo er sie gerade eben hatte stehen lassen. Hatten sie seine Weisungen verstanden? Er hoffte es und machte sich auf den Weg zum Palast. In den nächsten Tagen hatte er keine Zeit, sich über die Sklaven oder seine Frauen Gedanken zu machen. Die Pferdezucht des Sultans forderte seine ganze Aufmerksamkeit, obwohl er damit ja eigentlich seine eigene Existenzgrundlage gefährdete, denn damit konnte er ja dem Sultan kein Pferd mehr verkaufen. Aber der Sultan würde ihn gut für seine Ratschläge entlohnen.

Die Pracht im Palast des Sultans war einfach überwältigend und Kaleb sah, dass die Frauen des Sultans ganz offen über den Platz gingen. Sollte er so etwas auch in seinem Hause zulassen? Aber hatte Gott ihm nicht etwas anderes aufgetragen? Und würde dann Gott zulassen, dass jemand seinem Willen nicht entsprach? Er beruhigte sich damit, dass er Gottes Wort folgte und der Sultan eben einem anderen Wort, und versuchte das schöne Leben am Hofe des Herrschers zu genießen.

Als er dann endlich wieder in seinem Haus zurück war, sah er, dass alles noch so war, wie er es verlassen hatte. Nicht eine seiner Befürchtungen hatte sich bewahrheitet. Und darüber war er sehr froh. Er betrat seine Räume und begab sich zur Entspannung in sein Bad. Eine Sklavin wusch und salbte ihn, bevor sie ihm in seine neuen Sachen half. So entspannt, wie lange nicht mehr, ging er zu seinem Harem über den Hof hinüber. Er betrat den Raum und fand seine drei Frauen beim Essen vor. Die junge Sklavin stand mit einem Tablett in der Hand daneben und sah zu, wie die Frauen ihn begrüßten.

Er setzte sich dazu und sah zu, wie das Essen vom Tisch genommen wurde und die Sklavin mit dem Geschirr den Raum verließ. Mit einem Handzeichen forderte er sie auf, schnell wieder zu ihnen zurück zu kommen, was diese mit einer kurzen Verbeugung bestätigte. Die drei Frauen gingen zu ihren Zimmern und warteten darauf, welche er wohl an diesem Abend erwählen würde. Noch hatte er keine Entscheidung getroffen, aber er wartete, bis die Sklavin zurückkam. Unendlich lange schien ihm dies zu dauern, bis sie endlich wieder mit einer Verbeugung vor ihm stand. Er ließ sich von ihr beim Entkleiden helfen und ging dann zu seiner Hauptfrau, die ihn schon, im Bett liegend, erwartete.

39. Kapitel

Feldarbeiten und Sklavenlos

Auf dieser Farm arbeitete er nun schon mehr wie drei Jahre. Er richtete sich für einen Moment auf und schaute sich schnell um, der Aufseher blickte gerade in eine andere Richtung und so konnte er den Rücken noch einmal kurz durchdrücken, bevor er sich wieder mit seiner Hacke an die Arbeit machte. Er strich sich noch mal durch die rotblonden Haare, aber diesmal hatte es der Aufseher gesehen und der Knall der Peitsche ließ den Jungen zusammen zucken. Zwar hatte der Mann nur auf den Boden geschlagen, aber die Warnung war klar angekommen.

Er dachte zurück an jene folgenschwere Nacht, die sein ganzes Leben geändert hatte. Mit seinem Vater zusammen war er von Konstantinopel auf einem Schiff unterwegs nach Italien gewesen, um dort Waren zu kaufen, die sie in ihre Heimat weit im Osten verkaufen konnten. In dieser Nacht hatte es einen Sturm gegeben und er wollte eine Kiste sichern. Ein Brecher hatte ihn zusammen mit der Kiste über Bord gespült und damit in den fast sicheren Tod gerissen. Immer noch sah er, wie das Schiff in der Dunkelheit verschwand und er nur deshalb am Leben blieb, weil er sich am Griff der Kiste verfangen hatte und diese fast leer und wasserdicht gewesen war.

Er dachte an das andere Schiff, das ihn „gerettet" hatte, und an den Sklavenhändler. Er spukte aus, als er an den Mann dachte und verfluchte ihn innerlich. Zwei Wochen hatte er auf Leben und Tod in dem Schuppen gelegen, weil die Verletzung, die der Mann ihm zugefügt hatte, sich entzündet hatte. Nur mit ganz viel Glück war er am Leben geblieben, aber war das wirkliche Glück gewesen? Er verfluchte wieder diesen Mann und musste an das Mädchen den-

162

ken, das ihn so selbstverständlich diesen letzten unausgesprochenen Wunsch erfüllt hatte. Er richtete sich auf und zuckte im nächsten Moment zusammen.

Die Peitsche hatte ihn quer über den Rücken getroffen und ein Brennen hinterlassen. Schnell arbeitete er weiter und diesmal schloss sein Fluch auch den Aufseher mit ein. Eines Tages würde er sich an allen rächen, die ihm solch ein Unrecht angetan hatten, das schwor er sich. Erst kurz vor Sonnenuntergang wurden sie in den Schuppen zurückgeführt, wo sie die Nacht über schlafen konnten. Die Meisten von ihnen waren nur ein paar Jahre älter wie er und doch schon mit ihren Kräften am Ende. Mancher war schon auf dem Feld umgefallen oder einfach still in der Nacht gestorben. Aber ihn hielt die Rache am Leben. Jeden Tag, wenn sie nach draußen auf das Feld gingen, hielt ihn nur dieser eine Gedanke auf den Beinen: Rache!

Und er würde seine Rache bekommen, das hatte er sich von Gott erbeten und der hatte einst gesagt: Auge um Auge. So sollte es geschehen. Er lehnte sich an die Wand der Behausung und zuckte zurück. An den Peitschenhieb hatte er nicht mehr gedacht und dieser hatte sich sofort wieder in sein Bewusstsein zurückgeholt. So wie er jetzt saß, hatte auch das Mädchen in jener Nacht gesessen. Sie hatte ihn nur kurz angesehen und alles war zwischen ihnen gesagt. Er wusste noch nicht mal ihren Namen und wusste auch nicht, wo sie nun Lebte. Lebte sie denn überhaupt noch? Er blickte auf die anderen Männer, die schon neben ihm eingeschlafen waren, sie waren entkräftet und erschöpft, so wie er auch.

Schließlich fielen ihm die Augen zu. Er sah sich selbst wieder im Meer treibend und das fremde Schiff. Diesmal verfehlte es ihn aber. Wie würde sein Leben weiter gehen? Im Traum rettete ihn sein Vater und alles war gut, doch er schreckte auf und war im Dunkeln, in der Hütte, am Feldrand. Leise fluchte er und spürte, dass der neben ihm liegende Sklave nicht mehr atmete. Wieder hatte es einen von ihnen erwischt. Der Mann neben ihm konnte noch keine Zwanzig sein und war doch schon vor Erschöpfung gestorben. War das auch sein Los? Er blickte zur Decke der Hütte und bat Gott ihn solange am Leben zu lassen, bis er seine Rache vollenden konnte. Er spürte in sich die Bestätigung von Oben, das seiner Bitte stattgegeben wurde. Wieder schloss er die Augen und schlief ein. Nun traumlos bis zu dem Moment, als der Aufseher draußen gegen die Wand schlug und mit diesem Dröhnen die Sklaven zur Arbeit riefen. Alle bis auf einen, der sich auf den Weg zu seinen Ahnen gemacht hatte.

Die Sonne ging auf und mit ein paar Körnern im Bauch begann für die Männer der nächste Tag. Für einige von ihnen vielleicht der Letzte. Wie konnte er von hier weg kommen, um seine Rache zu vollenden? Wenn der richtige Zeitpunkt gekommen war, so würde er sicher ein Zeichen erhalten. Mitten in der Gluthitze des Tages ging seine Arbeit weiter. Er war selbst in jener Nacht im Schuppen am Fieber gestorben, jetzt war er nur noch ein Racheengel, der sich auf dem Feld bewegte und auf den Moment wartete, an dem sich sein Leben endgültig beenden würde.

„Ali Beck, du Teufel. Ich hole mir deine Seele!" murmelte er immer wieder vor sich hin, wie einen Zauberspruch, der ihn am Leben hielt. Nur manchmal durchbrach ein Lächeln den Fluch, wenn er an das Mädchen dachte. Sie war ein Engel gewesen, dem er begegnen konnte. Manchmal sah er ihre Augen vor sich, dann durchbrach das Licht der Liebe die Finsternis der Rache in ihm. Doch es waren nur kurze Momente des Lichtes. Immer noch hätte er sich nicht mit ihr verständigen können. Er konnte mit nieman-den Reden. Niemand hatte sich die Mühe gemacht, ihm die Sprache beizubringen. Hier wurde nur gearbeitet und die Meisten überlebten keinen Sommer, dass er schon so lange am Leben war, hielten die Aufseher vermutlich für ein Wunder. Doch auch die peitschenschwingenden Männer schloss er in seine Rache mit ein.

Er blinzelte in die langsam untergehende Sonne hinein. Wieder war ein Tag fast geschafft und in ein paar Augenblicken würden sie in den Schuppen zurück gebracht werden. Der Bau hatte sich sicherlich wieder wie ein Backofen aufgeheizt und auch in dieser Nacht würde der eine oder andere mit dem Tode ringen. Erhobenen Hauptes ging der Junge zu der Tür des Schuppens hin. Er fügte sich in sein Schicksal. „Bald ist es soweit!" murmelte er.

40. Kapitel

Sklaven in Gefahr

Mittlerweile war Johanna sechzehn Jahre alt und die fraulichen Formen waren doch noch gekommen. Es hatte bei ihr einfach nur länger als bei den anderen Mädchen gedauert. Eventuell hing es am Hunger in der Kindheit, oder am Stress durch die Gefangennahme, sie konnte es nicht sagen. Doch nun hatte sie das Gefühl, dass Kaleb sie noch viel aufmerksamer beobachtete. Nicht, dass er Interesse an ihr als Frau gehabt hätte, dafür war sie für ihn als Sklavin eigentlich nur ein Gegenstand, nein, ihm ging es vielmehr darum, dass er die Verbindungen zwischen seinen Sklaven untersagt hatte. Bisher hatte er da bei ihr keine Gefahr gesehen, doch nun änderte sich dies. Jeder ihrer Schritte außerhalb des Harems wurde nun von ihm viel aufmerksamer überwacht. Fast schon verfolgt fühlte sie sich.

Da war ihr die Ruhe im Harem schon viel lieber. Doch leider musste sie dieses Haus ja auch mal verlassen, um die Wünsche der drei Ehefrauen zu erfüllen. Johanna fragte sich schon, ob der Mann nichts anderes zu tun hatte, als sie zu beobachten, so oft wie er ihr über den Weg lief. Praktisch jedes Mal traf sie auf ihn. Ging sie in die Küche, war er auf dem Hof. Kam sie zurück, stand er beim Posten vor dem Harem und unterhielt sich mit ihm, aber seine Augen waren ständig auf Johanna gerichtet. Warum nur? Hatte sie ihm jemals einen Grund für dieses Zweifeln gegeben? Außer der Freundschaft zu Franziska, von der er eigentlich nichts wissen konnte, hatte sie sich bisher immer vorbildlich verhalten. Doch die Repressalien wurden nur noch schlimmer. Eines Tages legte Kaleb fest, dass Johanna erst in den Harem durfte, nachdem Fatma am Morgen Johannas Jungfräulichkeit bestätigt hatte.

Das ging zwar immer recht fix, da die Frau ja nur prüfen muss-te, ob die Naht noch geschlossen war, aber irgendwie war es für Johanna demütigend. Nicht so sehr die Untersuchung, sondern eher das fehlende Vertrauen ihres Herren. Umso mehr fühlte sie, dass sich etwas über dem Haus zusammenbraute. Johanna wusste nicht, was es war. Es fühlte sich nur so an, wie sich die Luft an-fühlte, kurz bevor ein Gewitter über das Land zog. Eine nicht zu greifende Spannung herrschte und manchmal zog Johanna unwill-kürlich den Kopf ein, wenn sie den Hof betrat. Ein zweiter Posten war von Kaleb damit beauftragt worden, die Tür des Hauses zu bewachen, was in den Augen der jungen Frau ziemlich nutzlos gewesen war. Die Fenster des Hauses waren alle so groß, dass selbst ein ungeübter Kletterer jederzeit Einlas finden konnte.

Und so war es wohl nur eine Frage der Zeit gewesen, bis Jo-hanna durch lauten Lärm im Haus aus dem nächtlichen Schlaf ge-rissen wurde. Verstört schaute sie auf den Flur und sah, wie Kaleb persönlich einen Sklaven aus einem der Zimmer der Sklavinnen zog. Direkt hinter ihr kam der Posten vom Eingang zu ihm gelau-fen und übernahm den Eindringling. Kurz darauf trat Kaleb mit der Sklavin in den Flur. Er und der Posten führten die beiden Sklaven ab. Was sie gemacht hatten, oder machen wollten, war wohl je-dem, der durch den Lärm auf den Flur gelaufen war, klar. Was ihnen Beiden bevorstand hing nun von der Gnade des Herren ab. Wie würde er sie bestrafen? In dieser Nacht fand Johanna lange nicht in den Schlaf zurück. Hatte Kaleb den Sklaven nur erwischt, weil er sie überwacht hatte? Oder war alles nur Zufall gewesen? Doch sie traf keine Schuld und sie hatte sich auch nichts vorzuwer-fen.

Am nächsten Morgen rief Kaleb alle seine Sklaven auf dem Hof zusammen. Er verkündete das Urteil, dass die beiden gefangen genommenen Sklaven noch an diesem Tag ihr Leben verlieren würden. Johanna zuckte merklich zusammen. Sie kannte die Frau gut. Sie arbeitete seit ein paar Jahren in der Küche und da Johanna ja täglich dorthin musste, hatte sie sich mit der Sklavin angefreundet. Und nun diese schreckliche Strafe. Warum nur? Die Verfehlung war ja eigentlich eher klein. Vermutlich wollte Kaleb einfach seine Stärke und Entschlossenheit demonstrieren. Jedenfalls wies er alle Sklaven an, wieder an dieser Stelle zu sein, wenn die Sonne an ihrer höchsten Stelle stehen würde.

Als alle seine Untergebenen wieder auf dem Platz waren, wurden die beiden Gefangenen von den zwei Posten aus einem Schuppen geholt und zur Mitte des Hofes geführt. Kaleb sprach nur kurz, aber Johanna hörte nicht zu, sie schaute zu ihrer Freundin und sah die Angst in den Augen der Frau. Hatte sie schon realisiert, dass sie gleich sterben würde? Kaleb stellte sich auf der anderen Seite auf, um alle seine Sklaven im Blick zu haben. Er stand direkt vor Johanna. Die Augen der Sklavin trafen die des Herren, nur fünf Schritte trennten die beiden Menschen.

Auf ein Zeichen des Herren hin führte eine der Wachen die Frau direkt vor Johanna. So stand sie seitlich in der Mitte zwischen Johanna und ihrem Herrn. Die Wache drückte auf die Schulter der Sklavin, so dass diese sich hinknien musste. Der Mann zog das Schwert und hob es hoch. Johanna wollte sich wegdrehen, doch der Blick von Kaleb zwang sie nach vorn zu sehen. Sie schaute auf die Spitze des erhobenen Schwertes. Auf einen Zuruf des Herren schwang das Schwert nach unten. Johannas Blick hafteten an Kalebs Augen.

Wenig später starb der Sklave durch die Hand des anderen Postens auf dieselbe Art, wie die Sklavin zuvor. Kaleb schritt zum Harem hinüber und die Gruppe der Sklaven ging in alle Richtungen auseinander. Zum Schluss stand nur noch Johanna dort und erst jetzt wagte sie zum Boden zu blicken. Dort ruhten sie nun im Tode nebeneinander, so wie sie in der Liebe nebeneinander gelegen hatten. Die abgetrennten Köpfe lagen einander zugewandt und es sah so aus, als ob sie in einem letzten Kuss Abschied nehmen wollten. Nun waren sie für immer vereint.

Johanna wischte sich eine Träne ab, betete für die Seelen der beiden Liebenden und ging dann wieder ihrer Arbeit nach. Sie wusste, dass das Schicksal der Beiden auch eine Warnung Kalebs an sie gewesen war. Nicht umsonst hatte er sie dabei angesehen. An diesem Tag musste sie noch ein paar Mal an der Stelle vorbei, bis der Herr die beiden Leichen bei Einbruch der Dunkelheit vom Hof entfernen und an einem Platz in der Ecke des Hofes gemeinsam beerdigen ließ.

41. Kapitel

Teile und Herrsche

Mehr als drei Jahre lang hatte er den Frommen gespielt und seine Ansichten vor dem Burgherren und dessen Frau verborgen. Immer wieder mal, zu allen möglichen kirchlichen Festen, hatte er die Beiden zu sich in das Kloster eingeladen. Immer hatte er dabei einen gebratenen Fasan serviert, weil er wusste, dass es da oben auf dem Berg höchstens mal ein dürres Suppenhuhn gab. Seinen Plan hatte er dabei aber nie aus den Augen verloren. Immer noch wollte er diese Burg dort oben schleifen lassen, aber solange diese bewohnt war, blieb das nur ein Wunschtraum. „Teile und Herrsche." hatte er mal in einem alten Buch gelesen und das wollte er auch mit den beiden jungen Leuten machen. Beide waren sie jetzt gerade neunzehn geworden und das Kind hatte die Schönheit der Mutter nur noch verstärkt.

Jedes Mal, wenn sie Beide da waren, bewunderte er im Stillen die Anmut und Grazie der Burgherrin. Er wusste zwar schon, dass sie Grunhilda hieß, aber so durfte er sie nicht ansprechen. Nur „Junge Herrin" sagte er zu ihr, um sie noch mehr in Sicherheit zu wiegen. Es war für ihn nicht leicht, sich so zu verstellen, doch er war mittlerweile fast ein Meister darin, seine Gefühle im Verborgenen zu halten.

Es musste ihm gelingen, den Burgherren langfristig von der Burg zu bekommen und dann würde er mit der Frau ein leichtes Spiel haben. Ein kleiner Krieg oder so etwas in der Art würde ihm da genau Recht kommen. Etwas wobei Siegfried nicht Nein sagen konnte. Geduldig wartete er auf seine Gelegenheit und wurde vom Schicksal für sein Warten belohnt. Der neue Papst, Honorius der Dritte, rief einen neuen Kreuzzug aus, um das Heilige Land und die Stadt Jerusalem von den Sarazenen zu befreien und er legte den Beginn des Kreuzzugs auf den 1. Juni 1217 fest. Das war genau das, wovor sich ein junger Ritter nicht verschließen konnte. Da er sonst vielleicht bei seinem König in Ungnade fallen würde. Und ein Kreuzzug war auch immer eine Bewährungsprobe für den Mut eines Kämpfers.

Welcher Ritter wollte schon ein Hasenfuß genannt werden? Bei einem ihrer Treffen holte der Abt das Schriftstück wie zufällig aus einer Schublade und reichte es an Siegfried weiter und der war dafür sofort Feuer und Flamme. Mit einer Begeisterung erzählte Siegfried, dass sein Vater einst auch bei einem Kreuzzug gewesen war, und dass er darüber sein ganzes Leben lang berichtet hatte. Der Kreuzzug Kaiser Heinrichs des VI. im Jahre 1197, da war Siegfried gerade einmal geboren, hatte das ganze Leben des Vaters verändert. Vielleicht würde dies der Kreuzzug von Friedrich dem II. genauso mit seinem Leben machen.

Der Abt bekam fast Angst. Das klappte ja so was von einfach. Er war sich sicher, dass Berthold bestimmt dreimal über seinen Vorschlag nachgedacht hätte, aber dieser jugendliche Heißsporn wollte sich beweisen und er hatte mit diesem Kreuzzug genau das gefunden, was der junge Burgherr gesucht hatte. Er selbst wollte sie wieder Segnen und auch einen Teil zu den Kosten der Ritter beitragen. Denn der Papst hatte versprochen, dass jeder, der in irgendeiner Form am Kreuzzug teilnahm, in das Himmelreich eingehen würde. Und bei all seinen Taten war es sicher nicht schlecht, wenn man beim jüngsten Gericht auch noch etwas auf der positiven Seite in die Waagschale legen konnte.

Noch vor Pfingstsonntag, dem 14. Mai 1217, sollten sie aufbrechen, da die Schiffe in einem Hafen in Holland auf sie warten würden. Von dort sollte es in das Mittelmeer gehen und danach nach Jerusalem. Treffpunkt aller deutschen Kreuzfahrer würde Köln sein. Der Abt musste sich fast etwas bremsen, um nicht zu euphorisch zu sein und damit seinen ganzen Plan zu verderben, aber bei Siegfried war der Zeitpunkt des Misstrauens schon lange überschritten. In den Augen des jungen Mannes sah er schon die Abenteuerlust blitzen und da hielten ihn weder Frau noch Kind zurück.

Als die Beiden zurück zur Burg ritten, ging der Abt in die Klosterkapelle hinüber. Er betete für die sichere Abreise und sichere Ankunft der Kämpfer zu diesem Kreuzzug. Dass das nicht ganz uneigennützig war, musste er ja niemanden sagen. Auf alle Fälle war es eine gute Tat. Was dann aus der guten Tat im Nachhinein wurde, das stand auf einem anderen Blatt. Nach einem langen Gebet ging er wieder zurück in sein Haus. Bald schon würde er den Mantel des lieben Onkels ablegen können und dann war es auch mit dieser Burg vorbei. Es wurde ein sehr üppiges Abendessen und er feierte für sich das baldige Ende seiner Sorgen. Die alte Ursula fiel ihm wieder ein und auch der Fluch. Konnte dieser Fluch etwas gegen ein Gebet erreichen? Der Mann glaubte es nicht. Zu leicht war es am heutigen Tag gewesen.

In dieser Nacht, im Traum, sah er die junge Burgherrin schon an seiner Seite. Zwar durfte er nicht heiraten, aber alles andere war doch auch sehr schön. Mit dieser Frau an seiner Seite, egal ob sie wollte oder nicht, konnte ihm nichts mehr geschehen. Er erwachte und schaute genau zur Burg hinüber.- Maria hatte das Fenster geöffnet und so war der Blick frei von allen Hindernissen. Nur noch ein paar Tage, dann würde nichts mehr an die „von Bärenberg" erinnern. Dafür würde er schon sorgen. Er strich sich über seinen Bauch und lachte in sich hinein. Nun konnte er es gar nicht mehr abwarten, dass es endlich Pfingsten wurde.

Am Sonntag vor Pfingsten kamen die vier Reiter bei ihm an und ließen sich nach dem Gottesdienst den Segen erteilen. Der Abt machte das sehr gewissenhaft und gründlich. Schließlich wollte er ja, dass die vier an dem Kreuzzug teilnahmen und nicht aus irgendeinem Grund schon in Köln davon zurück traten. Als sie endlich nach Westen weggeritten waren, sah er ihnen noch lange, vor der Kapelle stehend, nach. Dann wanderte sein Blick zur Burg und er rief „Dich schnappe ich mir." und er meinte dabei nicht nur die Burg. Viel zu lange hatte er sein Verlangen zurückgehalten und nun stand nur noch etwas Zeit zwischen ihm und der Burgherrin. Und Zeit hatte er nun genug. Er lachte still vor sich hin und ging zurück zu seinem Haus.

42. Kapitel

Eine Falle!

Sie hatte auf der Mauer gestanden, ihren Sohn im Arm, und noch nach Siegfried gesehen, als dieser schon lange den Burgberg hinab gestiegen war. Diesmal war es ein Kreuzzug und der konnte Jahre dauern, nicht nur ein paar Monate, wie beim letzten Mal. Die Frau drehte sich um und sah zur Burg zurück. Wie immer betrachtete sie ihr kleines Reich. Sie stieg die Treppe hinab zum Burghof und sah sich um. Nun war sie wieder die Herrin auf der Burg. Einiges musste noch geregelt und geklärt werden, aber da würden sie sich schon reinteilen.

Sie waren ja nicht viele hier oben. Der alte Peter war nun mittlerweile so gebrechlich, dass er nur noch für das Bierbrauen und zum Geschichtenerzählen taugte. Dann hatte sie noch den jungen Knecht und Martha, die durch den Gram, wegen des so früh verstorbenen Mannes, gebeugt ging und schon fast weiße Haare hatte, obwohl sie noch keine fünfzig Jahre alt war. Das war nun ihre kleine Schar zur Verteidigung der Burg. So gut es ging richteten sie sich ein.

Nach zwei Wochen brachte ein Bote des Abtes eine Einladung zu einem Essen im Kloster. Grunhilda dachte wieder an den leckeren Braten, den es dort immer gegeben hatte und sagt auch sofort zu. Der Bote ging wieder den Berg hinab und sie sah ihm noch eine Weile hinterher. Der Bratenduft zog schon jetzt in ihre Nase. Wenig später sprach Martha, die das Gespräch mit dem Boten gehört hatte, sie darauf an, aber Grunhilda antwortete nur „Es ist ein Mittagessen. An einem Donnerstag. Was soll da schon passieren?" Sie freute sich auf das Essen, aber auch auf die Gespräche. Hier oben war es doch schon etwas einsam. Mit einer Handbewegung wischte sie die weiteren Einwände der alten Frau beiseite.

Die junge Burgherrin konnte es kaum erwarten, dass es endlich so weit sein würde. Am Donnerstag zog sie sich dann ein schlichtes Kleid an. Es war ja nur ein Mittagessen. Aber sie legte sich einen breiten goldfarbenen Gürtel um die Hüften. Sie übergab ihren Sohn an Martha und wischte wieder die erneuten Einwände der alten Frau beiseite, dann ging sie zum Stall und sattelte ihr Pferd. Als Martha ihr auch noch den Dolch an das Pferd brachte wurde Grunhilda fast ein bisschen zornig. Sie drehte sich dann um und mit dem Tier am Zügel ging sie über den Burghof. Vom Tor aus sah sie noch einmal zurück, bevor sie auf das Tier aufsaß. Langsam ritt sie den Berg hinunter. Es war ja nicht weit. Sogar zu Fuß hätte sie gehen können und wäre immer noch rechtzeitig dort im Tal zum Essen angekommen. Im Kloster übergab sie ihr Pferd an einen der Diener des Abtes, der das Tier in einen Stall neben dessen Haus brachte.

Grunhilda drehte sich noch einmal um, richtete ihre, durch den Ritt, unordentlich gewordene Kleidung und ging dann zum Haus des Abtes. Für einen Augenblick, die Hand schon auf der Klinke, zögerte sie, dann schob sie die Tür auf und betrat das Haus. Sie kannte sich ja von den vorherigen Besuchen hier schon sehr gut aus und so wusste sie, in welchem Raum der Abt sie empfangen würde. Noch einmal rückte sie den Gürtel zurecht und trat dann in dem Raum hinein.

Der Abt empfing sie mit offenen Armen und bot ihr einen Platz an dem noch leeren Tisch an. Doch der Bratenduft zog schon durch den Raum und kurz darauf stand auch schon der gebratene Fasan vor Grunhilda. Sie langten beide kräftig zu und wenig später lag nur noch das Gerippe des Vogels auf dem Tisch. Sie wuschen sich die Hände, dann erhoben sie sich und traten an das Fenster, so dass die beiden Mägde den Tisch abräumen konnten. Hinter sich hörte sie das Klappern der Krüge und sie unterhielt sich mit dem Abt über Pferde und Falken.

Plötzlich wurden ihre Arme von hinten von den beiden Mägden gepackt und der Abt löste mit einem schnellen Griff ihren Gürtel. Noch bevor sie wusste was geschah, lag sie rücklings auf dem Tisch, an dem sie gerade noch gegessen hatte. Sie versuchte sich zu befreien und strampelte, aber die Mägde waren stark und hielten sie fest auf die Holzplatte gepresst. Der Mann trat an sie heran und schlug ihr Kleid und das Unterkleid bis zur Hüfte hoch. Er betrachtete sie und sagte dann „Halt still, du Wildkatze. Ich werde dich zähmen." Dann öffnete der Mann seinen Gürtel, ließ seine Hose fallen, zwängte sich zwischen ihre Schenkel, die sie vergeblich versuchte fest zusammen zu pressen, und verging sich an ihr, während eine der Mägde ihr den Mund zuhielt. Stumm musste sie ihr Schicksal und die Erniedrigung ertragen.

Kurze Zeit später war sie alleine in dem Zimmer. Sie glitt vom Tisch und fiel auf ihre Knie. Weinend dachte sie daran, was da gerade eben passiert war. Sie war so dumm gewesen! Sehenden Auges war sie in die Falle getappt. Eine Falle mit einem Fasanenbraten als Köder. Martha hatte sie gewarnt, mehr als ein Mal und sie hatte nicht gehört, nicht hören wollen! Die junge Frau griff nach ihrem Gürtel, der am Boden vor ihr lag, und stand auf. Schwankend ging sie zur Tür und von dort zum Stall. Mit dem Pferd, das sie hinter sich an der Leine herzog, verließ sie das Klostergelände. Die Tränen in ihren Augen verschleierten ihren Blick, so dass sie nicht wusste, wo sie gerade entlang ging. Stunden später war ihr Kopf wieder soweit klar, dass sie einen Gedanken behalten konnte. Sie stand am Fuße der Burgberges, hatte den Gürtel immer noch in der Hand und streichelte den Kopf des Tieres, das ihr die ganze Zeit gefolgt war.

Von dem, was da mit ihr heute im Kloster passiert war, durfte sie keiner Menschenseele auch nur irgendetwas sagen. Jeder Richter würde es als Ehebruch auslegen und darauf stand die Todesstrafe! Auch wenn sie gar nichts dafür konnte. Sie ordnete ihre Kleidung, band sich den Gürtel wieder um und wischte sich die Tränen ab. An einem Bach wusch sie sich schnell das Gesicht und sah zum Berg hinauf. Dort oben musste sie Martha wieder unter die Augen treten, davor hatte sie ein wenig Angst. Würde die erfahrene Frau ihren aufgelösten Zustand bemerken?

Langsam stieg sie zur Burg hinauf und erreichte das Tor als die Dämmerung einsetzte. Sie brachte das Pferd in den Stall, ging zum Palas, nahm dort wortlos bei Martha ihren Sohn in Empfang. Sie vermied es der Schwiegermutter in die Augen zu sehen und stieg mit ihrem Kind im Arm genauso wortlos zur Kemenate nach oben. Dort fiel sie in ihr Bett und weinte sich in den Schlaf.

43. Kapitel

Schwein unter Schweinen

ndlich! Endlich hatte sein Plan funktioniert. Es war ein gar köstlicher Leckerbissen gewesen, den ihm da seine beiden Mägde gerade eben auf dem Tisch präsentiert hatten. Vorerst war seine Gier gestillt worden. Das Strampeln und das sich winden der jungen Frau hatte ihm gefallen und seine Erregung nur noch mehr gesteigert. Dieses Gefühl, Haut an Haut, war einfach nur himmlisch gewesen, auch wenn es von der Frau aus nicht freiwillig gewesen war, aber was machte das schon für einen Unterschied. Es war nur viel zu schnell vorbei gewesen, doch seinen Zweck hatte es erfüllt. Er ging zurück in den Raum, aber sie war schon gegangen. Der Mann setzte sich an das Fenster und dachte weiter nach. „Sie war so treuherzig." lachte er vor sich hin. Er hatte erwartet, dass es erst ein paar Besuche dauern würde, bis die Frau so ohne Begleitung bei ihm auftauchen würde, aber das sie gleich beim ersten Mal alleine kam, hätte er nicht für möglich gehalten.

Zum Glück hatte er die beiden Mägde schon vorher instruiert und sie hatten sein geheimes Zeichen gut gedeutet. Nun hatte er die Frau in der Hand und die Burg, zu der er jetzt gerade aus dem Fenster schaute, gehörte praktisch schon ihm. Mit dem, was hier in diesem Raum passiert war, konnte er sie erpressen. Er hatte zwei Zeuginnen, die vor jedem Gericht den Ehebruch der jungen Herrin bestätigen konnten. Die beiden Mägde würden aussagen, was immer er ihnen auftrug und die Frau hatte keinen Zeugen. Selbst wenn sie einen gehabt hätte, so hätte ihr das wohl kaum etwas genutzt. Ehebruch war Ehebruch. Ob freiwillig oder erzwungen! Er rief nach Maria und ließ sich einen Krug Wein bringen.

Er schaute seiner Magd hinterher. Auf die Beiden konnte er sich verlassen. Sie machten mittlerweile alles, was er von ihnen verlangen würde. Doch im Moment war die Burg wichtiger. Nun musste er schnell handeln, bevor die junge Burgherrin Zeit hatte, über alles nachzudenken. Er wollte ja nicht, dass sein geschickt eingefädelter Plan nun noch so kurz vor dem Ziel scheitern würde. Obwohl das wohl kaum noch möglich war. Der Abt rief nach seinen beiden Dienern und wies die beiden Männer für den nächsten Morgen an, sich mit Waffen und Pferden für ihn bereit zu halten. So lange hatte er auf diesen Moment gewartet und nun war er nur noch eine Nacht entfernt. Doch er feierte seinen Sieg schon an diesem Abend mit seinen beiden Mägden und einer Menge Wein.

Für einen Moment dachte er an den Fluch, den Ursula gegen ihn ausgesprochen hatte. Er hatte bekommen, was er wollte. Der Mann lachte über die alte Hexe und ging danach mit Maria und Magdalena in sein großes Bett. Die Beiden sollten ja noch eine Belohnung erhalten und als erstes übergab er jeder von ihnen einen Silberpfennig. Dann schlief er mit ihnen ein.

Nach einem kräftigen Frühstück trat der Abt aus dem Haus. Wie er es von seinen treuen Dienern erwartet hatte, waren sie pünktlich zur Stelle und hatte auch sein Pferd schon gesattelt. Er prüfte noch einmal die Waffen und dann saßen sie auf. Langsam ritten sie aus dem Klostergelände heraus und folgten dann dem Weg zum nächsten Dorf, wo der Pfad sich zur Burg abzweigte. Langsam ritten sie den ersten Teil des Burgberges hinauf, um die Pferde für den zweiten Teil des Planes zu schonen. Noch waren sie sicher nicht bemerkt worden. Da oben waren im Moment nicht genug Leute, um den Turm zu besetzen. Nur von dort aus hätte jetzt jemand die drei Reiter sehen können.

Im Galopp hatten sie das letzte Stück des Wegs zurückgelegt, so dass die Besatzung der Burg nicht mehr dazu gekommen war, das Tor zu schließen und die Brücke herauf zu ziehen. Schon waren sie im Hof der Burg und sprangen von den Pferden. Seine beiden Diener hielten mit den Waffen den Knecht und Martha zurück, die sich ihrerseits mit Waffen zu wehren versuchten. Der Abt schaute sich um und sah die Herrin vor dem Palas stehen, aus dessen Tür sie wohl gerade getreten war, als sie den Lärm im Hof gehört hatte. Er eilte auf sie zu, die Frau lief hinein und versuchte die Tür hinter sich zu schließen, doch er war schneller und trat diese ein. Nun standen sie sich Auge in Auge gegenüber. Der Mann versuchte sie zu packen, ergriff aber nur den Kragen des Kleides, der abgerissen wurde, als sie sich wehrte und nach hinten ging.

Mit dem Stück Stoff in der Hand stand er da und schaute zu, wie sie versuchte das Kleid nach oben zu schieben, das gerade herunter rutschte und dabei eine Brust freigab. „Was willst du von mir? Hast du dir nicht schon gestern geholt, was du wolltest?" fauchte die Frau ihn an und er machte einen Schritt auf sie zu. Sie wich wieder zurück und er sagte betont leise und langsam „Ich will, dass du dich mir freiwillig hingibst." „Niemals!" war die wütende Antwort der Frau. Er zog sein Schwert und sah, dass sie nur einen Dolch am Gürtel trug, den sie aber noch nicht gezogen hatte.

Immer weiter wich sie zurück und lief plötzlich die Treppe nach oben. Der Mann rannte hinter ihr her und rief „Bleib stehen. Du kannst mir ja doch nicht entwischen!" doch die Frau dachte gar nicht daran. Immer weiter lief sie nach oben und er, immer zwei Armlängen hinter ihr, rannte hinterher. Oben lief sie durch eine Tür ins Freie und er stutzte. Sie ging vor ihm her zum Turm hinüber und er ging langsam hinter ihr her, da die Konstruktion durch ihren schnellen Lauf in Schwingungen gekommen war.

Mit Erschrecken sah er, wie sie den Dolch zog und das Halte-seil kappte, das die Brücke mit dem Turm verband. Die Frau rette-te sich mit einem großen Sprung in den Eingang des Turmes und er stand in der Mitte der Brücke, die nun unter ihm zusammen-brach.

Der Mann stürzte in die Tiefe und hörte die Frau von oben ru-fen „Ein Schwein gehört zu den Schweinen!" dann durchbrach er das Dach des Schweinestalles und schlug auf dem Boden auf.

44. Kapitel

Zerbrochenes Geschirr

Im letzten halben Jahr war Johanna viel vorsichtiger gewesen, als es wirklich notwendig gewesen wäre. Aus Angst vor Kaleb hatte sie sich jedes Wort, jeden Schritt, jeden Handgriff zweimal überlegt, bevor sie ihn machte. Trotzdem hatte sie immer stärker das Gefühl, dass sie unter seiner direkten Beobachtung stand. Es gab acht Sklavinnen und mehr als zwanzig Sklaven hier, und doch fühlte sich Johanna permanent überwacht. Dazu kam nun auch noch, dass die Wache, die die Sklavin getötet hatte, am Eingang des Harems stand und Johanna damit mehrmals am Tage direkt an dem Schwert vorbei musste, dass dem Leben der Freundin ein Ende gesetzt hatte.

Konnte dies ein Zufall sein? Vermutlich war nichts in Kalebs Leben Zufall. Er plante sicher alles weit voraus und so blieb ihr nichts weiter übrig, als sich ihrem Schicksal zu ergeben. Vermutlich geschah es nun aber gerade deswegen, weil sie so vorsichtig war: Auf dem Weg von der Küche zum Harem stolperte sie direkt vor der Wache und zerbrach eine der kostbaren Kannen, die die Frau des Herren so sehr liebte. Ebenfalls vermutlich deshalb wusste es Kaleb auch schon, noch bevor die Kanne den Boden berührt hatte. Die junge Frau bückte sich und sammelte die Bruchstücke vom Boden. Als sich Johanna wieder aufrichtet stand Kaleb direkt hinter ihr. Sie blickte sich um und sah den Gesichtsausdruck des Herren. Der sagte so etwas wie „Habe ich dich endlich erwischt!" und verhieß ihr nichts Gutes. Ohne dass Johanna etwas zu ihrer Entschuldigung sagen konnte, ob es etwas genutzt hätte bleibt dahingestellt, hatte sie der Wachposten auf ein Zeichen von Kaleb am Halse gepackt und über den Hof geschleift.

Wenig später fand sich die Frau in dem Schuppen eingesperrt, in dem auch ihre Freundin ihre letzten Stunden vor der Bestrafung erlebt hatte. Was würde Kaleb sich für sie als Strafe einfallen lassen? Sie musste ewig warten und vielleicht war auch diese Zeit schon ein Teil der Bestrafung. Diese Ungewissheit trieb ihr die Tränen in die Augen. Wenn sie an die anderen Bestrafungen dachte, die sich der Herr bisher hatte einfallen lassen, so konnte sie sicher nicht mit seiner Gnade rechnen. Sie überlegte, ob Kaleb für sie schon Ersatz hatte, oder ob er sie wenigstens am Leben lassen würde. Zum ersten Mal seit langer Zeit versuchte sie wieder ein Gebet. Würde es erhört werden? Die Augenblicke in dem dunklen Raum zogen sich immer weiter in die Länge und als dann endlich die Tür aufgerissen wurde, war sie fast froh endlich zu erfahren, wie es mit ihr weiter ging. Das grelle Licht der Sonne, die ihr direkt in das Gesicht schien, blendete Johanna für die ersten Schritte.

Der Wachposten stieß ihr mit der Hand in den Rücken und führte Johanna auf den Hof, wo schon alle Sklaven standen, so wie bei der Hinrichtung der Freundin vor einem halben Jahr. Sie mussten an der Stelle vorbei, an der die beiden Sklaven beerdigt waren und Johanna fragte sich, ob sie wohl am Abend auch dort liegen würde. Immer weiter vorwärts schob sie der Mann. An der Seite des Platzes war ein Gestell aus Holz aufgebaut, dass wie ein Kreuz aussah. Johanna musste sich vor die anderen Sklaven stellen und Kaleb begann das Vergehen von Johanna zu beschreiben. Mit jedem Wort schloss Johanna mehr mit ihrem Leben ab. Zum Schluss legte Kaleb das Strafmaß fest und er sagte „Die Sklavin erhält zehn Peitschenhiebe." Fast war Johanna erleichtert, doch sie dachte an den Mann, der damals, nach fünfundzwanzig Hieben fast tot, nur durch Fatmas Kenntnisse überlebt hatte. Er war groß und kräftig gewesen und sie? Eine kleine Frau. Sie bat still bei ihrem Gott um Hilfe.

Der Wachposten unterbrach ihr Gebet und zog sie an der Schulter zu dem Gestell, an dem sie sich mit dem Gesicht zum Holz aufstellen musste Er zog ihre Arme nach oben und ihre Hände wurden an den oberen Teil des Gestell gefesselt. Kaleb trat an sie heran und sagte „Ich will, dass du die Hiebe laut mitzählst." Das Drohen in der Stimme war unüberhörbar, dann riss der Herr ihr das Kleid herunter. Mit nacktem Rücken wartete sie auf ihre Strafe. Das Surren in der Luft kündigte den ersten Hieb an und dennoch traf er sie vollkommen unvorbereitet „Eins" schrie sie, doch der Schmerz war fast nicht zum Aushalten. Tränen des Schmerzes liefen ihre Wangen herunter. Sie riss an den Fesseln, doch diese waren fest gebunden. Johanna kam nur bis „Fünf." dann verließen sie ihre Kräfte.

Die junge Frau erwachte auf dem Bauch liegend in ihrem Bett. Ihr Rücken fühlte sich an, als ob er in Flammen stehen würde. Fatma saß neben ihr und rieb ihr die Wunden mit ihrer Salbe ein. Ob Kaleb ihr wirklich alle zehn Hiebe gegeben hatte wusste sie nicht, es war ihr im Moment auch vollkommen egal. Sie stöhnte nur bei jeder Berührung, die die ältere Frau vorsichtig an ihrem Rücken machte. Fatma beugte sich zu ihrem Ohr und flüsterte „Sei bitte ab jetzt noch vorsichtiger." Doch das wusste Johanna schon. Sie versuchte zu nicken, doch der Schmerz verhinderte dies.

Die nächste Woche schlief sie auf dem Bauch und war auch bei den Bewegungen sehr vorsichtig. Trotz der Wunden musste sie ihre Arbeit im Harem weiter führen. Kaleb kannte da kein Erbarmen und würde sicher nur noch eine weitere Strafe für sie finden, wenn sie ihre Arbeit nicht mehr machen konnte. Und solange sie diese Arbeit machte, konnte er sie nicht einfach so loswerden. Noch hatte der Herr ja keinen Ersatz für sie gefunden. Ob er einen suchte, wusste Johanna nicht so genau, nur dass er sicher versuchen würde sie durch eine Jüngere zu ersetzen, wenn er denn erst mal eine gefunden hätte. Sicher hatte er von ihrer Zuneigung zu Franziska erfahren. Und so etwas konnte er nicht dulden. Im Harem waren ja seine Überwachungsversuche sehr beschränkt, da ja nur er dort sein konnte und nicht seine Wachen. Doch vielleicht machte ihn dies ja so nervös? Er hatte an diesem Platz keine Kontrolle über die Frauen. Hier waren sie unter sich. Seltsamerweise waren sie im verschlossenen frei.

45. Kapitel

Falkenschwingen

Die Frau saß am Eingang des Turmes mit dem Rücken zur Wand. Ihre Beine baumelten in die Tiefe und immer noch war ihr nicht klar, was gerade passiert war. Nur mit einem großen Sprung hatte sie sich gerettet, als der Mann sie verfolgt hatte. Sie blickte nach unten und hörte an der einsetzenden Stille, dass der Schrei des Mannes jegliches Kampfgeschehen im Burghof zum Stillstand gebracht hatte. Alle dort unten schauten zu ihr herauf und sie sah das Loch im Dach des Schweinestalles unter sich. Martha kam vom Tor nach hinten und öffnete die Tür des Stalles. Dann rief sie durch das Loch nach oben „Er ist tot. Aber alle Schweine sind am Leben." „Alle bis auf eines." rief Grunhilda von oben herab und suchte das Tau, das sie zum hinunter klettern brauchte.

Es dauerte eine Weile, bis sie es gefunden und nach unten, zum Eingang des Turmes, getragen hatte. Sie schlang es um die unterste Stufe der Treppe des Turmes, band das eine Ende dort fest und warf das andere Ende nach unten, wo es von Martha festgehalten wurde. Dann ließ sich daran nach unten in den Hof rutschen. Sie machte das sich immer wieder von ihrer Schulter lösende Kleid, das der Abt ihr zerrissen hatte, mit einem Knoten über der Schulter fest. Dann trat sie an die Leiche des Mannes. Die beiden Diener hatten ihren toten Herren schon aus dem Stall getragen. Sie drehte sich zur offenen Stalltür um. Eigentlich war es gar nicht so hoch gewesen und wenn der Abt nur eine Handbreit weiter links gestanden hätte, wäre ihm vermutlich noch nicht einmal etwas passiert, aber der steinerne Schweinetrog hatte ihm das Genick gebrochen. So richtig traurig konnte Grunhilda nicht darüber sein und alle Beteiligten einigten sich auf einen „tragischen Unfalltod" des Abtes. Die beiden Diener luden den Abt auf sein Pferd und zogen wieder in das Tal hinab.

Auch der Bischof kam zum selben Urteil und setzte einen neuen Abt im Kloster ein. Dieser war ein wirklicher Mann Gottes, aber Grunhilda brauchte erst mal eine Weile, bis sie dem neuen Abt vertrauen konnte. Zu allen Sonntagsgottesdiensten nahm sie nun immer den Knecht mit und war auch immer bewaffnet. Sie trug das Schwert Bertholds an ihre Seite, das ihr Siegfried bei seiner Abreise übergeben hatte. Die beiden Mägde des Abtes waren ebenfalls verschwunden. Sie hatten sich gleich nach dessen Ableben aus dem Staube gemacht, damit sie nicht der Rache der neuen Herrin zum Opfer fallen würden. Grunhilda hatte überall in der Gegend nach ihnen suchen lassen, doch sie waren vermutlich in die Stadt gezogen und nicht in den Dörfern geblieben.

Auf der Burg ging nun alles wieder seinen gewohnten Weg und es war langweilig wie immer, wenn Siegfried nicht da war. Im Frühling, also als ihr Mann noch auf der Burg gewesen war, hatte sie ein Falkenpärchen beobachtet, dass oben im Turm brütete. Oft stand sie unten auf dem Hof der Burg und schaute hinauf, wo die beiden Vögel unterhalb der Turmkrone in einer Mauerritze ihr Nest gebaut hatten. Manchmal dachte sie daran, dass sie mit dem Abt genau über diese beiden Falken gesprochen hatte, in jener unsäglichen Stunde. Bei dem Gedanken daran zuckte sie immer noch zusammen, aber es gab ja nun keine Zeugen mehr. Immer noch fragte sie sich, wie sie hatte so dumm sein können und warum sie in diese Falle getappt war.

Die beiden Tiere hatten sich jedenfalls auch durch den Sturz des Abtes nicht von ihrer Brut abbringen lassen und Grunhilda schaute oft zu den Tieren hinauf. Als dann der Herbst kam, und die

Vögel in den Süden flogen, gab sie ihnen einen Gruß für ihren Liebsten mit auf den Weg. Würde sie ihren Mann jemals wieder sehen? Die Tage wurden wieder kürzer und ihr Bauch immer dicker.

Nun saß sie wieder auf dem Fensterbrett und schaute zum Tal hinab. Sie sang zu ihrer Laute und machte alle Arbeiten, die sie noch tun konnte. Acht Monate nach der Abreise ihres Mannes, in das Heilige Land, brachte Grunhilda in einer kalten Winternacht ihren zweiten Sohn unter Schmerzen auf die Welt. Die Geburt dauerte viel länger als beim ersten Mal und ohne Marthas Hilfe hätte sie es wohl nicht geschafft. Sie nannte ihn Benno, nach ihrem Großvater und war kurz nach der Geburt an Entkräftung erst mal für länger in einen tiefen Schlaf gefallen.

Da sie im Winter alle in der Kemenate waren, hatten sich die Männer um Berthold gekümmert, der ja nun bald fünf Jahre alt wurde, während sie in den Wehen gelegen hatte. Fast einen Tag hatte sie geschlafen, bis Martha sie wieder weckte, weil ihr Sohn Hunger hatte. Sie hatte gar nicht gewusst, dass sie schwanger gewesen war, als ihr Mann aufgebrochen war. Und doch musste es so gewesen sein. Die Möglichkeit, dass es der Abt gewesen sein konnte, verwarf sie ganz schnell wieder. Sie hoffte nun, dass ihr Mann wenigstens seinen zweiten Sohn noch sehen würde. Wie es ihm wohl in dem fernen Land ging? Manchmal wanderten ihre Gedanken über das Meer dorthin. Nun konnte sie es gar nicht mehr erwarten, bis der Schnee endlich schmelzen würde und sicher würden dann auch die beiden Falken aus dem Süden wieder bei ihr im Turm ihr Nest beziehen.

Von Tag zu Tag wartete sie auf die Rückkehr der beiden Vögel und als sie dann endlich da waren, flog einer von ihnen so tief über den Burghof und um ihren Kopf, dass sie glaubt, er brachte ihr eine Nachricht. Sie dankte dem Tier dafür und freute sich, dass es ihrem Manne gut ging. Wenn sie doch nur ebenfalls auf Falkenschwingen in den Süden fliegen könnte, dann wäre sie nicht mehr so einsam. Doch so blieb ihr nur der Blick zur Krone des Turmes und ihren gefiederten Freunden da oben. Würde ihr Mann vielleicht schon in diesem Jahr zu ihr zurückkommen? Wer konnte ihr diese Frage beantworten? Der kleine Vogel sicher nicht. Und ihr Herz? Grunhilda zögerte, diese Frage zu stellen, aber ihre Hoffnung war an jedem Tag da.

46. Kapitel

Nebenfrau oder Hauptfrau?

Kaleb erwachte im Harem. Bisher war er hier noch nie eingeschlafen, doch Franziska, seine Nebenfrau, hatte ihn einfach schlafen gelassen. Sie lag in seinem Arm und es lag etwas Vertrautes in der Berührung, die ihr Haar unbewusst bei jedem Atemzug auf seiner Haut machte. Für einen Moment fühlte er sich so geborgen, wie er es damals in den Armen seiner Mutter gewesen war. Er richtete sich auf und sah, dass die Sklavin neben dem Bett auf einem Hocker eingeschlafen war. Am Abend hatte er sie wie immer neben sich stehen lassen und nicht weggeschickt. Vermutlich merkte sie, dass er erwacht war, denn sie zuckte zusammen und stand sofort auf. Er drehte sich wieder zu seiner Frau um und zog seinen Arm unter ihrem Kopf hervor. Dann stand er auf und ließ sich von der Sklavin beim ankleiden helfen.

Er warf noch einen Blick auf seine schlafende Frau und kam zurück zu dem eben erlebten Gefühl. Warum hatte er eigentlich keine Kinder? Seine Hauptfrau hatte er seit mehr als fünfzehn Jahren und Franziska auch schon fast so lange. Selbst seine dritte Frau war in der ganzen Zeit nicht schwanger geworden. Konnte es sein, dass er die falschen Frauen hatte? Sein Blick blieb an der Sklavin hängen. Im Moment wollte er sie nicht zurecht weisen, dass sie ihn hatte einschlafen lassen, doch innerlich kochte es in ihm. Er war direkt neben der Frau eingeschlafen und die Sklavin hatte dies nicht verhindert. Die Frau verbeugte sich vor ihm und folgte ihm, als er den Harem verließ. Sein Ärger hatte sich aber schon gelegt. Er dachte an die Nacht mit Franziska und daran, dass ihm diese Nacht eine neue Erkenntnis gebracht hatte: er brauchte eine weitere Frau, oder musste etwas in seinem Harem ändern!

Der Mann betrat sein Bad und setzte sich, nachdem ihm eine andere Sklavin beim Entkleiden geholfen hatte, in das große Becken hinein. Hier in dem warmen Wasser hatte er immer die besten Ideen gehabt und so wartete er auch diesmal auf einen Einfall. Dass er keinen erhielt, machte ihn immer wütender. Er war doch ein ganzer Mann. Mehrmals in der Woche ging er zu seinen Frauen hinüber und hatte doch keinen Erfolg gehabt! Er sah in das Gesicht der Sklavin, die mit einem Tuch seine Beine einseifte. Das Lächeln der Frau macht ihn nur noch wütender. Er stellte sich vor, dass sie sich über ihn lustig machte und dieses Gefühl wurde immer stärker in ihm. Er griff zu und schnappte die Frau am Arm. Er zog sie zu sich und verging sich an ihr. Klaglos und ohne einen Ton nahm die Sklavin es hin und machte ihn damit nur noch wütender. Schließlich warf er sie nackt aus dem Bad.

Da stand er nun mitten in dem Raum, als ihn die Eingebung doch noch traf. Er brauchte eine neue Frau und danach würde er im Harem verkünden, dass diejenige, die ihm als Erste ein Kind schenkte, seine Hauptfrau werden würde. Diejenigen, die ihm aber im Laufe der nächsten zwei Jahre kein Kind schenken würde, die würde des Todes sein. Er rief nach der Sklavin und ließ sich wieder neu einkleiden, dann ging er in den Harem zurück und verkündete seine Entscheidung. Die drei Frauen saßen an einem Tisch und nahmen gerade ihr Frühstück ein. Sie sahen ihn ziemlich entgeistert an und hofften sicher, dass er nur einen Scherz machte, doch ihm war nicht nach Scherzen zumute. Er verließ den Bereich der Frauen wieder und begab sich in die Stadt, wo er auf den Sklavenmarkt ging und sich dort nach jungen Frauen umsah.

Es waren mehrere Stände dort, an denen er vorbei ging. Bei keinem war eine Frau dabei, für die er sich interessierte. Erst am allerletzten Stand traf er den Sklavenhändler Ali Beck wieder und kam mit ihm in ein Gespräch. Zusammen verließen sie den Platz und er folgte dem Sklavenhändler zu dessen Haus. Dort wurde er in einen Raum geführt wo er sich hinsetzte und der Sklavenhändler verließ kurz das Zimmer, um wenig später mit einer jungen Frau zurück zu kommen, die genau seinen Vorstellungen entsprochen hatte. Kaleb stand auf und umrundete die junge Frau, die sicher erst siebzehn Jahre alt war. Sie hatte die anmutige Schönheit der Wüstenvölker und langes schwarzes Haar. Sie war genau das, was er sich gewünscht hatte und so kam sie gegen einen Beutel Münzen in seinen Besitz.

Er verzichtete auf den Strick, sondern zog sie am Arm hinter sich her. Was er von ihr wollte, hatte die Frau sicher schon verstanden und sie wehrte sich auch nicht gegen ihn. Schließlich betraten sie sein Haus und er ließ von Fatma überprüfen, ob sie auch wirklich noch Jungfrau war, wie ihm der Sklavenhändler versprochen hatte. Als die alte Sklavin dies bestätigte, zog er sie zu seinem Harem hinüber. Dort übergab er sie seinen Frauen, damit diese sie für ihn zurecht machen würden. Der Mann verließ den Bereich der Frauen wieder und begab sich in das Haus zurück. Er setzte sich auf einen Stuhl und dachte daran, ob seine Drohung wohl Früchte tragen würde. Wenn nicht, dann hatte er eine Menge Münzen verloren. Er stand wieder auf und zog eines seiner prächtigsten Gewänder an, oder besser, er ließ es sich von einer Sklavin anziehen, denn alleine machte er so gut wie keinen Handgriff. Schließlich ging er zurück zum Harem, wo er schon von der Sklavin an der Tür erwartet wurde.

Die junge Frau führte ihn in den Bereich hinein, der sich nun etwas geändert hatte, da ja eines der Zimmer nun mit seiner neuen Frau belegt worden war. Diese stand in der Mitte des Zimmers und sie hatte Franziskas schönstes Kleid an. Er umrundete sie ein paar Mal, bevor er vor ihr stehen blieb. Mit einer Handbewegung forderte er die Sklavin auf seiner Frau das Kleid auszuziehen, was diese selbstverständlich auch sofort tat. Wieder umrundete er die Frau, betrachtete ihre Schönheit, die so war, wie er es sich vorgestellt hatte. Selbst nackt strahlte sie eine Anmut aus, die ihn faszinierte. Das dünne Kleid, das sie bei dem Sklavenhändler getragen hatte, hatte ihre Formen nur wenig verdeckt. Kaleb hatte eine gute Wahl getroffen und blieb vor ihr stehen, nun war es an ihm ausgezogen zu werden.

Hatte er mit dieser Frau mehr Glück? Er warf sie auf das Bett und sah auf ihren vor Angst zitternden Körper. Das gab ihm die Stärke, die er jetzt brauchte. Er war doch ein ganzer Mann! Und das wollte er ihr jetzt zeigen!

47. Kapitel

Wege über das Meer

Der Kreuzzug hatte nun schon mehr als neun Monate gedauert und erst jetzt waren sie überhaupt in die Nähe des Heiligen Landes gekommen. Auf Wunsch des portugiesischen Königs hatten sie in seinem Land Winterquartiere bezogen und dort ein paar Orte im Süden des Landes von den Sarazenen befreit. Die Namen dieser Städte konnte er weder aussprechen, noch konnte er sie sich merken. In all der Zeit hatte Hans seine Kampfesweise vervollkommnet und hatte oft bei der Belagerung und Erstürmung der Orte ganz vorn gekämpft. Die anderen beiden Knappen hatten die Kämpfe mit ihrem Leben bezahlt. Die Pfeile der Sarazenen waren tödliche Geschosse, gegen die kein Kettenhemd half. Jetzt erst, als sie im Hafen von Akkon angekommen waren, hatte er Zeit, sich über die Kämpfe überhaupt Gedanken zu machen. Mittendrin war das eher schwierig gewesen, da musste man den Pfeilen ausweichen, um am Leben zu bleiben.

Da sie ja gegen die Sarazenen gekämpft hatten, war auch der Kampf in Portugal ein Teil des Kreuzuges gewesen, nur was das für ein Kampf gewesen war, das wollte ihm auch im Nachhinein nicht gefallen. Es war ein Krieg gegen Frauen und Kinder gewesen. Die paar Kämpfer, die versuchten die Städte zu verteidigen, hatten ihnen schon das Leben schwer gemacht, aber nach dem Sturm auf eine Stadt und nachdem sie die Befestigungen überrannt hatten, waren die Ritter und Knappen über die Frauen hergefallen. Die Ritter hatten meist Frau und Kinder zu Hause, aber die Knappen waren ihr ganzes Leben praktisch von Frauen fern gehalten worden. In der Heimat durften sie keine Frau heiraten und in den Burgen gab es meist nur die Burgherrin als einzige Frau, und die durften die Knappen meist noch nicht mal aus der Nähe ansehen.

So fehlte den Männern jedes Gespür dafür, wie man mit den Frauen umging. Auf ihrer Burg war das anders gewesen, da hatte die Burgherrin sogar mit ihnen in einer Wanne gebadet, aber bei den anderen? Die Schilderungen der anderen Knappen deckten sich mit dem, was er nach der Eroberung gesehen hatte. Sogar jetzt noch, nach Monaten, hatte er das Schreien der Frauen in den Ohren. Die Kämpfer fielen im Zeichen des Kreuzes über die Einwohner her, wie es nur eine biblische Plage sein konnte. Da es aber keine Christen waren, wurden die Handlungen der Knappen toleriert. Hans war zusammen mit Siegfried durch eine der eroberten Städte gegangen und hatte sie gesehen, die geschundenen Frauen. Die Knappen hatten sich genommen, was sie nur kriegen konnten. Jede Frau wurde geschändet und in einem Blutrausch meist danach auch noch getötet. So hatte sich Hans einen Kreuzzug nicht vorgestellt. Seine Gedanken gingen in die Heimat zu der Burg, auf der sie gelebt hatten. Wie mochte es wohl da jetzt im Moment aussehen?

Schnell legte er aber die abschweifenden Gedanken wieder ab. Er war hier im Kampf. Er wollte gegen Kämpfer zu Felde ziehen und er sah auch in dem angewiderten Gesicht seines Herren, das dieser genauso über die Gewalt gegen diese armen Frauen dachte, wie er selbst. Das war kein anständiger Krieg. Nackte Frauen durch die Städte zu jagen hatte so gar nichts mit dem zu tun, was sie machen wollten. Der Kreuzzug sollte doch der Befreiung des Grabes Jesu dienen und nicht der Befriedigung niederer Triebe, die man in der Kirche in der Heimat jeden Sonntag als Sünde bezeichnen würde. Nur war man eben nicht in der Heimat! Es waren sarazenische Frauen und da galt das vermutlich nicht.

Aber auch die Seefahrt hatte er sich nicht so vorgestellt. Das Schaukeln der Schiffe war eigentlich unerträglich. Wenn die See ruhig war, dann war auch die Fahrt ruhig, aber bei Stürmen wurden sie so in dem Schiff herum geworfen, dass ein jeder sich ein Seil greifen musste, um auf den Beinen zu bleiben. Diese Schiffe waren trotzdem die reinsten Wunderwerke. Die Ritter konnten mit ihren Pferden über eine Rampe und ein sich öffnendes Tor auf das Schiff reiten. Dort wurden die Pferde dann mit Seilen in den Boxen gesichert und blieben somit auch in höchsten Seegang sicher auf ihren Beinen.

Immer wieder machte sich Hans Gedanken über diesen Kreuzzug. Sie hatten schon unsägliches Leid gebracht, und waren noch nicht einmal dagewesen. Würde es nun, da sie im ersehnten Zielland waren, besser werden? Vermutlich nicht, denn die Knappen waren immer noch dieselben, die in Portugal über die wehrlosen Frauen hergefallen waren. Doch nun waren sie erst mal in dem Hafen gelandet, von dem aus es nun, zu Fuß und hoch zu Ross, weiter gehen sollte. Die Burg von Akkon überragte den Hafen und im Schutze einer Hafenmauer konnten die Schiffe anlegen. Diese Stadt war schon sehr groß und von hier bis Jerusalem waren es nur vier Tagesmärsche, wie ein jeder im Hafen erzählte.

Doch es kam anders. Die ersten Gerüchte kamen auf und Hans hörte immer wieder in den Schänken, dass sie nicht direkt nach Jerusalem ziehen würden. Ein neuer Plan wurde ersonnen. Von Akkon aus sollten sie alle sofort wieder die Schiffe besteigen und dann nach Ägypten segeln. Kaum an Land ging es also auch schon wieder auf See hinaus. Johann von Brienne, der Regent des Königreiches von Jerusalem, setzte sich an die Spitze des vereinigten Kreuzfahrerheeres und wollte über die ägyptische Küste den Zugang zum Nil gewinnen.

Seine Verbündeten sollten dann von Süden her nach Jerusalem ziehen. So, oder so ähnlich hatte er sich das wohl gedacht, aber dem kleinen Knappen Hans sagten diese Orte nicht viel. Er würde sich mit seiner Streitaxt dorthin stellen, wo ihn Siegfried haben wollte.

Da sie gerade erst angekommen waren, wurden sie auch sofort wieder auf das Schiff gebracht. Nur ein paar Tage waren sie an Land gewesen. Die ersten Kreuzfahrer würden die Landungsstelle sichern und die Anderen hier in Akkon würden warten, bis die Schiffe wieder zurück sein werden. Das konnte nicht lange dauern, da die Entfernung zwischen den beiden Orten nicht allzu groß war. Ihr Schiff würde dann das Erste sein, das den ägyptischen Ort Damiette Anfang April des Jahres 1218 erreichen würde.

48. Kapitel

Angst, Schmerz und Tränen

Dieser Mann musste den Verstand verloren haben! Solch eine Drohung konnte er doch nicht ernst meinen. Und doch tat er es! In den letzten fünfzehn Jahren hatte es Kaleb nicht geschafft ein Kind zu zeugen und nun verlangte er von den Frauen, dass dies in genau zwei Jahren passierte. Das vielleicht er daran schuld sein konnte, das kam ihm sicher nicht in den Sinn und nun kreiste das Schwert des Todes praktisch über den Köpfen der vier Ehefrauen. Johanna hatte in der „Hochzeitsnacht" neben dem Bett gestanden, so wie es ihre Pflicht gewesen war. Noch immer hatte sie die Schreie der jungen Frau in ihren Ohren, obwohl „junge Frau" wohl nicht wirklich zutraf, denn sie beiden waren gleichalt. Sie hatte Kaleb anschließend wieder beim ankleiden geholfen und war dann, nachdem sie ihn aus dem Harem begleitet hatte, zu der Frau zurückgekehrt.

Franziska hatte sich schon um sie gekümmert und versuchte sie zu trösten. Doch eigentlich hätte Franziska selbst Trost gebraucht. Die neue Frau erzählte unter Schluchzen und Weinen, dass sie die Tochter eines Wüstenstammes war. Nun fühlte sie sich entehrt und geschändet. Bei einem Überfall eines verfeindeten Stammes hatte man sie geraubt und in die Sklaverei verkauft. Aber so richtig hatte sie vermutlich den Ernst der Lage nicht erkannt, denn das Schwert des Todes schwebte auch über ihr und wenn Kaleb es wollte, würde sie sicher keine neunzehn Jahre alt werden. Sie nannte noch ihren Namen. Sie hieß Satara und die beiden anderen halfen ihr nun, sich zu säubern und neu anzuziehen. Dann brachte Johanna Satara in das Bett zurück und blieb neben ihr sitzen, bis sie sich in den Schlaf geweint hatte.

Und nun saß sie selbst hier und schaute auf die schlafende Frau. Was würde wohl mit ihr passieren? Eigentlich nichts, aber sicher sein konnte sie auch nicht. Die ganze Zeit war sie schon vorsichtig und bei der Laune, die ihr Herr gerade hatte, war es ziemlich gefährlich, irgendetwas zu tun, was nicht seinem Willen entsprach. Wenn sie es genau betrachtete, so war Kaleb ein armer Wurm. Mit dem großen Unterschied, dass er jeden Tag ihr Leben in der Hand hatte und ein Fingerzeig von ihm ihr sofortiges Ende bedeuten würde. Doch was hatte sie denn zu verlieren? Hier im Haus war sie zwar frei, aber über die Begrenzung des Hofes hinaus konnte sie sich keinen Schritt bewegen. Es war wie eine unsichtbare Fessel. Wieder sah sie auf den schwarzen Schopf der schlafenden Frau in dem Bett.

Als Angehörige eines Wüstenstammes war sie die Freiheit der Weite gewohnt. Die Wüste war ihr Zuhause und hier? Ein paar Schritte in jede Richtung. Bis zur Wand und Ende! Nicht einmal aus dem Fenster durfte sie schauen. Das Gefängnis von Satara war noch viel Schlimmer, als ihr eigenes. Sie durfte wenigstens auf den Hof und den Himmel über sich sehen. Wenn auch immer nur gehetzt von den Blicken der Posten oder von Kaleb. Sie wusste ja nie, wo er gerade war und aus welchem Fenster er sie vielleicht gerade beobachtete. Wenn man das so sehen wollte, so war auch Johanna nur innerhalb des Harems frei. Hier drin konnte er sie nicht sehen! Schließlich war sie auf dem Stuhl eingenickt und als sie wieder aufwachte stand Kaleb in der Tür. Der Ausdruck in seinen Augen würde reichen, um Wasser sofort zu Eis erstarren zu lassen.

Johanna sprang vom Stuhl auf, der polternd umstürzte und damit Satara weckte. Diese sah ihren Mann und zuckte wieder zusammen. Die Gewalt des Vorabends war noch nicht vergessen. Die Tränen schossen wieder in ihre Augen. Die anderen Frauen hatten ihr noch nicht erzählt, dass genau das es war, was den Herr nur zu noch neuerer Gewalt trieb. Johanna wusste, was geschehen würde, doch sie durfte den Raum nicht verlassen oder sich von ihm abwenden. So schloss sie nur die Augen und versuchte an etwas Schönes zu denken. Das war nicht ganz so einfach, während jemand neben einem schrie. Dann war wieder Ruhe und Johanna öffnete die Augen. Gerade noch rechtzeitig, bevor sich Kaleb vom Bett erhob. Nicht auszudenken, was er wohl gemacht hätte, wenn er bemerkt hätte, dass sie die Augen geschlossen hatte.

Wortlos verließ er den Raum und überließ es Johanna sich um die weinende Frau zu kümmern. Diesmal wollte er nicht einmal begleitet werden. Er ging alleine nach draußen. Johanna beugte sich zum Ohr der Frau hinunter und tat etwas, was ihren Kopf kosten konnte. Sie flüsterte der anderen Frau zu „Dein Herr ist ein Tier der Nacht. Er lebt von deiner Angst. Sei stark und er wird aufhören." Schnell richtete sie sich wieder auf und schaute sich um, aber niemand war zu sehen. Satara nickte und wischte sich die Tränen ab. Dann ließ sie sich von Johanna zum großen Becken bringen, wo sie sich erneut säuberte und danach, frisch angezogen, in das Bett zurück bringen ließ.

Liebevoll deckte Johanna die andere Frau zu und wollte den Raum verlassen, als Satara ihre Hand ergriff und „Bleib." flüsterte. Dem Wunsch der Frau kam sie gern nach und blieb bis zum Sonnenaufgang in dem Zimmer. Mit den ersten Strahlen des neuen Tages machte sich Johanna auf den Weg zur Küche, wo sie das Essen für die vier Frauen bei Fatma abholte. Als sie gerade gehen wollte trat Kaleb in die Küche. Er sah Johanna so an, als nehme er schon für den tödlichen Hieb maß. Dann sagte er zu Fatma „Ab heute wirst du jeden Tag in meinem Beisein noch gründlicher prüfen, ob sie noch eine Jungfrau ist. Erst dann darf sie in den Harem.

Ist sie keine mehr, oder besteht nur der leiseste Zweifel daran, so wird sie sofort sterben."

Johanna stellte das Tablett zur Seite und schaute zu Fatma, die ja erst kurz zuvor selbst geprüft hatte. Mit einer Handbewegung forderte die alte Frau sie auf, sich wieder auf den Hocker zu setzen, der dort an der Seite der Küche stand. Johanna streifte die Hose herunter und setzte sich. Die Prüfung war wieder kurz und das Ergebnis war auch schon von vornherein klar gewesen. Aber es war vermutlich als eine Art von zusätzlicher Demütigung ihr gegenüber geplant, dass er nun dabei zusah. Doch Johanna ließ sich nichts anmerken, stand vom Stuhl wieder auf, zog sich an und ging ihrer täglichen Arbeit nach.

Sie hatte Kaleb in dieser Nacht durchschaut und nun hatte er keine Macht mehr über sie. Er könnte sie zwar töten, aber er hatte seine Macht über ihre Seele verloren.

49. Kapitel

Späte Einsicht

Kurt schleppte sich zu dem Zelt, dass direkt am Hafen aufgestellte war. Seit mehr als einem Jahr war er nun schon hier in Akkon. Eigentlich hatte er mit dem Geld des Abtes in das Heilige Land pilgern wollen, doch dann kam der Aufruf zum Kreuzzug und er hatte gedacht, dass das eine gute Gelegenheit sein würde etwas für seine Sünden tun zu können. Oder besser etwas dagegen. Er hatte damals schwere Schuld auf sich geladen. Nicht das Plündern, Rauben und Vergewaltigen, das war ja normal. Nein, der Schuss auf den fremden Ritter, hinterrücks, war das, was ihn seit damals umhertrieb. Zwar hatte er nicht selbst geschossen, sondern einer der anderen Männer, aber er machte sich selbst dafür verantwortlich, dass dies geschehen konnte.

Von Tag zu Tag wurde er schwächer. Das Fieber hatte ihn schon lange im Griff und manchmal fühlte es sich an, als ob unter ihm bereits das Höllenfeuer loderte. In einem Traum hatte er den Teufel gesehen, der auf einer Liste seinen Namen vorgelesen hatte und dann auf eines der Feuer zeigte, in dem seine Seele dann für die Ewigkeit gequält werden würde. Und das sicher auch, nachdem er an diesem Kreuzzug teilnahm. Zwar hatte der Papst jedem, der das Kreuz nahm, den Einzug in das Himmelreich versprochen, aber er selbst war sich da nicht so sicher, dass Gott ihn da wohl hineinlassen würde. Gleichzeitig schien es ihm, als ob seine Tage hier auf Erden schon jetzt gezählt waren und es sicher nicht mal mehr zwei Handvoll sein würden. Er würde in dieser wimmelnden Stadt begraben werden, vier Tagesmärsche vom Heiligen Grab entfernt.

Im Schatten des Zeltes lehnte er sich an eine Wand und ließ sich von einem der Mönche einen Becher Bier bringen. Die Mönche machten hier die Armen- und Krankenversorgung und Kurt war hier bei ihnen ein täglicher Gast. Oft lag er den ganzen Tag hier neben dem Zelt. Jetzt, im Frühling, war es hier noch angenehm kühl, doch in ein paar Wochen würde wieder diese brütende Hitze ausbrechen, die er im letzten Jahr hier erlebt hatte. Da war es nicht zum Aushalten gewesen und die Ritter hatten alle ihre Kettenhemden an, die sich noch mehr aufheizten. Er trank das Bier und ließ den Blick seines einen Auges über die Menschen gehen, die sich hier am Hafen getroffen hatten. Schiffe aus der Heimat trafen ein und brachten neue Ritter, für einen neuen Feldzug. Doch er würde daran nicht mehr teilnehmen können. Ein Fieberanfall schüttelte ihn durch und er vergoss dabei das restliche Bier.

Aus dem Gewimmel tauchte auf einmal ein Bild vor seinem Auge auf. Ein grüner Schild mit einem schwarzen Bären darauf. Dieses Zeichen kannte er und er zuckte zusammen. Das war das Zeichen des vom Pfeil getroffenen Ritters gewesen. War er etwa nur verwundet worden und lebte er noch? Er versuchte sich aufzurichten, rutschte aber wieder in sich zusammen. Nun versagten auch schon seine Arme. Unfähig irgendeine Bewegung zu machen lag er da und wartete darauf, dass endlich die Erlösung von seinen Schmerzen eintreten würde, doch die kam nicht. Irgendjemand oder irgendetwas hielt ihn hier noch am Leben und das hatte sicher einen Grund. Vielleicht war es der fremde Ritter gewesen, den er im Gewimmel gesehen hatte. Er fiel zurück, schlug gegen die Wand und die Dunkelheit umgab ihn.

Ein Mönch, der ihm mit einem feuchten Tuch die Stirn abwischte, holte ihn aus der Umnachtung zurück. Noch war er am Leben und hatte sicher noch die Aufgabe, die Untaten des Abtes dem anderen Ritter kundzutun. Aber nun musste er ihn erst einmal wiederfinden. Er stemmte sich hoch und die Aufgabe gab ihm die Kraft, auf den Beinen zu bleiben. Wo sollte er den anderen Ritter finden? In einer Schänke am Hafen vielleicht? Er begann wieder sein Auge über die Ritter gleiten zu lassen und suchte nach dem grünen Schild. Es mussten jedoch tausende Ritter und Knappen hier sein. Das würde sicher Tage dauern, doch Kurt hatte erkannt, dass das seine letzte Handlung auf dieser Welt sein würde. Er musste den Anderen finden, damit er ihm alles erzählen konnte.

Wenn der fremde Ritter ihm vergeben würde, so würde er vielleicht doch nicht im Höllenfeuer landen. Er versuchte es in der ersten Schänke und merkte doch schon bald, dass er viel zu schwach war, um selbst zu suchen. Er schwankte wieder zurück zum Zelt der Mönche und kramte die letzten Münzen aus seinem Beutel. Es waren noch vier silberne Pfennige. Der Rest dessen, was der Abt ihm damals gegeben hatte. Er winkte einen der Laufburschen heran, die im ganzen Hafen für ein paar Münzen ihre Dienste anboten. Kurt beschrieb den Schild und gab dem Jungen eine Münze als Vorschuss mit der Aussicht, die anderen drei Münzen auch noch zu erhalten, wenn er den fremden Ritter fand und zu ihm brachte. Der Junge nickte und verschwand im Gewühl der Stadt. Nun musste er nur hier warten und hoffen, dass Gott mit ihm Gnade haben würde und ihm diesen letzten Wunsch nicht verwehren würde. Schließlich hatte er sie, so weit entfernt von der Heimat, hier in Akkon zusammen gebracht. Sicherlich nicht dafür, dass er starb, bevor er dem Anderen erzählt hatte, wer für den hinterhältigen Plan verantwortlich gewesen war.

Als am Abend die Fackeln rings um ihn entzündet wurden, hatte er schon fast alle Hoffnung verloren. Ein neuer Fieberschub schüttelte seinen Körper und mit einem Mal begriff er, dass dies seine letzte Nacht war. Er würde die Sonne nicht wieder aufgehen sehen. Sollte er in die Kirche hinüber gehen, um zu beten? Was würde ihm das nützen? Vermutlich nichts! Er war schon zu schwach zum Aufstehen und fiel wieder zurück auf sein Lager, als er es versuchte. Plötzlich tauchte der Junge vor ihm auf und sagte, dass er die Anderen gefunden hatte. Er trat zur Seite und hinter ihm standen ein junger Mann und sein Knappe. Beide trugen das Wappen auf ihrem Schild. Mit der letzten Kraft warf Kurt dem Jungen die Münzen zu und winkte den Ritter zu sich.

Als sich die beiden Männer neben ihn gekniet hatten, begann er den Plan des Abtes zu Beichten und alles genau zu beschreiben. Seine Kräfte verließen ihn mit jedem Wort immer mehr. Als er fertig war und der fremde Ritter „Ich danke und vergebe dir." zu ihm gesagt hatte, verließ seine Seele seinen Körper und stieg auf zur Herrlichkeit Gottes.

50. Kapitel

Umhüllt von Dunkelheit

An Bord des Schiffes, im Hafen von Akkon, blickte Siegfried zurück auf die kleine Mauer, an der er den fremden Ritter getroffen hatte. Erst jetzt wurde ihm die Tragweite der Schilderung so richtig klar. Der Abt hatte die ganze Zeit hinter dem Anschlag auf seinen Vater gestanden und nun war seine Frau dort in der Heimat praktisch jeden Tag in der Nähe des Mannes, der sie Beide vernichten wollte. Oder hatte Reginald von Rabenhorst nur etwas gegen seinen Vater gehabt? Ihnen gegenüber hatte er sich immer gut und loyal verhalten, er hatte sie zum Essen eingeladen und sich auch nie auffällig verhalten. Erst jetzt im Nachhinein kamen Siegfried manche Blicke des Mannes komisch vor. Erst im Zusammenhang mit dem Tode des Vaters, und der Beichte des fremden Ritters, erhielten einige Sätze des Abtes einen ganz anderen Sinn.

Er konnte Grunhilda von hier aus nicht einmal warnen. Er konnte nur hoffen, dass seine Frau auf seine Mutter hören würde. Die war dem Abt gegenüber sehr viel vorsichtiger und wenn er dann wieder in der Heimat sein würde, dann würde er den Abt für den Anschlag auf seinen Vater zur Rechenschaft ziehen. Entweder vor einem Gericht, oder er würde es selbst machen. Schließlich konnte er einen Mörder ja auch selbst und eigenhändig an den nächsten Baum hängen. Abt hin oder her, da machte die jeweilige Person keinen Unterschied. Wenn ihn dann jemand darauf hin ansprach, hatte er ja Hans, seinen Knappen, als seinen Zeugen und das Geständnis des fremden Ritters. Er drehte sich um und schaute auf das Meer hinaus. Es war sicher Schicksal gewesen, dass sie diesen Mann hier treffen musste, damit die Wahrheit ans Licht kam.

Am nächsten Morgen würden sie, wenn der Wind günstig stand, aufbrechen und sich in den Kampf stürzen. Er selbst hatte keinen Zweifel, aus diesem Krieg wieder lebend und gesund zurück zu kommen, gerade die Aussage des anderen Ritters bestärkte ihn in der Ansicht, dass Gott noch etwas mit ihm vorhatte. Es würde ja auch keinen Sinn machen, ihm die Machenschaften des Abtes zu offenbaren, die er dann mit in sein Grab nehmen würde. Siegfried zog sein Schwert und prüfte die Klinge noch einmal, wie er es sicher schon hunderte Male zuvor gemacht hatte. Trotz all der Kämpfe war der Stahl immer noch makellos. Es war ein gutes Schwert, das ihm sein Vater damals geschenkt hatte. Über dem Meer versank die Sonne und tauchte dann glutrot in das Wasser hinein. Der Ritter von Bärenberg stieg unter Deck und ging zu seinem Pferd. An der Seite der Box saß sein Knappe und reparierte etwas an Siegfrieds Kettenhemd. Bisher hatte er seinen Knappen noch nicht davon überzeugen können, auch eines zu tragen. Er kämpfte immer noch in einer ledernen Rüstung, die zwar leicht, aber eben auch nicht so sicher war, wie ein Kettenhemd. Zur Verstärkung waren Eisenstücken überlappend darauf genietet, die dem Knappen einen etwas besseren Schutz gewährten.

Er trat an sein Pferd und strich dem Tier über die Nase. Die Erinnerungen an Portugal kamen wieder hoch. Vielleicht machte es sein Knappe ganz richtig. Kettenhemden waren schwer und hielten dem Pfeilbeschuss der Sarazenen nicht stand. Aber im Nahkampf, Schwert gegen Schwert, hatte so eine Rüstung einen ungemeinen Vorteil. Man musste aber erst mal auf Schwertlänge an die Feinde heran kommen. Sein Knappe stand auf und übergab ihm das Kettenhemd. Siegfried kontrollierte es, obwohl er an der Arbeit seines Knappen noch nie etwas auszusetzen gehabt hatte. Doch diese Rüstung bedeutete sein Leben. Er musste alles drei oder vier Mal kontrollieren. So wie vorhin an Deck das Schwert. Schließlich warf er sich das Kettenhemd über und setzte sich zu seinem Knappen. Gemeinsam schweigend verbrachten sie den Rest der Nacht nebeneinander.

Pünktlich war das Schiff ausgelaufen und sie waren als Erstes der Flotte am Ziel angekommen. Im Inneren des Schiffs bereiteten sich die Ritter auf den Kampf vor. Sicherlich würden sie am Strand schon erwartet werden. In den Hafen konnten sie nicht hinein fahren, da dieser durch einen Kette vor der Einfahrt gesichert war und so würden sie unweit der Flussmündung direkt vom Schiff, über die Klappe am Bug, mit ihren Pferden in den Kampf reiten. Ein Überraschungsangriff würde es sicher nicht werden. Die Schiffe waren groß und sicher schon von weitem gut zu sehen gewesen. Ein Stück würden sie mit den Pferden durch das Wasser reiten müssen. Siegfried hatte es sich von Deck aus angesehen, nur ein schmaler Streifen Sand, dann war eine Wiese zu sehen. Wie würden die schweren Pferde das Wasser und den Sand durchqueren können? Um den Feind machte er sich keine Gedanken, nur um sein Pferd. Es war schließlich mit ihm und der Rüstung schwer bepackt und konnte im leichten Sand sicher nicht so gut laufen, wie dahinter auf der Wiese.

Er strich dem Tier noch einmal über die Nase, dann hörte er das Hornsignal vom Deck. In wenigen Augenblicken würde das Tor den Weg frei geben und dann würden sie über ihre Feinde herfallen. Von seinem Knappen gestützt schwang er sich auf sein Pferd und ließ sich dann Lanze und Schild nach oben reichen. Ein zweites Hornsignal ertönte und Licht flutete den Laderaum. Das Tor war offen und die fünfzig Ritter stürmten mit donnerndem Hufschlag aus dem Bauch des Schiffes. Das Wasser spritzte hoch und sie jagten davon. Der Sand bremste sie nur wenig und dann waren sie auf der Wiese. In breiter Front stürmten sie voran. Gefolgt von den Knappen. Doch Siegfried sah, dass sie nur alleine waren. Nur sie fünfzig Mann waren hier auf dem Strand. Der Führer ihres Schiffes hatte nicht abgewartet, bis die anderen Schiffe bereit waren, sondern hatte selbst den Angriff befohlen. Vermutlich, um noch mehr Ruhm für sich zu behalten, falls der Angriff gelingen würde.

Es kam, wie es schlimmer nicht kommen konnte. Eine sicher hundertfach überlegene, sarazenische Streitmacht tauchte vor ihnen auf. Fünfzig gegen sicher mehr als fünftausend! Mit dem Mut der Verzweiflung und dem Schwung der Pferde jagten sie, die Lanzen eingelegt, auf den Feind zu.

Ein Hagel von Pfeilen prasselte auf sie hernieder und riss die ersten Reiter von ihren Pferden. Siegfried wehrte die Pfeile mit dem Schild ab, doch diese trafen auch sein Pferd. Mitten im Lauf überschlug sich das Tier, warf ihn ab und begrub ihn unter sich. Er spürte einen Schlag gegen seinen Helm und die Dunkelheit umgab ihn.

51. Kapitel

Das große Schlachten

Es war ein fürchterliches Gemetzel und eigentlich hatten sie keine Chance gehabt zu gewinnen. Doch das war jetzt egal. Die Reiter waren nicht mehr zu bremsen. Ein Ritter, der vorwärts stürmte, war durch nichts mehr zu stoppen. Nur durch seinen eigenen Tod! Mehr als die Hälfte der Männer war gefallen, bevor sie auch nur in die Nähe der Feinde gekommen waren. Als das Pferd seines Ritters sich überschlug, waren sie fast da. Hans sprang von seinem, ebenfalls getroffenen, Pferd und rannte mit der Streitaxt auf den Feind zu. Es waren sicher nur etwa hundert Schritte bis dahin und er keuchte dabei. Zum Glück hatte er nicht die schwere Rüstung der anderen an. Vermutlich hatten nicht mehr wie zehn Ritter und ein paar Knappen den Feind überhaupt erreicht. Sie schlugen sich gut, aber was konnten sie schon gegen tausende Feinde ausrichten?

Die Axt von Hans forderte einen blutigen Zoll und vor ihm bildete sich eine Schneise. Der Feind wich zurück und bildete einfach einen Kreis um ihn herum. Vor Wut schnaubend stand er da, hatte die Axt in der Hand und rund um ihn herum war kein Feind. Die Sarazenen hielten alle mindestens zehn Schritte abstand und er hieb ein paar Mal nach ihnen. Sie wichen einfach zurück und er verbrauchte seine Kräfte. Als er sah, wie die Männer rings um ihn mit ihren Pfeilen anlegten, wusste er, dass es vorbei war. Er konnte nun auf sie zulaufen und vielleicht noch einen töten, oder auch zwei, oder aufgeben und sich gefangen nehmen lassen. Fluchend warf er die Axt zu Boden und wartete, was passieren würde.

Wenig später saß er mit gefesselten Händen an einem Zelt. Neben ihm waren noch neun andere, die genauso wie er hier darauf warteten, was nun mit ihnen passieren würde. Vor nicht einmal einer Stunde waren mehr wie Hundert Männer vom Schiff losgestürmt und nur ein Zehntel hatte es, und auch nur als Gefangene, bis hierher geschafft. Er sah, wie zwei Sarazenen seinen Ritter heran trugen. Offenbar lebte er noch. Er war nicht verletzt, aber bewusstlos. Die Männer fesselten ihn und legten ihn neben die Gruppe. Also elf Überlebende und dabei blieb es für die nächste Stunde. Schließlich wurden sie von einer Gruppe Kämpfer nach hinten gezogen. Alle zehn an einem Strick. Er sah noch, wie ein Mann, vermutlich ein Arzt, sich um seinen Herren kümmerte, der immer noch Bewusstlos neben dem Zelt lag.

Immer weiter wurden sie nach Westen geführt. Dort wurden sie in der Stadt in eine vierrädrige Karre verladen, die danach durch die Gegend ruckelte. Es war dunkel und drückend heiß in dem Gefährt und Hans hatte kein Gefühl dafür, wie lange er da drin gewesen war. Ohne Wasser und Nahrung, in einem brütend heißen Kasten, gefangen. Irgendwann verlor er das Bewusstsein.

Ein Schwall Wasser, den jemand ihm in das Gesicht kippte, brachte ihn zurück auf diese Welt, die er doch schon fast verlassen hatte. Von den zehn Männern im Wagen hatten nur noch drei andere mit ihm die Gluthitze überlebt und lehnten nun nebeneinander sitzend an einem Schuppen. Ein Mann, der sicher nur halb so groß war wie er, prüfte die Kraft der Männer. Er forderte alle mit einer Handbewegung auf, aufzustehen und die Männer erhoben sich schwankend.

Von denen, die überlebt hatten, hob sich Hans durch seinen Knochenbau deutlich ab. Die Anderen waren eher schmächtig, aber zäh. Er war breit, groß und kräftig. Der kleine Mann nickte und ließ sie alle von zwei großen schwarzen Männern, die gerade mal so groß waren wie Hans, in das Gebäude hinein führen. Dort wurden die Fesseln gelöst und eine Frau brachte Wasser und ein paar dünne Fladenbrote, auf die sich die vier Männer sofort stürzten. Es folgte eine lange und traumlose Nacht für Hans, aus der er am nächsten Morgen wieder erwachte, bevor draußen die Sonne aufging. An einem kleinen Fenster, oben an der Front der Hütte, konnte er sehen, dass es noch dunkel war. Er stand auf und zog sich an der Wand hoch, doch das Fenster war viel zu klein für ihn und auch noch von außen vergittert. Schließlich setzte er sich wieder hin und begann zu überlegen. Was würde nun mit ihnen geschehen? Vermutlich würden sie als Sklaven irgendwo hin verkauft werden. Er hatte in Akkon Geschichten davon gehört.

Die Türe wurde wieder geöffnet und es gab zu Essen und zu Trinken. Dann erhielten sie neue Kleidung und warteten in dem Gebäude auf die Dinge, die nun folgen würden. Wenig später holte der kleine Mann die drei anderen ab und drückte Hans, der folgen wollte, wieder zurück in das Gebäude. Offensichtlich hatte er mit ihm etwas Besonderes vor. So blieb er bis zu Nachmittag in dem Schuppen, bevor der Mann ihn nach draußen holte. Erst jetzt konnte er sich umsehen. Hans stand in einem wunderschön angelegten Garten und sah zwei Männer, unweit vor sich, an einem Tisch sitzen. Der kleine Mann ging zu den Beiden und zeigte dann auf Hans. Die drei Männer unterhielten sich in einer fremden Sprache, die er nicht verstehen konnte, obwohl sie nur drei Schritte von ihm entfernt saßen. Nach einer Weile wechselte ein Beutel, vermutlich mit Münzen, den Besitzer und der kleine Mann nickte erfreut.

Wie ein Tier am Strick wurde Hans nun durch die Stadt gezogen. Er folgte dem Manne, der mit dem Strick nun auch sein Schicksal in der Hand hatte. Die Ritter konnten sich oft aus ihrer Gefangenschaft freikaufen, aber wer würde für einen Knappen etwas bezahlen? Sicher niemand! Damit war sein weiterer Weg eigentlich klar. Er würde irgendwo bis an das Ende seiner Tage arbeiten. Doch hatte er das nicht früher auch gemacht? Was war dann der Unterschied zu seinem Leben als Knappe? Sie betraten einen Hof und Hans sah viele grazile Pferde, die in einem Gatter standen. Sie waren wirklich wunderschön und zierlich. Wirkliche Renner, nicht die Arbeitspferde, die er bisher gesehen hatte. Nun würde er sicher hier arbeiten.

Am Abend saß er, nun mit einem Brandzeichen an der Schulter, in einem Schuppen am Rande des Hofes. Er konnte die Pferde nebenan hören. Vermutlich grenzte sein neues Zuhause an den Stall. Eine Sklavin brachte ihm Wasser und Brot und er bedankte sich, doch sie verstand ihn nicht.

52. Kapitel

Wer bin ich?

Der Mann starrte auf die Hacke in seiner Hand. Was machte er hier? Wer war er? Sein Kopf war vollkommen leer. Ein Zischen in der Luft war zu hören, dann durchzuckte ihn ein Schmerz am Rücken. Er schrie auf und drehte sich um. Ein Mann stand mit einer Peitsche hinter ihm und holte gerade zum zweiten Schlag aus. Schnell arbeitete er weiter und der Aufseher lies die Peitsche sinken. Gebückt schaute er sich um, ein paar abgerissene Gestalten standen auf dem Feld, vermutlich sah er genauso aus, denn auch seine Kleidung bestand eher aus Fetzen. Aus dem Augenwinkel heraus konnte er zehn Männer sehen, die arbeiteten, und vier, die mit Peitschen auf dem Feld standen.

Er machte sich nun wieder an die Arbeit. Es schienen Zwiebeln zu sein, die hier in langen Reihen auf einem Feld wuchsen. Neben jeder Reihe war ein schmaler Graben, in dem ein dünnes Rinnsal mit Wasser entlang floss. Er konnte keinen Fluss sehen, aber das Wasser kam sicher von einem solchen. Gebückt bewegte er sich von Zwiebel zu Zwiebel. Zwei Mal links und zwei Mal rechts mit der Hacke drum herum und dann die nächste Pflanze. Wer ihm das gezeigt oder gesagt hatte wusste er nicht. Bis gerade eben war alles im Dunkel gewesen. Er wusste nicht einmal, wie er auf dieses Feld gekommen war.

Unbarmherzig brannte die Sonne von oben auf ihn herunter. Schatten gab es hier keinen, nur eine weite Ebene mit Zwiebeln, wohin auch immer man schaute. Es würde Jahre dauern, bis ein einzelner Mann diese Reihen durchgearbeitet hatte. Irgendwo weit hinten war eine kleine Erhebung auf der zwei Bäume standen. Ein kleines Haus stand auch dort. Vermutlich war es der Bauernhof des Mannes, dem dieses Feld gehörte und dort würden auch die peitschenschwingenden Männer wohnen. Er drehte sich vorsichtig um, ob ihn jemand beobachtete und richtete sich dann kurz auf, um seinen Rücken durchzudrücken. Dann arbeitete er schnell weiter.

Es war eine trostlose und monotone Arbeit, die den ganzen Tag dauerte. Erst am Abend wurden sie von den vier Männern zu dem Haus geführt und dort in einem Schuppen eingeschlossen. Alle Knochen taten ihm im Leibe weh und er konnte sich kaum noch bewegen. In der Mitte des Raumes stand eine Schüssel und ein Eimer. In der Schüssel war eine Art von Getreidebrei drin. Das hatte er gesehen, als er gerade daran vorbei gegangen war. Der Eimer war sicher voller Wasser. Er hatte Hunger und Durst und konnte doch nicht mehr die Kraft aufbringen, die drei Schritte zu gehen. Der Mann kroch zu der Schüssel und steckte seine Hand hinein. Er holte den Brei heraus und stopfte ihn sich in den Mund, immer wieder, bis er satt war. Dann nahm er einen Schluck aus dem Eimer und krabbelte zurück zur Wand, an die er sich anlehnte.

Der Mann hörte sich um. Von draußen waren die Wachen zu hören, die sich vor dem Schuppen in einer fremden Sprache unterhielten und hier drin saßen die entkräfteten Männer und konnten sich nicht mehr unterhalten. So, mit der Wand im Rücken, begann er wieder zu überlegen. Das Loch in seinem Kopf war so undurchdringbar, dass er nicht mal seinen Namen kannte. Mühsam krabbelte er zum Eimer zurück und nahm noch einen Schluck, dann blieb er einfach davor liegen. Direkt neben ihm saß ein Mann mit dem Rücken an der Wand, so wie er gerade eben noch selbst gesessen hatte. Er sah aus, als ob nicht mehr ein Stück Fleisch an ihm war. Nur Haut bedeckte die Knochen und auch die Rippen traten deutlich hervor. Das einzige, was noch am Leben war, waren seine tief eingefallenen Augen. Seine Lippen bewegten sich.

„Ali Beck, du Teufel. Ich hole mir deine Seele!" murmelte er immer wieder vor sich hin. Es war eine fremde Sprache und doch konnte er sie verstehen. Der Mann stemmte sich hoch und lehnte sich neben den anderen. „Wer bin ich?" fragte er den Anderen, der sich nun ihm zuwendete. Der andere Mann hatte ihn nicht verstanden. Er kramte in seinen nicht vorhandenen Erinnerungen herum und hatte plötzlich einen Satz im Kopf, den er einfach vor sich her sagte. Nun sahen sich beide Männer an. In dem Gesicht des Anderen schien das Leben zurück zu kommen und er antwortete wieder in der Sprache „Das weiß ich auch nicht. Du bist schon drei Wochen hier." Woher kannte er diese fremde Sprache, die er aber dennoch verstehen konnte?

Woher nur? Er ging auf eine gedankliche Reise, um die Schwärze seiner Erinnerung zu durchbrechen. Nichts! Nur wabernde Fetzen von verschwommenen Bildern. Zuckende Blitze der Erinnerung in einem leeren Kopf, so als ob man nachts mit einem Talglicht in einer riesigen Scheune steht. Nur ein kleiner Teil war immer zu sehen. Männer, Frauen, Kinder, aber zu keinem der Gesichter hatte er eine Beziehung. Zumindest konnte er sich nicht daran erinnern. Wie von Ferne sauste das Bild einer Burg auf ihn zu, dann das Gesicht einer Frau, die ihn anlächelte und dann ein alter Mann. Plötzlich zuckte ein Funke in ihm auf. Er war mit seinem Vater vor langer Zeit am Hofe eines Königs gewesen. Damals war er noch ein Kind und dort hatte er einen Mann getroffen, der ihm diese Sprache beigebracht hatte.

Nun kannte er das Gesicht seines Vaters. Doch wer war er? Das Bild der Frau tauchte wieder auf und ein Name „Grunhilda" er murmelte ihn immer wieder, wie eine Formel, um seine Erinnerung wieder herauf zu beschwören. So wie der andere immer wieder „Ali Beck, du Teufel. Ich hole mir deine Seele!" gemurmelt hatte, so murmelte er nun immer wieder „Grunhilda … Grunhilda

... Grunhilda." vor sich hin. Dieser Name und das dazu passende Gesicht würden der Schlüssel zu seinem bisherigen Leben sein, dass wusste er schon jetzt. Auf einmal hatte die Frau ein Kind auf dem Arm und er sagte „Berthold von Bärenberg" Mit einem Schlag war seine Erinnerung wieder da und er sah den anderen Mann an „Ich bin Siegfried von Bärenberg." Der andere Mann nickte und nun lehnten sie sich wieder nebeneinander gegen die Wand. Er hatte seinen Namen wieder zurück.

Erschöpft schliefen sie in dem Schuppen ein. Ein neuer Tag würde auf sie zukommen und die Arbeit würde sicher genauso hart, wie die des Heutigen werden.

53. Kapitel

Ein liebendes Herz

Mit dem Tablett in der Hand stand sie im Hof und sah zu den Pferden hinüber. Die Sonne ging gerade unter und eigentlich konnte sie nur hier stehen, weil sie wusste, das Kaleb an diesem Tag, und vermutlich auch am nächsten, nicht da sein würde. Zwar stand der Posten nur ein paar Schritte hinter ihr, aber vor ihm hatte sie keine Angst. Obwohl er sie verraten konnte und dann sicher damit für ihre Bestrafung sorgen konnte. Nur noch zwei Pferde standen in dem Gatter, die anderen waren schon im Stall und es waren auch nur noch zwei Männer dort, die die Pferde gerade einfingen, um sie dann zu den anderen Tieren für die Nacht in den Stall zu bringen. Es hatte immer etwas Beruhigendes für Johanna, wenn sie diese schönen Tiere sehen konnte. Gerade wollte sie ihren Weg zur Küche fortsetzen, als sie ein Lied hörte, das ihr sonderbar bekannt vorkam.

Sie lauschte und hörte eine Männerstimme, die ganz leise eine Melodie sang. Im Gedanken sang sie mit und plötzlich durchzuckte es sie. Sie kannte dieses Lied! Die Mutter hatte es ihr vor ewigen Zeiten vorgesungen. Es war ein Lied aus der Gegend, in der sie geboren war, soviel war sicher. Es besang den Berg, der sich hinter ihrem Dorf erhob mit der Burg darauf. Wer immer dieses Lied gerade eben sang, der musste aus einem Dorf stammen, das ganz in der Nähe ihres heimatlichen Dorfes lag. Oder er musste zumindest einmal dort gewohnt haben. Heimat! Dieser Gedanke durchzuckte sie nun noch viel stärker. Laut sang sie mit und hörte, wie der Mann verstummte. Nun sang sie alleine und so laut, dass der Posten zu ihr herüber schaute, dann stimmte der andere Mann, nun ebenfalls lauter, in den Gesang ein. Sie konnte ihn nicht sehen, aber sie sangen als Duett das ganze Lied sicherlich drei oder vier Mal hintereinander.

Die Stimme musste aus einer der Scheunen kommen, in die am Abend die Sklaven gebracht wurden. Sie drehte sich um und lief zur Küche. Dort stellte sie das Tablett ab und sah, dass eine andere Sklavin den Raum gerade mit dem Essen für die Sklaven wieder verlassen wollte. „Las mich das heute machen." bat sie die andere Frau und die nickte. Mit dem Korb voller Essen ging Johanna zum Eingang des Stalles, von dem auch der Gang zu den Räumen der Sklaven abzweigte. Mit einem der Männer Kalebs, der immer die Zellen aufschloss, betrat sie den Gang und dort begann sie wieder das Lied zu singen, während sie das Essen in die Räume reichte. In der letzten Zelle saß ein großer, breitschultriger Mann, der das Lied aufnahm, als sie die Tür öffnete. Beide nickten sich zu und Johanna lächelte ihn an. Bei der Übergabe des Essens berührten sich ihre Hände und ein Blitz durchzuckte die Frau. Nach ein paar Augenblicken war die Tür wieder zu und sie begann, von der ersten Zelle an, die nun leeren Schüsseln wieder einzusammeln.

Da sie in der letzten Zelle dann auch alle benutzten Schüsseln wieder hatte, konnte sie dort ein paar Augenblicke länger verweilen. Sie sah dem Mann in die Augen, der sicher mehr als einen Kopf größer war als sie und bei der Übergabe trafen sich wieder ihre Hände. Ein paar Augenblicke hielten sie so beide die Schüssel, bis der Mann von draußen nach ihr rief. Er wollte die Zellen verschließen und sie durfte ja nach Kalebs Anweisung nicht mit einem Mann in denselben Zimmer alleine sein, zumindest nicht ohne Bewachung. Mehr wiederwillig riss sie sich los. Die Beiden nickten sich noch einmal zu, dann war sie draußen und die Tür geschlossen. Langsam lief sie in die Küche zurück und stellte die leeren Schüsseln ab. Ganz in Gedanken versunken ging sie in ihr Zimmer zurück und legte sich in ihr Bett.

Es war schon komisch, dass sie so weit von der Heimat entfernt jemanden traf, der aus derselben Gegend kam wie sie. Sie kam nicht in den Schlaf. Immer wenn sie die Augen schloss, dann sah sie das Gesicht des Mannes vor sich, wie er sie anlächelte. Ein Feuer war in ihrem Herzen entfacht, dass niemand wieder zu löschen vermochte. Alles wirbelte durch ihren Kopf. Die Heimat, der Berg und vor allen der Mann. Sie hatten kein Wort miteinander gewechselt, nur zusammen gesungen und Blicke ausgetauscht, doch das hatte schon genügt. Sie wusste nicht was es war, aber es fühlte sich so gut an. Schließlich schlief sie doch ein und auch im Traum war der Mann an ihrer Seite.

Am nächsten Morgen ging sie wie immer zum Harem hinüber und hatte nach dem Servieren des Frühstückes noch etwas Zeit. Sie beschloss nach Franziska zu sehen, um vielleicht mit ihr über den vergangenen Abend reden zu können. Die Freundin saß auf ihrem Bett und flocht sich einen Zopf, als Johanna begann zu erzählen. Nach ein paar Augenblicken hörte Franziska mit ihrer Flechtarbeit auf und starrte Johanna an. „Das kann dich deinen Kopf kosten!" sagte sie zu ihr und Johanna antwortete „Mein Herz hat es schon gekostet. Ich habe es verloren, aber wenn Kaleb da dahinter kommt, dann verliere ich wirklich meinen Kopf." Sie nahm die Flechtarbeit von Franziska auf und begann weiter zu erzählen. Zum Glück waren die beiden Frauen alleine und die anderen drei waren im Bad. Hätten diese, oder noch schlimmer Kaleb, etwas von dem Gespräch mitbekommen, so wäre heute schon Johannas letzter Tag gewesen.

In ihrer Brust brannte es, „das Feuer der Liebe", wie es Franziska so schön genannt hatte. Nur durch Johannas Tod würde es wieder zum Erlöschen gebracht werden können. Sie dachte nach, wie lange sie nun schon hier war. Es waren über sechs Jahre und sie war gerade neunzehn geworden. Bis zum Vortag war ihr alles egal gewesen, ein einziges Lied hatte genügt, ihr ganzes Leben zu ändern.

Ein Mann hatte sie in Flammen gesetzt und wie ging es nun weiter?

Sie verließ das Zimmer, holte das schmutzige Geschirr und ging nach draußen. Als sie den Harem verlassen hatte, sah sie zur Seite und bemerkte den Mann, der mit einem Pferd im Hof stand. Wie gebannt schaute sie ihm zu und stand dort sicher eine halbe Stunde herum, bevor sie sich von ihm losreißen konnte und zu Fatma in die Küche ging.

54. Kapitel

Racheengel auf dem Weg

Endlich hatte er jemanden gefunden, der seine Sprache sprach. Auch wenn es nicht perfekt war, so konnte er sich doch mit dem Manne verständigen. Das Leben war zu ihm zurückgekommen und sie konnten sich abends immer kurz unterhalten. Er wusste nicht, wie lange er schon hier war, nur dass dies sicher viel länger war, als es jemals ein andere Sklave geschafft hatte, dass wusste er. Als der andere Mann gesagt hatte, dass es das Jahr 1218 war, wurde es ihm bewusst, dass es im Herbst sechs Jahre werden würden. Sechs Jahre Zwiebeln. Im Frühjahr säen, im Sommer hacken und im Herbst ernten. Sechs Jahre! Die meisten der anderen Sklaven hielten keine drei Monate durch.

Doch nun, da er jemanden gefunden hatte, mit dem er reden konnte, war die Zeit gekommen, seinen Racheplan zu vollenden. Viel zu lange hatte er hier gewartete. Er strich sich durch den roten Stoppelbart und lehnte sich an der Wand zurück. Er drehte sich zu Siegfried und sagte „Ich muss hier weg!" der andere Mann nickte und er begann zu überlegen. Nun dachten sie gemeinsam nach. Wenn sie zusammen blieben und einer einen der Posten ablenkte, musste es doch dem Anderen gelingen den Posten zu überwältigen. Blieben dann nur noch drei! Er drehte sich zu dem anderen Mann und erklärte seinen Plan. „Bleibe morgen einfach in meiner Nähe." sagte er und Siegfried nickte.

Im Gedanken machte er sich einen Plan und er wusste instinktiv, dass es funktionieren würde. Das es funktionieren musste! Es gab nur diesen einen Versuch! Er schickte ein Gebet an Gott und bat um die Kraft, die er dafür brauchen würde. Dann schloss er die Augen und hörte in sich eine Stimme die sagte „Ich werde dir diese Kraft verleihen. Dich kann niemand aufhalten!" mit einem Lächeln, das in seinem fleischlosen Gesicht sicher wie eine Grimasse aussah, schlief er ein. Der nächste Morgen war so, wie die zweitausend davor. Nichts war anders, aber in seinem Inneren spürte er eine Energie, die er noch nie gespürt hatte. Eigentlich hatte er ja kaum noch Muskeln, aber irgendwo tief in ihm war da auf einmal eine Kraft, die den Rest dessen, was einmal ein Muskel gewesen war, zu einem Bündel von Stahlseilen werden ließ.

So wie er es am Abend zuvor gesagt hatte, blieben sie heute beide nahe beieinander. Nun musste er erst noch auf den richtigen Augenblick warten. Gegen Mittag, als die Wachen etwas nachlässiger wurden, war es dann so weit. Er nickte Siegfried zu und der stellte sich demonstrativ aufrecht hin. Wollte der andere Mann seinen Plan zerstören? Vielleicht hatte aber auch Gott, es ihm so mitgeteilt. Eigentlich wolle er sich ja selbst so hinstellen und damit den Posten auf sich ziehen, doch egal. Er arbeitet weiter, während sich einer der Aufseher mit seiner Peitsche an Siegfried heran schob. So wie es beabsichtig war kam er damit genau zwischen Siegfried und ihn, der ohne Blick einfach weiter arbeitete.

Mit einer Geschwindigkeit, die er sich selbst nicht zugetraut hatte fuhr er herum, als der Aufseher in seine Nähe kam und schlug ihn mit der Hacke nieder. Dann griff er sich die Peitsche und Siegfried zog das Schwert des Mannes. Gemeinsam stürmten sie auf die verbliebenen drei Posten zu und hatten diese nach einem kurzen Kampf niedergerungen. Während die anderen Arbeiter verstört von ihrer Arbeit aufsahen, und nicht wussten, was da gerade passiert war, gingen er und Siegfried schon vom Feld herunter. Er hatte einem der Wachleute einen Dolch abgenommen, den er nun unter seiner Kleidung verstaut hatte. Sie gingen zu dem Bauernhaus, das im Moment nicht bewohnt war. In der Kammer der Wachen fanden sie etwas zum Anziehen für sich und waren schon nach wenigen Augenblicken umgezogen.

Sie rasierten sich, aßen etwas und tranken von dem Wasser, das dort stand. Dann füllten sie eine Wasserflasche, hängten sie sich um und brachen auf. Woher er den Weg kannte, wusste er selbst nicht, aber er hatte aufgehört Fragen zu stellen. Er wurde geführt von der Hand Gottes. Er war nun ein Engel der Rache. Gegen Abend waren sie am Rande der Stadt angekommen. Dort versteckten sie sich für die Nacht in einem Schuppen und ruhten sich aus.

Der nächste Morgen war anders, als alle zuvor. Sie waren frei und in unmittelbarer Nähe der Stadt. Er verabschiedete sich von Siegfried, der schnell aufbrach. Sicher würde er versuchen in die Heimat zu kommen. Nun war er alleine und verband sich wieder mit seinem Gott. Er zog den Dolch heraus und betrachtete die Klinge, in der sich die Sonne spiegelte. Es war ein gebogener Dolch in fast der Form, wie ihn der Sklavenhändler damals benutzt hatte.

Seine Finger umschlossen den Griff und er strich fast liebevoll mit den Fingern der anderen Hand über die Klinge. Heute nun würde er seine Rache bekommen. Noch bevor der Tag enden würde, wäre er tot und der Sklavenhändler auch. Er wusste es ganz genau. Wo er ihn treffen wollte, wusste er noch nicht, aber er würde sich wieder führen lassen. Gelassen lehnte er sich an die Rückwand des Schuppens und wartete.

Der Tag neigte sich dem Ende zu, als er eine Stimme hörte, die in ihm sagte „Es ist Zeit. Brich auf!" Den Dolch unter der Kleidung verborgen ging er los. Er musste vorsichtig sein. Sein rotes

Haar würde ihn sofort als Ungläubigen und Fremden kenntlich machen. Sein Weg führte ihn durch dunkle Seitengassen und durch kleine Gärten. Immer weiter folgte er dem Weg, bis er fühlte, dass er angekommen war. An der Seite der Gasse sah er ein kleines Gebüsch, in das er sich setzte und wartete. Immer finsterer wurde es rund um ihn herum. Er zog den Dolch und verbarg ihn so, dass das Licht des Mondes sich nicht darin spiegeln konnte.

So wartete er weiter.

„Steh auf!" sagte seine innere Stimme und er folgte der Aufforderung. Er hörte Schritte in der Gasse und sah eine dunkle Gestalt. Er wusste, dass es der Sklavenhändler war. Ohne ein Geräusch trat er dem Mann in den Weg. Ihre Augen trafen sich und er sah das Erschrecken im Blick des Anderen. Dann durchtrennte der Dolch den Hals des Sklavenhändlers. Im selben Moment verließ auch seine Seele seinen Körper. Seine Rache war erfüllt worden.

55. Kapitel

Ein einfaches Lied

Sein Wandel vom Knappen zum Sklaven war nunmehr schon drei Wochen her. Hier gefiel es ihm eigentlich ganz gut. Er konnte zwar niemanden verstehen, aber die Arbeit mit den Tieren war vermutlich überall in der Welt die gleiche. Er mochte diese Tiere, die so anders waren, als die, die er aus der Heimat kannte. Sie waren schön und stark, dabei sahen sie so zerbrechlich aus, mit den schmalen Fesseln und den dünnen Beinen. Hans kannte sich mit den Pferden aus und auch mit dem schmieden, so dass er nun auch dem Hufschmied zur Hand ging. Seinen neuen Herren hatte er in dieser Zeit höchstens zwei Mal gesehen, aber das war ihm auch egal. Er hatte seine Tätigkeit und die viele Tiere mussten gestriegelt und bewegt werden. Er musste sie füttern und auch die Ställe säubern. Alles Dinge, die er schon kannte. Am Abend saß er dann in seiner Zelle, neben dem Stall, und dachte daran, wie lange er wohl hier bleiben müsste.

Er dachte an seine Heimat zurück und begann ein Lied zu singen, das er schon so lange kannte, wie er lebte. Plötzlich hörte er eine Frauenstimme, die in das Lied einstimmte. Konnte das wirklich sein, dass hier jemand aus seiner Heimat lebte? Er sang immer weiter und plötzlich verstummte die Frau draußen. Wieder war Ruhe. Er dachte sich „Schade." aber vielleicht musste sie zu ihrer Arbeit gehen. Wenig später hörte er das Klappern der abendlichen Essensrunde und wieder hörte er das Lied. Anscheinend kam die Frau heute und trug das Essen aus. Er wartete gebannt, bis sich die Tür öffnen würde. Endlich war es so weit. Er sang das Lied kurz an, als sie den Raum betrat und die Frau lächelte ihn an. Sie war sehr schön und trug die sonderbare Kleidung der Frauen hier. Er hatte schon gesehen, dass die Frauen in diesem Lande auch Hosen trugen. Meist etwas weiter geschnitten, als die der Männer. Ein langer, blauer Überwurf, der bis zu den Knien ging und mit einem breiten Gürtel zusammengehalten wurde, vervollständigte ihre Kleidung. Die Frau hatte lange dunkelblonde Haare, die sie kunstvoll zu einem Zopf geflochten hatte, so wie ihn die Mädchen in seinem Dorfe oft trugen.

Ein kurzer Blick und eine Berührung, dann war sie wieder draußen. Wenig später kam sie die leere Schüssel wieder abholen und diesmal blieb sie ein wenig länger. Sie lächelten sich an und er hielt ihre Hände fest, bis der andere Mann vom Gang aus etwas zu ihr sagte und sie gehen musste. Nun war er wieder alleine und hatte das Bild der Frau im Kopf, wie sie ihn anlächelte. Irgendwie kam sie ihm bekannt vor, er wusste noch nicht woher, aber das würde ihm sicher noch einfallen. Er ließ sich auf seinen Strohsack fallen und dachte angestrengt nach. Es war schon so lange her, dass er unten im Dorf gewesen war.

Dann fiel es ihm wieder ein. In der Mitte des Dorfes, vier Häuser von der Schmiede seines Vaters entfernt, war ein Haus gewesen, in dem eine Frau gelebt hatte, die dieser Frau ähnelte, die gerade in seinem Raum gewesen war. Es war sicher schon zehn Jahre her, dass sie gestorben war, aber er glaubte sich zu erinnern, dass sie eine Tochter gehabt hatte, die plötzlich verschwunden war. Tagelang hatten der Vater und die Anderen im Dorf nach ihr gesucht. Doch sie blieb verschwunden. Sollte es diese Frau hier sein? Wie kam sie nur hier her? Die Menschen im Dorf hatten angenommen, dass sie die wilden Tiere im Wald getötet hätten. Doch offensichtlich war sie mit dem Leben davongekommen.

Am nächsten Tag ging die Arbeit wie gewohnt weiter, er führte die Tiere aus dem Stall und ließ sie über den Platz laufen. Er zog an der Leine und die Pferde kamen zu ihm zurück. Aber er war mit seinen Gedanken nicht bei dem Pferd, sondern bei der Frau vom Vorabend. Er konnte es kaum erwarten, dass es Abend wurde. Vielleicht würde sie ihm wieder das Essen bringen und sie würden ein paar längere Blicke tauschen können. Er hoffte, dass er dann sogar mit ihr reden könnte. Es konnte gar nicht schnell genug gehen bis zum Abend. Dann war er enttäuscht, weil sie nicht kam, sondern die andere Sklavin wieder das Essen brachte. Er fragte sie nach der anderen Frau, doch sie konnte ihn nicht verstehen. Also legte er sich wieder auf seinen Strohsack und wartete auf den neuen Tag.

Hans musste eingeschlafen sein, denn ein Geräusch im Gang vor der Zelle ließ ihn aufschrecken. War es denn schon Morgen? Er drehte sich zu dem vergitterten Fenster um, das sich hinter ihm befand, doch es war noch tiefste Nacht. Nur der Vollmond ließ sein helles Licht direkt zu ihm herein und beleuchtet so die Tür seiner Zelle. Hans hörte leise Schritte und das Klirren an der Tür. Er richtete sich in seinem Bett auf und sah zu, wer da wohl mitten in der Nacht zu ihm kam. Leise glitt die Tür auf und die Frau stand im Lichte des Mondes direkt vor ihm. Sie drückte die Tür vorsichtig wieder zu und Hans stand auf. Sie kam auf ihn zu und küsste ihn. Als er etwas fragen wollte legte sie ihm einen Finger auf den Mund und bedeutete ihm somit, dass er still sein sollte. Sie zeigte mit dem Finger nach draußen und er dachte daran, dass ja der Posten nicht weit unter seinem Fenster stand. Sie sah ihn an und er sah das Licht des Mondes auf ihrem Haar. Zärtlich strich er mit der Hand über ihren Kopf, dann öffnete die Frau ihren Gürtel und ließ diesen leise zu Boden fallen.

Wenig später war die Frau nackt und der Mond ließ ihre Haut silbern schimmern. Hans zog sie an sich heran, hielt sie fest in seinem Armen und wieder küssten sie sich. Was die Frau wollte, war ihm schon klar, aber er hatte ja keine Erfahrung. Sie zog ihn hinter sich her auf sein Bett hinunter. Vermutlich war es auch das erste Mal für sie, denn sie biss ihm in die Schulter, als sie sich vereinigten.

56. Kapitel

Flucht oder Tod?

ie hatte es tun müssen. Johanna hatte gewartet, bis alle im Haus sicher schlafen würden, dann hatte sie sich zum Stall hinüber geschlichen. Da der Posten nur vor dem Harem stand war es ein leichtes für sie gewesen, in die Unterkunft der Sklaven zu gelangen und die Zellentür zu öffnen. Wo der Schlüssel war, hatte sie am Tag zuvor von dem anderen Manne gesehen, der ihn nach der Essensausgabe an einen Haken gehängt hatte. Der Mann in der Zelle war sichtlich überrascht gewesen, sie zu sehen, aber sie durften kein Geräusch machen. Der Posten vor dem Harem stand auf der anderen Seite der Wand und würde es hören. Sie wollte diesen fremden Mann ihr Leben schenken, denn Kaleb würde sie am nächsten Tag töten, wenn er feststellen würde, dass sie keine Jungfrau mehr war. Doch das war ihr im Moment vollkommen egal. Sie wollte nicht an den Herren denken, sondern nur an diesen Mann hier, in dessen Arme sie ihr Leben legte.

Sie spürte wie die Naht, die Fatma vor so langer Zeit vor ihrem Schoß geschlossen hatte, zerriss und ein furchtbarer Schmerz durch ihren Körper jagte. Um nicht zu schreien biss sie dem Manne in die Schulter, dann ließ der Schmerz nach und wich einem Glücksgefühl. Wenig später lagen sie nebeneinander und sie dachte nach. Was nun? Sterben oder Leben? Sie musste eine Entscheidung treffen, bevor der Mond versank. Sie drehte ihren Kopf zu dem Mann und flüsterte in sein Ohr „Lass uns von hier fliehen!" der Mann nickte und sie zogen sich wieder an. Gemeinsam verließen sie die Zelle und gingen zum Stall hinüber. Für einen Moment dachte sie nach, dann flüsterte sie „Hole vier gesattelte Pferde." Der Mann stutzte und sah sie an, doch sie nickte nur und verschwand auf den Hof hinaus.

Johanna lief zur Küche und holte ein Tablett mit einem schweren Wasserkrug. Dann ging sie, als wäre nichts geschehen, damit über den Hof zum Harem. Erst jetzt bemerkte sie das Blut, das an ihrem Bein herunter lief und im Mondlicht auf der Hose sicher zu sehen sein würde. Doch da war sie schon neben dem Mann an der Tür des Harems. Sie drehte sich zu ihm und bat ihn die Tür zu öffnen, als er sich zur Tür drehte schlug sie ihm den Krug über den Kopf und der Mann fiel in sich zusammen. Sie fesselte und knebelte ihn mit seinem Gürtel und schob dann die Tür des Harems auf. Auf Zehenspitzen schlich sie durch die Räume und ging in das Zimmer von Franziska. Sie beugte sich zu der Freundin und legte ihr die Hand auf den Mund. Die Frau erwachte und Johanna flüsterte in ihr Ohr „Ich werde fliehen. Komm mit!" und Franziska nickte. Sie stand auf und nahm ein paar Schmuckstücke, die sie in einen Beutel packte. Zusammen gingen sie in das Zimmer von Satara, die sie genauso weckten und die sich ihnen gern anschloss.

Die Beiden anderen weckten sie ebenfalls, aber wie Johanna schon vermutet hatte, wollten sie nicht mit. Zur Sicherheit für die Beiden fesselten und knebelten sie sie. Johanna wollte ja nicht, dass Kaleb sie bestrafen würde, weil sie ihn nicht informiert, oder Lärm gemacht, hatten. Johanna, Satara und Franziska trafen sich noch einmal im Bad und dann gingen die beiden Frauen noch einmal kurz in ihre Zimmer zurück, um noch ein paar Sachen von dort zu holen. Wieder zurück nickten sie sich zu. Franziska und Satara trugen jede eine, schnell aus einem Laken geschnürte, Tasche auf dem Rücken. Nur noch einen Augenblick wollten sie verweilen, dann schlichen sie zur Tür. Es war ein Glück, dass der zweite Posten heute nicht da war, sonst hätte Johanna vorher auch gar nicht in den Stall gehen können. Und nun begünstigte dies auch noch ihre gemeinsame Flucht.

Zu dritt verließen sie das Gebäude und schlichen am Stall entlang zur anderen Seite des Hauses. „Und wie weiter?" fragte Franziska, doch Johanna zeigte auf die Stalltür, die sich gerade öffnete und durch die der Mann, den sie liebte und von dem sie noch nicht einmal seinen Namen kannte, mit den vier gesattelten Pferden am Zügel den Hof betrat. Die drei Frauen saßen auf. Johanna biss die Zähne zusammen, als sie sich in den Sattel geschwungen hatte. Die Wunde schmerzte, aber darauf konnte sie im Moment keine Rücksicht nehmen. So leise wie nur irgend möglich ritten sie vom Haus weg. Nach dem Hof fragte sie Satara „Wohin?" und die antwortete nur kurz „Nach Westen!"

Nun ließen sie die Pferde so schnell wie möglich laufen. Die Verfolger würden sicher bei Anbruch des Morgens auf ihren Spuren sein. Wenn Kaleb den gefesselten Posten vor dem Harem sehen würde, so wäre ihm sicher klar, was passiert war. Sie ritten dem Mond entgegen, der schon ihre Liebesnacht beleuchtet hatte und der nun auch noch die Markierung ihres Fluchtweges vornahm. Unterwegs hatte Johanna den Mann gesagt „Ich bin Johanna. Wie heißt du eigentlich?" und er hatte einfach mit „Hans" geantwortet. Das war ihr ganzes Gespräch gewesen, dann ritten sie weiter schweigend durch die Nacht.

Als die Sonne aufging erreichten sie eine Wasserstelle, wo sie die Pferde kurz ausruhen ließen und an der sie auch selbst Wasser tranken. Satara verschwand kurz in einer Hütte und kam mit ein paar Wasserschläuchen wieder zurück, die sie schnell füllten. „Wir werden sie brauchen!" sagte sie und jeder hängte sich einen der Schläuche um, dann brachen sie wieder auf. Johanna schaute zur aufgehenden Sonne und wusste, nun setzte die Verfolgung ein. „Wir müssen los!" trieb sie die anderen an. Die anderen Frauen hatten das Blut an ihrem Bein bemerkt, doch sie hatte nur abgewunken. Das war im Moment nicht so wichtig. Zwar war die

Wunde immer noch nicht geschlossen, und durch das Reiten würde sie das sicher auch nicht so schnell, aber es gab jetzt erst mal wichtigeres. Sie biss die Zähne zusammen und trieb die anderen zur Eile an.

Nach dem Grün der Stadt folgte eine Landschaft, in der das Gras verdorrt war und danach wurde die Gegend gelb. Bis zum Horizont war nur Sand zu sehen. Satara stoppte kurz ihr Pferd, sah sich den Sand an, steckte den Finger in den Mund und hob ihn hoch. Dann zeigte sie wie selbstverständlich in eine Richtung und sagte „Da lang!" für Johanna sah das alles gleich aus. Nur Sand ringsum. Aber die Frau war ja eine Wüstenbewohnerin und da würde sie schon wissen, was sie machte.

Die Sonne, die hinter ihnen immer weiter aufstieg, warf ihre langen Schatten vor den Fliehenden auf den Wüstenboden.

57. Kapitel

Auf der Verfolgung

Es war ein ungutes Gefühl, das ihn nicht schlafen ließ. Eigentlich hätte Kaleb noch zwei Tage hier beim Sultan bleiben sollen, doch etwas rief ihn zurück. Mitten in der Nacht stand er auf, ließ die Pferde satteln und durch seinen Begleiter in den Hof führen. Er betrat die Räume des Sultans und ließ sich bei einem der Bediensteten für seinen schnellen Aufbruch beim Sultan entschuldigen und ging danach schnell aus den Räumen wieder heraus. Sein Begleiter hatte beide Pferde am Zügel und wartete vor dem Eingang auf seinen Herren.

Mit den beiden Tieren, die sich hinter sich her zogen, gingen sie zum Tor des Palastes, das zu dieser frühen Stunde noch fest verschlossen war. Dort hatten sie mit dem Führer der Wache verhandeln müssen, doch gegen ein paar Münzen durften sie passieren. Noch während sich das Tor knarrend öffnete, saß Kaleb auch schon auf sein Pferd auf und passierte im Galopp das vergitterte Tor. Der zweite Mann musste sich beeilen, seinen Herrn einzuholen. So ritten sie durch die Nacht. Das komische Gefühl einer unguten Vorahnung ließ sie die Pferde bis zum äußersten antreiben. Er benutzte sogar die Peitsche dazu, auch wenn er das noch nie bei seinen Pferden gemacht hatte.

Sie überquerten etwas langsamer die Brücke, die sich über den Fluss spannte, der die Stadt teilte, danach nahmen sie wieder die alte Geschwindigkeit auf. Mit schnaufenden Pferden und donnernden Hufen eilten sie durch die Nacht ihrem Zuhause entgegen. Der Vollmond gab ihnen genug Licht, um den Weg zu finden. Zum Glück war auch zu dieser frühen Stunde niemand auf der Straße, so dass sie auch in den bewohnten Vierteln der Stadt das Tempo halten konnten. Als sie dann in den Hof abbogen waren die Pferde vollkommen erschöpft und keuchten nur noch.

Vom Sattel aus sah Kaleb den Posten neben der Haremstür schlafend am Boden sitzen. Er sprang vom Pferd und rannte zu ihm hin, nachdem er dem zweiten Posten, der mit ihm geritten war, die Zügel übergeben hatte. Beim näher kommen sah er, dass der Mann nicht schlief, sondern gefesselt und geknebelt am Boden saß. Er durchschnitt mit seinem Dolch die Fesseln und ließ sich kurz erklären, was passiert war, dann lief er in den Harem und befreite die beiden verbliebenen Frauen. Auch diese befragte er, da der Posten draußen ja nicht viel von der Flucht mitbekommen hatte.

Er verfluchte wieder den Tag, an dem er diese Sklavin in sein Haus geholt hatte. Wutschnaubend lief er auf den Hof und rief „Wir brauchen drei neue Pferde. Ich will die geflohenen Frauen hier auf meinem Hof haben. Sie sollen eines langsamen, qualvollen Todes sterben." die beiden Posten beeilten sich und holten die schnellsten Pferde. Vermutlich hatten sie Angst um ihr eigenes Leben, was bei der Wut Kalebs, die dieser im Moment hatte, nicht ganz unbegründet war. Dann standen sie auch schon bereit. „Wohin?" fragte einer von ihnen, als sie aufsaßen. „Nach Norden! Zum Hafen!" sagte Kaleb und jagte vornweg. Die beiden Wachen hatten alle Mühe an ihm dran zu bleiben. Ihre Schwerter schlugen gegen die Seite der Pferde und trieben diese noch weiter an.

Im wilden Galopp jagten sie nun nach Norden. Aber im Hafen war zu so früher Stunde noch alles ruhig. Kein Mensch war auf den Booten. Ein einzelner Fischer lud gerade Netze aus einem Schuppen auf eine Karre. „Hast du hier drei Frauen auf Pferden gesehen?" fragte ihn Kaleb, doch der Fischer schüttelte den Kopf.

„Wohin nun?" fragte einer der Männer. Kaleb dachte nach, wenn es der Hafen nicht war, wohin konnten sich die geflohenen Frauen denn noch wenden? Er dachte an Satara und es fiel ihm ein „Zur Wüste!" rief er und sah in die entsetzten Augen der beiden Begleiter. Er schwang sich auf sein Pferd und ritt los. Die Anderen mussten ihm folgen, auch wenn sie vor der unendlichen Wüste Angst hatten. So mancher war niemals wieder von dort zurückgekommen. Sie verließen das Gelände und hinter dem Hafen ging gerade die Sonne auf.

Nun ritten sie von Norden aus am Rande der Wüste entlang. Aber wo waren die Frauen gewesen? Im Sand würden die Spuren nicht lange zu sehen sein. Bald schon würde nichts mehr auf sie verweisen und wenn erst einmal am Morgen die Karawanen loszogen, würden sich die Spuren unter den Tritten der Kamele verwischen. Umso mehr trieb er sein Pferd an. Schließlich war das Tier so erschöpft, dass es eine Rast brauchte. An einer Wasserstelle saß Kaleb ab und führte das Tier zur Tränke. Auch die beiden Begleiter ließen die Tiere gierig das Wasser trinken.

Kaleb ging ein paar Schritte zur Seite und schaute nach Westen. Der Mann schätzte seine Chance ein, die er noch hatte die Frauen zu finden. Satara hatte ihm einmal von ihrem Leben in der Wüste erzählt. Er hatte nur mit einem Ohr zugehört, aber daraus leitete er nun ab, dass sie doch eine große Erfahrung in der Wüste hatte, schließlich war sie dort aufgewachsen. Wortlos schaute er auf den Sand, der nicht weit hinter der Wasserstelle begann. Eine Frau kam aus einer der Hütten und holte Wasser mit einem Eimer. Kaleb schaute der Frau zu und stutzte.

Die Kette, die diese Frau trug, kannte er. Er hatte eine solche einmal Satara geschenkt. Hatte er endlich eine Spur von den

Flüchtlingen gefunden? Konnte es sein, dass es diese Kette zwei Mal gab? Er ging zu der Frau und betrachtete das goldene Schmuckstück genau. „Wo hast du die her?" fragte er und wusste doch die Antwort schon.

„Eine Frau hat sie mir heute früh für ein paar Vorräte und Wasserschläuche gegeben." antwortete sie. Kaleb nickte „Wo sind sie hin?" fragte er und die Frau zeigte ihm die Richtung. „Noch keine zwei Stunden ist das her." sagte sie noch dazu, dann ging sie wieder zu ihrer Hütte zurück. Nun trieb der Mann seine beiden Wachen wieder auf ihre Pferde und sie ritten in die Wüste hinein. Nach einer kurzen Weile hatten sie eine schwache Pferdespur vor sich. An Wasser oder Vorräte hatten sie aber nicht gedacht.

Würden sie die Frauen noch einholen können?

58. Kapitel

Unter roter Sonne

Satara trieb ihr Pferd an, als sei der Teufel hinter ihnen her und irgendwie war es wohl auch so. Zumindest, wenn man Kaleb mit dem Teufel gleichsetzte. Die Verfolger konnten nicht viel Rückstand haben, das wusste auch Johanna, aber sie hatte Mühe der Freundin zu folgen. Hinter ihr ritten Franziska und Hans nebeneinander durch den Sand. Immer höher kletterte die Sonne und damit wurde es auch immer heißer. Schon bald sahen sie das Flirren der Luft vor sich über dem Wüstenboden. Von Zeit zu Zeit blieb Satara mit dem Pferd kurz stehen und korrigierte die Richtung. Wie sie in dem immer gleich aussehenden Sand auch nur irgendwie die Orientierung halten konnte, das war für Johanna ein Rätsel, doch sie musste der Freundin einfach vertrauen.

Von den Hufen der Pferde wurde so viel Sand aufgewirbelt, dass sie sich Tücher vor den Mund und die Nase binden mussten, um nicht ständig des Sandstaub einzuatmen, aber das nützte nur wenig. Das Knirschen des Sandes hatte Johanna trotzdem auf den Zähnen. Eine Pause, um etwas Wasser aus dem Trinkschlauch zu sich zu nehmen, ließ Satara aber nicht zu. Sie hetzte ihr Pferd von Düne zu Düne und schaute sich manchmal um. Die Aufregung des Wüstenkindes übertrug sich auch auf die drei Anderen. Obwohl sie nicht wussten, was die erfahrene Reiterin so nach vorn trieb.

In einer der kurzen Pause zur Korrektur zeigte Satara nach hinten zum Horizont und nun sah auch Johanna die kleine Staubfahne weit hinter ihnen. Nach der Erklärung von Satara konnten das nur ein paar sehr schnell reitende Pferde sein, und da würde es an diesem Tag nicht wirklich viele geben. Nun verstand auch Johanna den Ernst der Lage. Sicherlich war diese Staubwolke dort das Ergebnis der Verfolgung durch Kaleb und seine Wachen, die sie unbedingt zurück in den Harem holen wollten. Nun wurde es erst recht eine Flucht auf Leben und Tod.

Nun ritten Johanna und Satara nebeneinander und wenn sie gewusst hätte wohin, so wäre Johanna sicher nach vorn geritten. Sie hatte am meisten zu verlieren, denn vielleicht würde Kaleb sie gleich an Ort und Stelle töten, oder in der Wüste aussetzen, wo sie dann verdursten würde. Ohne die kundige Satara wäre sie sogar mit Wasser und Pferd hier verloren.

Als die Sonne immer höher stieg wurde Satara zusätzlich nun noch aufgeregter, aber sie sah nicht mehr nach hinten sondern zur Sonne hinauf. Der einzige Unterschied zu vorher, den Johanna feststellen konnte, war, dass die Sonne nun viel mehr ins rötliche zu gehen schien. Satara schien den fragenden Blick der Freundin zu bemerken und sagte nur kurz „Ein Sandsturm zieht auf." Doch Johanna hatte keine Ahnung, was ein Sandsturm war, sie sah nur die Angst in den Augen der Freundin und vermutete, dass dieses nicht wirklich etwas Gutes war.

Nach einer ganzen Weile sagte Satara dazu „Eigentlich müssten wir uns in Sicherheit bringen, ich muss aber solange wie möglich warten, so dass uns die Verfolger nicht mehr einholen können. Ich muss aber immer noch zeitig genug das Kommando geben, so dass wir nicht sterben werden!" sie ritt nun langsamer und winkte die beiden anderen zu sich. Nun ritten sie zu viert nebeneinander, praktisch Pferdekopf an Pferdekopf.

Satara begann sehr laut zu erklären „Wir müssen uns dann gleich in Sicherheit bringen. Wenn ich dann Los rufe, dann müssen wir alle ganz schnell abspringen, die Pferde zu Boden ziehen. Die Sattel abmachen und die Satteldecken von den Pferden ziehen. Dann müssen wir unsere Köpfe und die der Pferde mit den Decken bedecken und die Pferde beruhigen. Bleibt unter der Decke, bis ich euch wieder rufe und beruhigt die Pferde. Wer aufsteht oder die Decke verliert, der stirbt!" Alle nickten zur Bestätigung und ritten nun wieder schneller, um noch einen größeren Vorsprung vor den Verfolgern zu bekommen.

Immer rötlicher wurde das Licht der Sonne, bis Satara plötzlich „Los!" schrie und ihr Pferd am Zügel zurück riss, dass es vorn hoch ging. Die Frau sprang sofort nach hinten ab und riss dabei ihr Pferd zu Boden. Die anderen stoppten ihre Pferde ebenfalls und nun versuchten sie nahe beisammen, so schnell wie möglich, mit den Pferden zusammen am Boden unter die Decken zu kommen. Es war nicht ganz so einfach, da die Pferde die Angst der Menschen bemerkten und damit ebenfalls sehr ängstlich reagierten.

Schließlich waren alle ruhig unter ihren Decken. Johanna schlug eine Seite noch einmal um, damit sie nach hinten schauen konnte, die Staubwolke der Verfolger kam näher, aber noch schneller kam die dunkle Wolke des Sandsturmes von der Seite auf sie zu. Johanna schlug die Decke wieder über sich und klammerte sich an die Ecken, dann setzte auch schon der Sandsturm über ihnen ein. Es klang wie Jaulen, dann schlug es mit Macht auf die Decke. Johanna legte ihre Hand auf die Nase des Pferdes, um es zu beruhigen, doch eigentlich hätte sie selbst eine Hand gebraucht, die sie beruhigen konnte. Sie spürte den Sand an ihren Füßen, die unter der Decke herausragten.

Ihr schien es unendlich lange zu dauern, bis sie die Stimme von Satara hörte. „Ihr könnt jetzt wieder raus kommen." rief diese laut neben Johanna. Doch es war gar nicht so leicht, die Decke mit dem Sand darauf wieder anzuheben. Es schien eine schwere Last darauf zu liegen und Satara musste den Freunden beim Aufstehen helfen. Aber alle hatten es gut überstanden. Nun wurden die Pferde wieder gesattelt und bevor sie aufstiegen, tranken sie noch etwas Wasser, um den Sand aus dem Mund zu bekommen. Nachdem sie auch den Pferden etwas von dem Wasser gegeben hatten, machten sie sich schnell wieder auf den Weg, die Verfolger würden dann bestimmt auch wieder auf dem Weg sein.

Ein paar Mal drehte sich Johanna um, aber die Staubwolke hinter ihnen war nicht mehr zu sehen. Sie machte die Freundin darauf aufmerksam und die stoppte ihr Pferd. Sie sah sich lange um und bemerkte dann „Ich glaube wir haben unsere Verfolger abgeschüttelt. Hier wird nun keiner mehr unsere Spuren verfolgen können." Die anderen nickten und nun ritten sie langsamer, um die schon sehr erschöpften Pferde etwas zu schonen.

59. Kapitel

Begraben!

ie kleine Staubfahne vor ihnen, dass konnten nur die drei geflohenen Frauen sein. Sie schien ganz nahe zu sein, doch hier in der Wüste konnte man sich auch leicht täuschen. Kaleb hatte sein Pferd bis zum äußerten getrieben. Das Tier schnaufte und keuchte und die Hitze wurde auch noch immer größer. Von Zeit zu Zeit versuchten seine beiden Begleiter ihn zu bremsen, doch er tat das einfach mit einer Handbewegung ab. Wenn er wieder zu Hause war, und die Frauen ihre Strafe gefunden hatten, würde er die beiden Bewacher ebenfalls bestrafen. Im Moment brauchte er sie aber noch.

Als er feststellte, dass er das Wasser vergessen hatte, wurde es nur noch lebensnotwendiger die drei Frauen einzufangen, denn sie hatten ja Vorräte und Wasser mitgenommen. Der Aufbruch der drei Männer war viel zu überstürzt und unüberlegt gewesen. Doch keiner der beiden Wachposten wagte im Moment Kaleb auch das noch vorzuwerfen, obwohl er es selbst schon erkannt hatte. Eigentlich hätte er schon lange selbst erkennen müssen, dass seine Jagd hier langsam auch für sein Leben zu gefährlich wurde, doch die Wut hatte ihn blind gemacht. Und die anderen Beiden, hinter ihm, wagten nicht zu wiedersprechen. In der Verfassung, in der Kaleb gerade war, hätte er sicher sofort zugeschlagen, ohne daran zu denken, ob das im Moment richtig oder falsch sein würde.

So trabten die beiden anderen Männer hinter ihm her. Hier in der Wüste konnte man die Entfernungen nicht richtig einschätzen, es schien nur eine kleine Strecke zu sein, die die anderen Vorsprung hatten, aber sicherlich waren diese mehr als eine Stunde vor ihnen. In dem Sand kamen die Pferde nicht so leicht vorwärts, wie es vielleicht die Kamele geschafft hätten, die hatten breitere Hufe und sanken damit nicht so tief ein, wie die Pferde.

Unbarmherzig trieb Kaleb sein Pferd vorwärts, obwohl er doch sonst auch auf die Tiere besondere Rücksicht gelegt hatte. Wäre noch am Vortag jemand so mit einem seiner Pferde umgegangen, wie er jetzt selbst mit ihnen, so hätte er sicher Kalebs Peitsche gespürt. Jetzt aber hatte er selbst die Peitsche gegen sein Pferd benutzt. Vor Erschöpfung machte das Tier jetzt schon manchmal seitliche Fehltritte, bewegte sich aber, trotz der Erschöpfung, von ihm getrieben vorwärts. Verbittert überlegte Kaleb, wie er die drei Frauen wohl töten würde. Sein Zorn brachte immer neuere Ideen hervor. An Grausamkeiten nicht mehr zu überbieten, doch diese Gedanken des Hasses vernebelten ganz seinen Blick für die Gefahr, die in dieser Wüste lauerte.

Sie mussten schon seit Stunden auf der Verfolgung sein, als sie seitlich eine dunkle Wolke auf sich zukommen sahen. Obwohl sie ziemlich bedrohlich aussah, war Kaleb nicht beunruhigt. Was konnte das schon sein? Nur ein bisschen Sand, der ihnen sicher nicht gefährlich werden konnte. Langsam schob sich die Wolke vor die Sonne und verdunkelte den Weg vor ihnen. Die Pferde schauten immer ängstlicher zur Seite und Kaleb riss immer wieder am Zügel, so dass der Kopf des Tieres nach vorn zurückging. Schließlich brach das Tier nach rechts aus und versuchte vor der Wolke zu fliehen, die es nun hinter sich hatte. Als Kaleb das Tier stoppen wollte, warf ihn das Pferd einfach ab.

Im Sand sitzend sah er dem fliehenden Pferd hinterher, das im wilden Galopp immer weiter in Richtung Norden davon jagte. Der Mann stand auf und versuchte dem Pferd zu folgen, doch der Sand verhinderte, dass er wirklich schnell laufen konnte. Selbst wenn ihm das gelungen wäre, hätte er ja niemals das Pferd einholen können. Er drehte sich um und sah die beiden anderen Männer, die mit ihren Pferden etwa hundert Schritte hinter ihm stehen geblieben waren.

Die Beiden rissen ihre Pferde herum und ritten zurück, ohne sich um ihn zu kümmern. Kaleb hob die Faust und drohte in ihre Richtung. „Ich werde euch töten!" schrie er ihnen hinterher, doch die dunkle Wolke aus Sand war schneller als er. Mit noch im Schrei aufgerissenem Mund sah er, wie die Wolke die beiden Männer mit ihren Pferden einhüllte und wegriss. Erst jetzt erkannte er die Gefahr, doch zum Handeln war es zu spät. Im Bruchteil eines Augenblicks hatte die Wolke auch ihn erreicht und riss ihn von den Füßen. Er wirbelte mit der Wolke mit und schluckte Sand. Das Husten half ihm nichts, er flog mit dem Sand, bis er irgendwo zu Boden fiel und vom Sand bedeckt wurde.

Würgend rang er nach Luft und atmete noch mehr Sand ein. Dann war es vorbei. Stille war unter dem Sand.

60. Kapitel

Oase der Ruhe

Noch nie hatte Hans solch eine Kraft gespürt, wie unter dieser Decke. Mit Mühe hatte er das Tier beruhigen und gleichzeitig ihre beiden Köpfe bedeckt halten können. Ein bisschen hatte ihm das auch Angst gemacht, obwohl er das den Frauen gegenüber wohl nie zugeben würde. Nach dem Sturm war seine Bewunderung der jungen Frau gegenüber nur noch größer. Er hatte zwar auch die Wolke gesehen, doch niemals hätte er die Bedrohung darin vermutet. Es war doch nur etwas Sand.

Die beiden anderen Frauen waren sichtbar bleich um die Nase geworden, nachdem er sie zusammen mit der anderen Frau aus dem Sand gegraben hatte. Schnell waren sie wieder aufgebrochen und nun sah auch er sich um, aber rings um war nur Sand und klarer Himmel zu sehen. Von Zeit zu Zeit wechselte ihre Anführerin die Richtung. Woher sie wusste wann und wohin sie wechseln sollte, war ihm ein Rätsel. Alles sah gleich aus und würde sich beim nächsten Sandsturm vermutlich auch wieder vollkommen verändern.

Hans blieb nichts anderes übrig, als der Frau zu trauen und zu hoffen, dass sie wusste, was sie tat. Als die Sonne sich wieder dem Horizont näherte sahen sie vor sich ein paar Palmen stehen und ließen die Pferde einfach dorthin laufen. Zielsicher hatte die Frau, die die anderen beiden Frauen Satara nannten, sie zu diesem Wasserloch mitten in der Wüste gebracht. Schon wenig später tranken die Tiere und sie selbst das erfrischende Wasser in dem Tümpel, den Satara „Oase" nannte. Viel konnte er von ihr nicht erfahren. Die drei Frauen unterhielten sich in der fremden Sprache, die er nicht verstand und er wollte nicht die Übersetzung von Johanna verlangen.

An der Wasserstelle standen ein paar Palmen, aber sonst war außer ihnen niemand hier. Sie suchten Holz zusammen und Johanna sagte „Sie hat gesagt, hier wird es nachts sehr kalt." dabei zeigte sie auf Satara. Eigentlich konnte er das kaum glauben, bei der Hitze, die jetzt am Abend immer noch herrschte, doch er machte sich auf die Suche nach abgefallenem Holz. Als er damit zurückkam, hatte Satara schon Feuer gemacht.

Erst jetzt hatte er Zeit, sich mit den Frauen zu unterhalten. Zu seiner Verwunderung stellte er fest, dass auch die zweite, die sich mit Franziska vorstellte, seine Sprache verstand und auch gut sprechen konnte. Am Feuer sitzend redeten sie einfach über alles. Vor allem über die Flucht und den Tag in der Wüste. Johanna schmiegte sich an ihn und er legte seinen Arm schützend um sie. Für Satara übersetzte Franziska alles. Als dann schließlich die Sterne über ihnen zu sehen waren, wurde es wirklich kühl und Franziska legte sich, an Satara gekuschelt, an das Feuer.

Nach einem Kuss legte sich auch Johanna hin, blieb aber in seiner Nähe. Hans legte Holz nach und hielt Wache. Er saß hier auf einer Grünfläche von zweihundert Mal fünfhundert Schritten, inmitten einer grenzenlosen Wüste. Nur ein paar Palmen im Sand. Jeder Staubsturm konnte sie überdecken und töten. Hans sah zu Satara, die friedlich schlief und dachte, dass sie wohl als erste hier nervös herum laufen würde, wenn es auch nur die Spur einer Gefahr gab. Er lauschte auf die Stille der Nacht. Nicht ein Geräusch war ringsum zu hören. Vermutlich gab es hier nicht viele Tiere, die das Leben in der Wüste meistern konnten. Nach ein paar Stunden stand Satara auf, ging zur Wasserstellen und kam, nachdem sie getrunken hatte, zu seiner Ablösung an das Feuer.

Der Mann konnte sie zwar nicht verstehen, aber mit Gesten zeigte sie an, dass er nun schlafen sollte. Er nickte und legte sich zu Johanna an das Feuer. Im Schlaf umarmte ihn die Frau und er brauchte eine Weile bis er einschlief. Diese Jagd durch die Wüste war viel zu aufregend gewesen, selbst für einen Knappen. Im Traum sah er die Wolke wieder auf sich zu kommen, doch auch diesmal hatte er keine Angst. Er stemmte sich gegen den Sand, der durch seine Finger lief und ihn wie Wasser umspülte. Er erwachte in den Armen der Frau, die auch gerade erwacht war. Franziska saß am Feuer und Satara lag auf der anderen Seite des Feuers. Johanna gab ihm einen Kuss, den er gern erwiderte. Nach einer kurzen Körperpflege, bei der die Frau auch die Wunde säuberte, sie hatte ihn dabei gebeten, sich umzudrehen, saßen sie dann am Feuer und aßen ein paar Früchte, die Satara in der Nacht an einer der Palmen neben dem Feuer gefunden hatte.

Schließlich löschten sie das Feuer und saßen auf ihre Pferde auf. Deutlich langsamer als am Vortag ritten sie in die Wüste hinein. Die Sonne stand nun hinter ihnen, nur wenig über dem Horizont. Nun entschloss er sich doch, Satara zu fragen, wie sie die Oase gefunden hatte. Johanna übersetzte die Frage und Satara zeigte nach oben und erklärte etwas, was Johanna für ihn übersetzte. „Siehst du den Vogel?" fragte sie und Hans schaute nach oben, wo ein kaum sichtbarer schwarzer Punkt zu sehen war. „Dieser Vogel fliegt in die Wüste rund herum und jagt Schlangen und Eidechsen. Er bleibt dabei immer in der Nähe seines Nestes und in der Nacht hat er im Baum über uns geschlafen." Hans nickte, aber er sah in dem verschmitzten Lächeln der Wüstenbewohnerin, dass sie ihm nicht die ganze Wahrheit gesagt hatte.

Nach einer Weile zog ihnen eine Kamelkarawane entgegen, die sicher die Stadt hinter ihnen als Ziel hatte. Vielleicht würden sie aber auch in der kleinen Oase übernachten. Immer noch wechselte Satara öfters die Richtung, aber Hans verstand nicht aus welchem Grund. Gegen Mittag, als die Sonne am höchsten stand, schwenkten sie nach Norden ab, so dass sie nun die Sonne wieder im Rücken hatten, so wie beim Aufbruch aus der Oase am Morgen. Es war wieder drückend heiß geworden.

Diese Unterschiede zwischen Tag und Nacht waren hier wirklich etwas Außergewöhnliches und Hans hatte so etwas noch nie zuvor erlebt. Er hatte schwören können, dass er am Morgen noch etwas Eis auf dem Sand gesehen hatte, als sie losgezogen waren. Aber konnte das wirklich sein?

61. Kapitel

Eine Nussschale auf dem Meer

Am Abend des zweiten Tages sahen sie plötzlich das Meer vor sich. Schon zuvor hatte Johanna das Rauschen gehört und sich schon gefragt, was das wohl sein würde, doch dann hatte sie von einer der Dünen aus die Wellen gesehen, die an den Strand liefen. Nicht weit entfernt sah sie ein kleines Dorf mit einer Anlegestelle, wo auch ein paar kleine Boote lagen. Mit fast traumwandlerischer Sicherheit hatte sie Satara direkt zu diesem Dorf geführt und sie hatte genau gewusst, wo sie wieder aus der Wüste heraus kommen würden. Die Bewunderung für diese Frau, die ihr Leben lang in der Wüste gewohnt hatte, war fast grenzenlos.

Sie ließen sich außerhalb des Dorfes hinter einer der Dünen nieder, so dass ihr Feuer, dass sie machen würden, in der Nacht von den Häusern aus nicht zu sehen sein würde. Nachdem sie die Pferde zum Weiden hinter die Düne verborgen und dort angebunden hatten, machte sich Satara auf den Weg zum Dorf, um dort ein paar Vorräte zu erwerben. Sie war von den Vieren die am wenigsten auffällige. Bei den Anderen würde man vielleicht durch ihr Aussehen doch sofort stutzig werden und sie als entlaufene Sklaven erkennen. Schon wenig später kam die Frau voll bepackt aus dem Dorf zurück. „Ich habe eine Kette gegen ein paar Lebensmittel und etwas Wasser eingetauscht." sagte Satara und stellte alles vor sie hin. Johanna schaute in den Korb hinein und staunte über das, was Satara alles bekommen hatte.

Zusammen setzten sie sich an das Feuer und verschlangen die Köstlichkeiten förmlich. Nach dem Essen begannen sie den weiteren Weg zu Planen und Satara schlug vor, das die Freundinnen mit einem Boot nach Norden segeln sollten. „Woher ein Boot nehmen?" fragte Franziska und Satara zeigte auf die gerade noch zu sehenden Dächer des Dorfes. Franziska holte eine Kette aus ihrem Beutel und fragte „Reicht das dafür?" und Satara nickte. Mit der Kette machte sie sich wieder auf den Weg. Sie blieb eine längere Zeit weg und kam erst mit der Abenddämmerung zurück. „Es hat geklappt. Das Boot liegt für euch bereit." sagte sie und zeigte auf ein einzelnes Boot, das nun am Strand lag. Am nächsten Morgen würden sie es dann auf das Meer hinaus ziehen und lossegeln. „Und du?" fragte Johanna die Freundin und Satara begann „Mit den vier Pferden werde ich zu meinem Stamm zurück gehen. Mit den Tieren bin ich eine reiche Frau und es sind drei Stuten und ein Hengst." Dabei zwinkerte sie Johanna zu.

Als die Dunkelheit sich wieder über die Vier am Feuer senkte zog Johanna den Mann hinter sich her, bis sie hinter einer kleineren Sandwelle vor den Blicken der anderen beiden Frauen geschützt waren. Sie liebte diesen Mann vom ganzen Herzen und wollte sich ihm hingeben. Zwar sah sie in seinen Augen, dass es wohl nicht so richtig gut ankam, dass die Frau den ersten Schritt machte, aber das war Johanna im Moment egal. Bereits zwei Nächte zuvor war sie es ja auch gewesen, die die Entscheidung getroffen hatte. Sie genoss die Vereinigung und die Schmerzen waren diesmal auch auszuhalten. Mit leuchtentend Augen gingen sie wenig später wieder, Hand in Hand, zurück zum Feuer. Sie setzten sich zu den anderen Beiden und später begann wieder die Wache, wie in der Nacht zuvor. Auch diesmal schlief sie in seinen Armen ein.

Die Sonne weckte sie am nächsten Morgen wieder auf und das Rauschen des Meeres, das sie die ganze Nacht gehört hatten, war nun viel lauter geworden. Es schien einen Sturm zu geben. „Sollen wir die Abfahrt wirklich wagen?" fragte sich Johanna in Gedanken, aber als sie zum Strand hinunter ging, flaute der Wind ab und auch die Wellen wurden sehr viel kleiner. Gemeinsam liefen sie zu dem am Strand liegenden Boot. Es war nicht allzu groß, bot den drei Passagieren aber sicher genug Platz für ihre Reise über die See. Wie lange würden sie wohl unterwegs sein? Zur Sicherheit luden sie Wasser und Nahrung für mehrere Tage auf das Boot. Dann schoben sie es zusammen in das Wasser.

Satara verabschiedete sich von den drei Anderen und stand, die vier Pferde am Zügel haltend, im Sand. Die Anderen stiegen schnell ein und Hans brachte das Boot mit kräftigen Ruderschlägen durch die Brandung. Johanna stand am hinteren Ende des Bootes und winkte der Freundin noch lange zu, bis diese mit den Tieren vom Strand weg ritt und hinter der Düne nicht mehr zu sehen war. Nachdem sie das erste Stück vom Ufer weg waren, setzte Hans das Segel. Franziska saß vorn, Johann hinten und Hans in der Mitte. Immer weiter trieb er das Boot voran, bis das Ufer nicht mehr zu sehen war, dann zogen sie die Ruder ein und ließen sich vom Wind nach Norden treiben. Hans setzte sich zu ihr nach hinten und gemeinsam schauten sie nach vorn auf ihr noch fernes Ziel.

So wie sie am Tage zuvor noch in der Wüste in einem Meer aus Sand waren, so waren sie nun in einem Meer aus Wasser. Aber hier hatten sie niemanden, der sie führen konnte. Sie mussten einfach darauf vertrauen, dass sie der Wind in die richtige Richtung schob. Solange sie die Sonne im Rücken hatten fuhren sie noch in die rettende Heimat. Sollte das irgendwann einmal anders sein, so würden sie wohl irgendwo stranden. Johanna betete, dass der Wind auch weiter, für ihre erfolgreiche Flucht, in die nördliche Richtung wehen würde und dass kein Sturm aufkommen würde, denn diese kleine Nussschale war wirklich nicht für eine raue See gebaut. Es war wohl mehr ein Boot für die unmittelbare Küstennähe. Nach einer Weile stellten sie fest, dass es zusätzlich auch noch nicht ganz dicht war.

Vorn, bei Franziska, gab es anscheinend ein kleines Loch, so dass immer mehr Wasser in das Boot hinein lief. Mit einer Suppenschüssel begannen sie das Wasser nach draußen zu befördern. Es war nicht allzu viel was nachströmte, und sie würden es sicher nach draußen bekommen. Als Johanna aufblickte sah sie voraus ein Segel, das ihr sonderbar vertraut war. Sie schrak zusammen und ließ die Schüssel fallen. Mit offenem Mund sah Franziska der wegschwimmenden Schüssel nach, sie hatte das andere Schiff noch nicht bemerkt.

62. Kapitel

Schiff in Sicht!

ieder lehnte Mustapha an der Bordwand seines Schiffes und schaute auf das Meer hinaus. Seit die Schiffe der Kreuzfahrer in der Nähe waren, mussten sie viel mehr aufpassen. Gegen solch ein schwer bewaffnetes Schiff hätten seine paar Leute keine Chance gehabt. Schon viele der Seeräuberschiffe waren durch die Kreuzritter aufgebracht worden und die Mannschaft dann an den Masten der eigenen Boote aufgehängt worden. So trieben die Schiffe meist tagelang auf dem Wasser umher, bevor sie dann sanken. Das machte zwar die Konkurrenz für Mustapha kleiner, aber er wollte nicht auch so enden. Also hieß es: vorsichtig sein! Zusätzlich zu dem Manne oben hatte er nun auch hier unten zwei Mann stehen, die Ausschau hielten. Manchmal half nur die Geschwindigkeit des kleineren Schiffes, um einer Gefahr zu entfliehen.

Der Kapitän schaute nach oben, wo in der Mastspitze einer seiner besten Leute saß, doch der hatte zum Glück nichts Gefährliches gesehen. Aber anscheinend auch keine Beute, sonst hätte er schon nach ihm gerufen. Schon mehr wie eine Woche waren sie auf See und nichts! Sie hatten aus lauter Verzweiflung, und um nicht mit leeren Händen zurück zu kommen, an Land in einem Dorf an der Küste in Griechenland ein paar junge Männer und Frauen geraubt, aber es waren nicht so viele, dass es sich lohnen würde. Selbst da hatte er Pech gehabt. Nur Alte und Kranke hatte es dort gegeben. Gerade einmal zehn brauchbare Sklaven hatten sie erbeutet, und dann auch noch welche mit dunklen Haaren, die nicht so wertvoll waren.

Er drehte sich zu seinen Männern, die mehr oder weniger gelangweilt auf dem Deck saßen. Dann schaute er durch das Gitter zu seinen Füßen in den Laderaum hinunter, wo die verängstigten Frauen und Männer zusammengedrängt saßen. Sollte er zu ihnen hinunter gehen und sich eine von ihnen hohlen? Was machten sie noch hier? Würde sich ein weiterer Aufenthalt auf dem Wasser lohnen? Oder sollte er nicht mit seiner Beute vorerst zufrieden sein? Er drehte sich um und rief „Nach Hause!" zu dem Mann am Steuer. Das Schiff schwenkte zur Sonne hin und fuhr, gegen den Wind kreuzend, nach Süden. Vor ihnen war nur ein leerer Horizont, hinter dem sich bald die Küstenlinie von Afrika abzeichnen würde. Sicher schon in ein oder zwei Stunden.

Mustapha dachte daran, wo er wohl das nächste Mal hinfahren sollte. Sollte er weiter nach Westen segeln? Vielleicht waren dort die Beutegewässer freigiebiger und die Schiffe der Kreuzritter waren dann auch viel weiter weg. Ein Ruf von oben riss ihn aus seinen Gedanken. „Ein Schiff?" rief er fragend zurück, doch der Mann im Ausguck schüttelte den Kopf. Er zeigte in seitliche Richtung und rief „Eher ein Fischerboot!".

Der Kapitän ging nach vorn und sah zu dem kleinen braunen Segel. Für einen Moment schätzte er die Beute ab. Mehr als die Mannschaft konnte er da wohl kaum erbeuten und wer wollte schon ein paar alte Fischer zum Sklaven haben? Lohnte sich da wirklich der Aufwand? Gerade als er abwinken wollte, zog ein weißes Stück Stoff seine Aufmerksamkeit zu dem Boot hinüber. Fischer in weißen Sachen? Da stimmte etwas nicht! „Das schauen wir uns mal näher an!" rief er nach hinten und das Schiff schwenkte herum. Im näher kommen sah er, dass zwei Frauen und ein Mann an Bord waren.

Seine Männer standen alle neben ihm und sahen hinüber. Es waren nur noch zwei Schiffslängen Abstand und der Rudergänger hielt voll auf das kleinere Boot zu, so als wolle er es in der Mitte mit dem Bug zerteilen. Im letzten Moment schwenkte er herum und beide Boote prallten aneinander. Alle wurden durchgerüttelt. Mustapha fuhr zornig herum. Er fluchte und nahm sich vor, den Mann ordentlich zu bestrafen, wäre das andere Boot nur ein kleines bisschen größer gewesen, so hätte dieses unnütze Manöver sein eigenes Schiff ernsthaft beschädigen können.

Zwei seiner Männer waren schon mit gezogenen Schwertern über die Bordwand hinüber gesprungen, obwohl sicherlich mit nicht viel Gegenwehr zu rechnen war, und er hörte das Kreischen der Frauen. Als er wieder hinüber sah, bemerkte er einen großen Mann, der gerade einen seiner Männer in das Meer warf. Der Seeräuber ertrank einfach. Keiner seiner Leute konnte schwimmen. Drei weitere Leute sprangen hinüber und zu viert konnten sie den Mann bezwingen, doch der fiel mit zweien von ihnen über Bord.

„So ein Pech. Drei Mann verloren für zwei Frauen!" fluchte der Kapitän laut. Dann schrie er hinunter „Bringt sie an Bord und versenkt das Boot!" Die beiden strampelnden Frauen wurden nach oben gereicht und mit zwei Axthieben wurde das Boot leckgeschlagen. Als alle wieder an Bord waren sah er sich seine Beute an. Er zog die Oberteile von den Schultern. Die eine war ganz passabel und würde einen guten Preis bringen. Die andere hatte ein Brandzeichen auf der linken Schulter und war damit, als entlaufene Sklavin gekennzeichnet, praktisch unverkäuflich. Das durfte doch alles nicht wahr sein!

„Schafft sie mir beide aus den Augen!" schrie er. Einer der Seeräuber öffnete eine Luke an Deck und zwei seiner Männer warfen die Frauen einfach die Treppe hinunter in den Laderaum. „Und jetzt nach Hause, bevor ich wütend werde!" schrie der Kapitän nach hinten, wo der Rudergänger sofort die Richtung nach Süden einschlug. In Gedanken vertieft ging der Kapitän zurück in seine Kabine. Dort setzte sich Mustapha auf seinen Stuhl. Er musste sich etwas für die entflohene Sklavin einfallen lassen, so dass sie nicht ganz umsonst auf seinem Schiff war. „Ein Köder zum Angeln." war sein erster Gedanke, den er aber schnell wieder verwarf. Er grübelte weiter. Sollte er sie über Bord werfen? Lieber nicht, da musste es doch noch eine bessere Lösung geben. Eine Nutzbringendere!

„Wir sind wieder da!" hörte er von oben und trat aus der Kabine. Der Anleger mit der kleinen Burg dahinter war schon deutlich zu sehen. Er hatte eine Entscheidung getroffen. Die Sklavin würde am nächsten Tag sterben, als Beispiel für die anderen Sklaven, was ihnen passieren würde, wenn sie ungehorsam sein würden oder zu fliehen versuchten. Ein hämischer Zug umspielte seinen Mund „Aber erst mal werden meine Männer ihren Spaß mit ihr haben!" dachte er sich. Dann gab er das Kommando, das Segel zu reffen. Mit dem letzten Schwung legte das Schiff am Anleger an. Dieses Manöver hatte ausgezeichnet geklappt und seine Wut auf den Rudergänger war schon wieder verflogen.

63. Kapitel

Dem Tod so nah

Johanna hatte sofort dieses Segel wiedererkannt. Es war zwar mehr als sechs Jahre her, dass sie es zum letzten Male gesehen hatte, doch mit diesem Schiff hatte ihr Martyrium in der Sklaverei angefangen, und so etwas vergaß man nicht. Die beiden anderen im Boot hatten vermutlich nicht sofort begriffen, was sie schon wusste, doch das wurde den Beiden sofort klar, als Johanna flüsterte „Die Seeräuber!" Alles Blut war aus ihrem Gesicht gewichen, das spürte sie regelrecht und als wenig später das Schiff in ihre Richtung drehte, hätte sie weglaufen können, wenn sie nur gewusst hätte wohin. Auf dem kleinen Boot konnte sie sich noch nicht einmal verstecken. So blieb sie einfach mitten auf den Planken am Segel stehen.

Als das andere Schiff sie traf, versetzte der Aufprall ihr einen solchen Stoß, dass sie nach hinten kippte und lang in das Boot fiel. Wenn sie nur ein kleines Stück weiter hinten gestanden hätte, so wäre sie sicher über Bord in den sicheren Tod gefallen. Denn schwimmen konnte sie nicht. Sie kannte auch niemanden, der Schwimmen konnte. Schwimmen war Teufelswerk! Sie rappelte sich wieder hoch und sah, wie zwei Männer in das Boot sprangen und mit Hans, der ja unbewaffnet war, sofort in eine Art von Ringkampf gingen. Aber es war nicht so viel Platz hier drin, so dass einer der Angreifer über Bord ging und schreiend versank. Weitere Männer sprangen zu ihnen und plötzlich kippte Hans über Bord.

Wie erstarrt hing Johanna über der Bordwand und sah, wie er noch einmal kurz hinter dem Boot auftauchte und dann versank. Der Schock darüber, dass sie den geliebten Menschen gerade für immer verloren hatte, versetzte sie in eine Starre. Am liebsten wäre sie hinter ihm her gesprungen, doch sie kniete in dem Boot und konnte sich nicht mehr bewegen. Jemand riss sie von der Bordwand weg und trug sie zum Schiff der Seeräuber hinüber. Wenig später saß sie wieder in dem Laderaum, den sie ja schon kannte. Andere Menschen waren darin, aber sie sah durch sie hindurch. Alles war aus. Sie wollte sterben! Jemand redete auf sie ein, doch sie hörte nichts, die sah Franziska, die etwas sagte, was nicht bis zu ihr hindurch gelangen konnte.

Sie konnte auch keinen klaren Gedanken mehr finden, aber die Starre löste sich, jetzt hätte sie springen können, doch nun war sie ja sicher verwahrt im Bauch des Schiffes. Von oben fiel Licht zu ihr herunter und ihre Augen füllten sich mit Tränen. Es waren Tränen der Verzweiflung und der Trauer. Warum nur? Warum war Hans gestorben? Warum nicht auch sie? Franziska nahm sie in den Arm und hielt sie ganz fest, doch das merkte Johanna nicht richtig.

Lange Zeit später stieß das Schiff irgendwo an und sie wurden aus dem Laderaum nach draußen gezerrt. Den Anleger, den Weg und die Burg dahinter nahm sie nur wie durch einen Schleier wahr. An einen langen Strick gebunden wurden sie über den Weg gezogen und landeten in einem Schuppen, der nach einer Seite hin mit Gittern versehen war, durch die man auf einen Innenhof einer Burg schauen konnte. Die einzelnen Zellen waren durch Mauern voneinander getrennt und in der letzten dieser Zellen saßen Franziska und Johanna nun. Was würde wohl mit ihr geschehen? Sie hatte schon irgendwie bemerkt, dass die Männer wohl an ihrer Brandwunde festgestellt hatten, dass sie eine entlaufene Sklavin war. Doch was würden sie mit ihr machen? Wieder verkaufen? Selbst behalten? Erst langsam kehrte ihr Bewusstsein zu ihr zurück und sie konnte sich wieder Gedanken um ihre Lage machen. Der Schmerz saß immer noch so tief.

Die Freundin nahm Johanna in den Arm und versuchte ihr Trost zu spenden, doch Franziska war selbst von ihrer beider Schicksal so tief betroffen, dass sie selbst Trost gebraucht hätte. So blieben sie einfach in der Zelle sitzen und umklammerten sich gegenseitig. Als die Dämmerung sich über die Burg legte, holte einer der Seeräuber Johanna aus der Zelle und brachte sie über den Hof, zu einem aus groben, unverputzten Steinen errichteten zweigeschossigen Haus. Der Mann öffnete eine Tür und gab Johanna einen Schubs in den Rücken, so dass sie in den Raum stolperte. Hinter ihr schloss sich die Tür und sie sah sich, in einem nur spärlich eingerichteten Raum, mit drei der Männer gefangen. Einer der Männer riss ihr ziemlich rabiat die Kleidung vom Leib und warf sie dann auf ein Bett, was so ziemlich der einzige Gegenstand in dem Raum war. Die drei Männer vergingen sich an ihr und sie hörte Schreie, ohne wirklich zu begreifen, dass sie es selbst war, die schrie.

Später fand sie sich nackt in der Zelle wieder und einer der Männer brachte ihr ein altes Kleid, dass sie mit Franziskas Hilfe überzog. Der ganze Körper tat ihr weh, doch der Schmerz um Hans unterdrückte die körperlichen Schmerzen. Johanna rollte sich in der Ecke der Zelle zusammen und versuchte zu schlafen, was ihr nicht so richtig gelang. Was würde der nächste Tag für sie bringen? Schließlich fielen ihr die Augen doch noch zu und sie träumte von Hans, aber bevor sie ihn erreichen konnte, versank er im Meer. Davon schreckte sie auf und sah in der Dämmerung die Umrisse des Hofes. Franziska schlief neben ihr und Johanna setzte sich auf, mit dem Rücken an der Wand angelehnt. Mit angezogenen Beinen starrte sie vor sich hin. Einer der Männer kam in die Zelle und weckte damit auch Franziska. Er steckte Johannas Zopf so weit hoch, dass ihr Genick frei war. „Heute wirst du sterben!" sagte er, als er die Zelle wieder verließ. Johanna nickte, schon bald würde sie wieder mit Hans vereint sein.

Danach wurden alle Gefangenen, und auch Franziska, auf den Hof gebracht, wo sie stehen mussten. Von Ferne sah Johanna hinüber, dann holte sie einer der Männer und brachte sie in die Mitte des Hofes.

Wenig später kniete sie, mit auf dem Rücken gefesselten Händen, zwischen den Gefangenen und den Seeräubern. Sie sah zu Franziska hinüber und schaute direkt in die vor Schreck aufgerissenen Augen. Unmerklich nickte sie der Freundin zu, dann sah sie zu dem Mann, der auf der anderen Seite stand. Er hob das Schwert hoch und sie sah nach vorn. Sie betete und schloss dann die Augen. Leise flüsterte sie „Mein Schatz, gleich bin ich bei dir." Dann hörte sie ein Zischen in der Luft und hielt den Atem an.

64. Kapitel

Nur eine Sklavin!

ieben Frauen und vier Männer, die Sklavin nicht mitgerechnet, war die magere Beute dieses Raubzuges gewesen. Dafür hatte er drei seiner Männer verloren. Aber damit wurde auch der Anteil der anderen größer. Er saß in seinem Zimmer in der Burg und hörte die Schreie der Sklavin, mit der sich seine Leute gerade unten vergnügten. Sie würde am nächsten Tag durch das Schwert sterben, so wie er es festgelegt hatte. Schließlich brach die Dämmerung herein und unten war nun Ruhe. Mustapha stand auf und ging die Wachen kontrollieren. Zwanzig Männer hatte er noch.

In dem Raum sah er die Sklavin an der Seite nackt auf dem Bett liegen. Sie bewegte sich noch, das war alles, was er wissen wollte. Schließlich brauchte er sie am Morgen noch lebend. „Sperr sie weg!" wies er einen seiner Männer an, der die blutende Frau auf die Füße zog und an seinem Kapitän vorbei zu den Zellen hinüber schleifte. „Und gib ihr was zum Anziehen!" rief Mustapha ihm hinterher, dann setzte er seine Kontrollrunde fort. In dieser Burg lebten sie nun schon fünf Jahre. Hier konnten sie ihre Gefangenen sammeln und dann selbst zum Sklavenmarkt bringen und nicht wie früher vom Schiff erst an Sklavenhändler übergeben. So war der Gewinn höher für sie.

Schließlich war seine Runde zu Ende, aber er wollte noch nicht in sein Bett. Der Anblick der nackten Frau hatte seine Gier geweckt. Er ließ eine der griechischen Frauen holen, der er sofort das Kleid zerriss und sie auf sein Lager drückte. Das Wimmern der Frau erregte ihn, mehr als alles anderes. Als sie dann später wieder in ihrer Zelle war, konnte er einschlafen.

Die Morgensonne weckte ihn, die direkt durch das kleine Fenster in sein Gesicht schien. Er setzte sich in dem Haupthaus seiner Burg auf und ließ sich sein Frühstück von einem der Männer bringen. Danach machte er seinen morgendlichen Kontrollgang. Alles war ruhig geblieben, so wie es hier schon immer war. Ringsum waren nicht sehr viele Menschen ansässig und hinter der Burg begann schon die Wüste. An manchen Tagen spürte er den Gluthauch bis in sein Zimmer. Nachdem jeder auf seinem Posten stand, ließ er die Tore der Burg öffnen.

Mustapha ging über den Hof zu dem Schuppen, der durch die Gitter vom Hof abgetrennt war. Langsam schritt er vor dem Gitter dahin. Er sah die Sklaven darin sitzen und schätzte wieder den Wert eines jeden ein. War die letzte Fahrt vielleicht doch ein Erfolg gewesen? Es würde sich erst am Nachmittag zeigen, wenn er sie alle auf den Markt bringen würde. Aber für den Vormittag hatte er ja noch etwas Besonderes vor. Gerade war er am Ende des Schuppens angekommen, wo in einer Zelle die beiden Frauen aus dem kleinen Boot saßen. An diesem Tag lag eine seltsame Stille über dem Platz. Nicht einmal das Geschrei der Möwen, die sonst täglich mit ihrem Lärm seine Nerven strapazierten, war heute zu hören. Ein guter Tag zum Sterben. Zumindest für diese entlaufene Sklavin, auf der er gerade seinen Blick ruhen ließ.

Langsam ging er zur Mitte des Platzes und ließ einen seiner Männer die Sklaven aus dem Schuppen auf den Hof treiben, alle bis auf die entlaufene Sklavin, die musste noch etwas warten. An den Händen gefesselt standen die Männer und Frauen vor ihm und er schaute auf sie. So lange wie nur irgend möglich ließ er sie, ohne ein Wort zu sagen, dort in der Sonne stehen. Es sollte so etwas wie ein Machtspiel werden, doch die Gefangenen waren sowieso vollkommen eingeschüchtert. Niemals würde einer von ihnen etwas sagen. Mustapha winkte nach hinten und holte einen seiner

Männer zu sich, der sich heute ein besonders großes Schwert aus der Waffenkammer geholt hatte. Als der Mann neben ihm stand begann der Kapitän eine Rede zu halten, die einer seiner Männer auf Griechisch übersetzte. Er begann eigentlich mit einer Drohung und erklärte mit vielen Worten, dass die Gefangenen nun sein Eigentum waren.

Nach seiner Rede schaute er wieder über die vor ihm stehenden Menschen, dann setzte er nach einer Pause fort „Und damit ihr seht, was passiert, wenn ihr zu fliehen versucht, oder nicht das macht, was ich, oder euer neuer Herr, euch sagen, werde ich es euch nun zeigen." Dabei winkte er zu einem seiner Männer, der neben der Tür des Schuppens stand. Dieser öffnete die Tür und holte die entlaufene Sklavin aus dem Haus. Er brachte sie über den ganzen Hof, bis er mit ihr neben seinem Kapitän stand. Mit einem Strick fesselte der Mann die Arme der Frau auf dem Rücken, dann schob der Seeräuber die Frau nach vorn und drückte sie an den Schultern nach unten, bis sie seitlich vor der Gruppe der Gefangene kniete. Der Wind strich über den Hof und kein Laut war zu hören. Die Sonne schien friedlich in den Hof herunter, der sicher gleich zu einem Ort der Gewalt werden würde, das war vermutlich allen in diesem Hof klar.

Die Haare der Frau waren nach oben gebunden, so dass ihr langer Zopf das Schwert nicht behindern würde, wenn es in wenigen Augenblicken den Kopf der Frau von deren Rumpf trennen würde. Wieder wartete er einen Moment, in dem er in die erschrockenen Augen der Gefangenen schaute, die sicherlich verstanden, was hier gleich passieren würde. Er nickte dem neben ihm stehenden Manne zu, der sein Schwert erhob. Plötzlich traf ein Schlag seine Brust und er fiel nach hinten um. Er sah noch, wie der andere Mann mit dem Schwert zuschlug, dann wurde es schwarz vor seinen Augen.

65. Kapitel

Pfeile der Rache

Die schweren Sachen zogen ihn nach unten und er schluckte Wasser. Noch einmal strampelte er sich nach oben, als er die beiden Seeräuber abgeschüttelt hatte. An der Wasseroberfläche sah er die entsetzen Augen Johannas. Nur zwei Armlängen trennten ihn von ihr und dann versank er. Er strampelte, doch er kam nicht so richtig vom Fleck. Hans hielt die Luft an, doch unter ihm war ein tiefes Meer. Sein Kopf stieß gegen irgendetwas und er griff zu. Es war ein Seil, das er fest mit beiden Händen umklammerte. Er zog sich daran nach oben, zur über ihm schimmernden Wasseroberfläche.

Plötzlich wurde er nach vorn gerissen und hätte fast das rettende Seil losgelassen. Kurz darauf war er an der Oberfläche. Das Schiff zog ihn hinter sich her. Vermutlich hatte an dem Seil mal ein Eimer oder irgendetwas anderes gehangen, das dann abgefallen war. Nun hing Hans daran und versuchte sich gegen die Strömung nach vorn zu ziehen. Mit kräftigen Armzügen kam er Stück für Stück dem Schiff immer näher, bis er das Heck des Schiffes direkt über sich hatte. Jetzt sah er, dass das Seil sich irgendwann einmal am Heck verfangen hatte und direkt oberhalb der Wasseroberfläche an einem Vorsprung des Schiffskörpers festgeklemmt war.

So hing der Mann nun kurz über dem Wasser an der Bordwand und wurde durch das Meer gezogen. Nach oben klettern konnte er nicht, da das Schiff ziemlich glatt war. Er würde warten müssen, bis es in den Hafen eingelaufen war, was hoffentlich nicht mehr zu lange dauern würde, denn er klammerte ja mit den Fingern in eine Ritze gepresst daran. Er hoffte, dass sie Johanna mitgenommen hatten, da würde er sie an Land wieder sehen und vielleicht konnte er sie dann, auf festem Boden, befreien. Immer wieder rutschte er mit einer Hand ab, griff aber sofort wieder zu. Er schlang sich das Seil um den Arm, um sich fester mit dem Schiff zu verbinden. So schleppte ihn das Piratenschiff nach Süden.

Es kam ihm unendlich lange vor, bis die Fahrt endlich langsamer wurde und schließlich zum Stillstand kam. Er hangelte sich zur anderen Seite, wo der Kahn an einem hölzernen Anleger festgemacht war und schaute vorsichtig nach oben. Auf dem Steg sah er die Gefangenen, darunter auch Johanna und Franziska, aber auch etwas zwanzig Bewaffnete. Das waren selbst für ihn einfach zu viele. Er sah ihnen nach, wie sie zum Strand und von dort zu einer Burg geführt wurde. Dann zog er sich auf den Steg und ging in das Schiff hinein. Hier musste es doch auch noch Waffen geben! Die Seeräuber hatten ihr Kaperboot festgemacht, ohne dass einer der Besatzung zur Bewachung an Bord geblieben wäre. Vorsichtig schlich Hans von Raum zu Raum. Er konnte so etwas nicht verstehen, aber vermutlich lebten in der Gegend nicht viele Menschen, die an das Schiff heran konnten.

Doch es war hier nicht viel zu holen. Nur ein paar Seile waren zu finden. Schließlich fand er in der Kabine des Kapitäns ein längeres Messer. „Besser wie nichts." sagte er und steckte es ein. Nun ging er mit dem Messer bewaffnet vorsichtig diesen Weg entlang. Die Burg war verschlossen. Das Tor war zu. Oben war keiner zu sehen, der nach unten schaute und so umkreiste er mehrfach die Burg. Er suchte eine Schwachstelle, doch er fand keine. Die Mauern waren glatt und sehr hoch. Selbst mit dem Seil würde er nicht nach oben klettern können.

Hans zog sich weiter zurück und fand eine halbverfallene Hütte, aus der heraus er das Tor sehen konnte. In der Hütte lag ein

Bogen, eine Sehne und er begann zu suchen, ob dort nicht auch noch ein paar Pfeile lagen. Unter einer zu Boden gefallenen Holztür lag eine längliche Tasche mit etwa dreißig Pfeilen, einige waren zerbrochen, aber es schien so, als ob ihm jemand diese Waffe direkt vor die Füße gelegt hatte. Er machte den Bogen fertig und testete ihn mit einem der Pfeile, dann setzte er sich in die Tiefe der Hütte und wartete.

Sicher würde das Tor erst am Morgen wieder aufgehen. Er musste sich einfach in Geduld fassen, was ihm gar nicht gefiel, weil die geliebte Frau dort drüben eingesperrt war und er ihr nicht helfen konnte. Die Dämmerung brach herein und es wurde dunkel. Hans sah manchmal Posten mit Fackeln auf der Mauer laufen und eine Frau schrie in der Burg. Seine Faust krallte sich um den Griff des Messers, das in seiner Hand wie ein Spielzeug aussah. Warten, immer nur warten! Und nichts tun! Das zerrte an seinen Nerven. Er war ein Mann der Tat!

Schließlich ging endlich wieder die Sonne auf. Hans schlich zur Burg hinüber. Direkt neben dem Tor befand sich ein großer Busch, in dem er sich verstecken konnte. So etwas hätte es auf seiner Burg nicht gegeben. Die Seeräuber waren entweder zu Leichtsinnig, oder zu überheblich und beides konnte tödlich für eine Burgbesatzung sein. Hans musste nicht lange warten, bis sich das Tor öffnete und der Posten sich direkt vor den Busch stellte. Mit dem Messer erledigte er die Wache und trug den toten Körper zum Schuppen zurück, von wo aus er, jetzt mit Pfeil und Bogen bewaffnet, in die Burg zurück schlich. Direkt hinter dem Tor lehnte eine Leiter an der Wand, über die Hans auf die Mauer kam und von dort aus ging er, ohne einen Wachposten gesehen zu haben, auf das Dach des Palas.

An der Vorderkante des Hauses kniete er sich hin und beobachtete von diesem höchsten Punkt die Wachen und den Innenhof. Aus einem Schuppen mit Gitter, der ihm genau gegenüber lag, wurden die Gefangenen in den Hof gebracht. Johanna war nicht mit dabei. Die Männer und Frauen standen mit dem Rücken zu ihm, keine dreißig Schritte entfernt. Ein Mann, vermutlich der Anführer, und ein weiterer Seeräuber mit einem Schwert stellten sich ihnen gegenüber auf. Weitere Wachen standen auf der Mauer, mit dem Rücken zu Hans, der daraufhin mit den Pfeilen Einen nach dem anderen lautlos zu ihren Göttern schickte.

Als einer der Männer Johanna auf den Hof brachte legte Hans mit dem Bogen auf den Anführer an, aber er konnte nicht schießen, weil Johanna nun direkt vor ihm stand. Erst als sie sich hinkniete, gab sie das Ziel frei, verdeckte aber nun mit ihrem Körper die Hälfte des Mannes mit dem Schwert hinter ihr. Als dieser das Schwert hob blieb Hans keine Wahl mehr, zwei Pfeile verließen unmittelbar hintereinander den Bogen. Fast gleichzeitig trafen sie ihr Ziel. Während der Anführer nach hinten umfiel, hatte der andere Mann noch Zeit zum Zuschlagen, aber er verfehlte Johanna um Haaresbreite. Der dritte Mann griff zum Schwert und Hans sprang auf. Franziska riss Johanna um und warf sich über sie.

Der Pfeil traf auch den dritten Mann in die Brust. Die weiteren Wachen schlug Hans dann im Hof mit dem Schwert zusammen. Erst als alle zwanzig Männer tot waren, hörte seine Raserei auf. Erst jetzt sah er zu Johanna. Sie war am Leben, das Schwert hatte die Hälfte ihres Zopfes abgetrennt, so dicht war die Klinge an ihrem Kopf vorbei geglitten. Weinend lagen sich die beiden Liebenden in den Armen.

66. Kapitel

Auf den Spuren von Moses

Es hatte eine Weile gedauert, bis er die Stadt verlassen hatte. Er hatte sich überall versteckt und war dadurch nur langsam vorangekommen. Er dachte an den anderen Mann zurück, dem er seine Freiheit verdankte und von dem er nicht einmal den Namen kannte. Instinktiv war er nach Osten gegangen, und erst jetzt, nach der Stadt, hatte er begriffen, dass Jerusalem ja im Osten lag. Aber das war ein weiter Weg. Würde er über das rote Meer gelangen, wie einst Moses auf seinem Zug aus Ägypten?

Zumindest war er nun irgendwie auf dessen Spuren. Aber hatte der nicht vierzig Jahre gebraucht? So lange wollte er nicht von seiner Frau getrennt sein. Sein Aussehen war auch zu gefährlich. Mit seinen hellen Haaren war er sofort als entlaufener Sklave zu erkennen. Darum hatte er sich ein Tuch um den Kopf gebunden, um das wenigstens ein bisschen zu verhüllen.

Nach einem Tag fand er eine Dattelpalme, die jemand im letzten Herbst nicht abgeerntet hatte. In Akkon hatte er diese wohlschmeckenden Früchte kennen gelernt und er war froh diesen Baum gefunden zu haben. Einsam stand die Palme auf einer Anhöhe. Er rannte schnell hin und dankte Gott für die Speisung in der Not. Es war wirklich eine glückliche Fügung Gottes. Siegfried aß so viele Früchte wie er nur konnte und überlegte sich, wie er noch welche auf seinen Weg mitnehmen konnte. Schließlich riss er beide Ärmel vom Gewand ab, band sie unten zusammen und füllte diesen Schlauch mit den Früchten. Zum Schluss band er oben beide Ärmel mit dem Gürtel zu und hing sie sich um.

Ein paar steckte er sich noch in die beiden Beutel, die vorher an seinem Gürtel hingen, und ging schwer beladen los. Die Früchte mochten mehr als zwanzig Pfund wiegen und er hatte schwer daran zu tragen, aber mit jeder Mahlzeit würden es ja weniger und solch ein Glück würde er sicher nicht so schnell wieder haben. Die Sonne brannte unerbittlich auf ihn herunter und er beschloss nur noch nachts zu laufen und am Tage im Schatten zu ruhen.

Schon bald gab es aber kaum noch Schatten, so dass er doch wieder am Tage lief. Zum Glück war die Gegend weitgehend unbewohnt. Wasser war auch zu finden, so dass er keinen Durst hatte und die Datteln gaben ihm die Kraft für seinen Weg. Siegfried folgte alten Pfaden, die wohl auch von den Händlern benutzt wurden und überlegte sich, wie weit er wohl gehen musste. Er hatte auch keine Ahnung, ob er wirklich noch über ein Meer oder einen großen Fluss musste. Ein paar größere Seen lagen auf seinem Weg, aber an diesen führten ausgebaute Straßen entlang. Immer wieder musste er sich vor Reitern verbergen, doch seine Verkleidung war fast perfekt. Dann passierte er nachts ein großes Lager mit Kämpfern, die an vielen Feuern saßen. Er hörte Pferde wiehern und war danach zwischen den feindlichen Linien.

Mehr als eine Woche hatte es gedauert bis er wieder dort war, wo seine Reise in Ägypten begonnen hatte. Vor der Stadt Damiette. Das Heer der Kreuzfahrer belagerte die Stadt immer noch. Im Zeltlager der Ritter begab sich Siegfried zu dem Bereich, in dem sich die Mönche um die Kranken und Verletzten kümmerten. Zwar war ihm weitestgehend nicht viel passiert, aber der Weg steckte ihm noch in den Knochen. Als die frommen Männer den Mann in seinem seltsamen Ärmellosen Gewand sahen, kamen sie auf ihm zu und boten ihm Wein und Brot an, was Siegfried nach der einseitigen Kost auch gern annahm.

Von nun an musste er jedem die Details seiner Gefangennahme und Fluch erzählen. Zwischendurch hatte er auch noch etwas Zeit, um eine Botschaft zu schreiben, die er seiner Frau in der fernen Heimat zukommen lassen konnte. Da diese Botschaft über die Mönche transportiert werden würde, vermied er es, irgendetwas über den Abt und seine Schuld hinein zu schreiben. Das würde er seiner Frau auch noch sagen können, wenn er dann wieder zu Hause sein würde. Irgendwann musste sich diese Stadt ja hier auch mal ergeben, und dann wäre sein Kreuzzug zu Ende.

Nachdem er sich gestärkt hatte, musste er sich mit Waffen und Ausrüstung versehen, denn seine eigene war ja verlorengegangen. Schwert, Schild und Kettenhemd waren schnell gefunden und ein anderer Ritter, den er nicht kannte, zahlte für ihn die Ausrüstung. Wie er bei einem Gespräch feststellte, war der fremde Ritter der Bruder von Grunhilda. Von nun an kämpften die Beiden Seite an Seite. Siegfried ließ sich auch von den Knappen des Anderen helfen, sein eigener Knappe war ja nicht mehr da. Siegfried war jetzt praktisch ein armer Ritter. Keine Leute und eine, von anderen bezahlte, Rüstung. Aber seinen Stolz und seinen Kampfeswillen, den hatte er noch.

Vom Lager aus gingen sie in das Gefecht. Die Stadt wurde nur belagert, da gab es kaum Kämpfe, aber das erste wichtige Ziel, das es zu erobern galt, war ein kleiner Turm, der auf einer vorgelagerten Insel stand. Von der Landseite wurde er durch die Sarazenen erbittert verteidigt. Von diesem Turm aus konnte man mit einer Kette den ganzen Fluss sperren und damit natürlich auch allen Schiffen die Einfahrt in den Hafen der Stadt verweigern. Wollte man also die Stadt einnehmen, so musste man an diesem Turm vorbei. Von Land aus war das aber fast nicht zu schaffen. Daher ersann der Führer des Kreuzfahrerheeres, der Kardinal Thomas Olivier einen kühnen Plan. Er ließ den, von den Kämpfen gegen

Burgen wohlbekannten, Belagerungsturm auf eine Plattform zwischen zwei Schiffe stellen und hatte damit eine Möglichkeit von See aus an die Befestigung heran zu kommen. Mit dieser Belagerungsmaschine und dem Mut der Männer gelang es ihnen dann am 24. August 1218 diesen Kettenturm zu erstürmen. Bei diesem Kampf war Siegfried wieder mit in der ersten Reihe derer, die über die Sturmleitern und Brücken in die Befestigung hineinstürmten.

Waren sie bisher, vor der Mauer, den Pfeilen der Sarazenen meist schutzlos ausgeliefert, so waren sie nach dem Überqueren der Brücke und innerhalb der Befestigung im Vorteil. Nun halfen ihnen die schweren Kettenhemden, die keines der krummen Schwerter der Sarazenen durchdringen konnte. Im Nahkampf waren alle Vorteile auf Seiten der Kreuzfahrer. Mit Schwert und Schild gab es für Siegfried kein Halten mehr. Er legte dabei auch die Wut über seine Sklaverei in jeden Schlag hinein. Die feindlichen Kämpfer trugen nur leichte Kettenhemden unter einem Gewand, das zwar für die warmen Tage besser geeignet war, wie die schwere Rüstung der Kreuzritter, aber einem Schwerthieb konnte die leichte Rüstung der Sarazenen nicht standhalten.

Nach der Erstürmung der Mauer ging es ganz schnell die Befestigung zu besetzen und schon am Abend wehte das Kreuz über dem Kettenturm. Als weithin sichtbares Zeichen des Sieges der Kreuzfahrer.

67. Kapitel

Ein neuer Versuch

Sie hatte nicht begriffen, warum sie noch lebte. Als sie die Augen aufmachte lag Franziska über ihr und hielt ihren Zopf in der Hand, der sauber in der Mitte durchtrennt war. Um sie herum lagen die Seeräuber und waren offensichtlich Tod. Die beiden Frauen versuchten aufzustehen, aber das ging mit gefesselten Händen nicht richtig. Franziska holte eines der Schwerter und durchschnitt zuerst Johannas Fesseln. Diese befreite dann die Freundin und danach die anderen Gefangene von den Seilen. Was war nur geschehen? Sie blickte sich um und sah Hans, den sie auf dem Grunde des Meeres wähnte, im Kampf mit ein paar von den Männern. Hier an Land, mit einer Waffe in der Hand, hatte Hans allerdings, nicht nur wegen seiner Körpergröße, einen deutlichen Vorteil gegenüber den Seeräubern.

Es dauerte gar nicht lange, dann lagen alle Räuber in ihrem Blut auf dem Innenhof. Der Mann ließ das Schwert fallen und Johanna rannte auf ihn zu. Sie fiel weinend in seine Arme „Ich dachte du bist tot." schluchzte sie. Er hielt sie ganz fest und sah auf das abgetrennte Haar, dass Franziska immer noch in der Hand hielt. Erst jetzt konnte auch sie wirklich verstehen, wie knapp es gewesen war. Es dauerte lange, bevor sie sich beide wieder loslassen konnten und Hand in Hand über den Hof gingen. „Wie weiter?" fragte sie ihn und er zeigte auf das Schiff, dass sie durch das offenen Tor sehen konnte. „Damit fahren wir heim." sagte der Mann und sie nickte.

Johanna drehte sich um und sah die befreiten Gefangene, die gerade die getöteten Seeräuber an die Seite des Hofes trugen. Sie konnte die griechische Sprache nicht, darum winkte sie die Frauen und Männer zu sich. Nun zeigte sie auf das Schiff und sagte einfach „Heimat." Dann zeigte sie auf die, im Moment ja nicht sichtbare, gegenüberliegende Küste. Die Anderen schienen sie zu verstehen und flüsterten etwas, was sie nicht verstand und das wie „Hora" klang. Dann drehte sich Johanna wieder um und zeigte auf die an der Seite liegenden toten Menschen und auf eine Schaufel, die an der Ecke des Hauses lehnte. Alle anderen hatten verstanden und einige nickten. Schnell hoben sie außerhalb der Burg eine große Grube aus, in der sie dann die zwanzig getöteten Seeräuber bestatteten.

Da Johanna keine Ahnung über die Bestattungsriten der Sarazenen hatte, und das wo sie doch mehr als sechs Jahre hier unter ihnen gelebt hatte, fragte sie Franziska, doch die schüttelte auch den Kopf. Also beschlossen sie, die fremden Männer einfach nach ihrer christlichen Art zu bestatten. Gott würde ihnen dann schon den Weg weisen, wenn sie dann vor ihm stehen würden. Es war nur eine kurze Zeremonie, bevor sie die Grube wieder schlossen und danach begannen sie die Burg nach brauchbarem zu durchsuchen. Hier gab es genug Vorräte, dass sie es sicher ein paar Monate aushalten konnten. Auch Franziskas Ketten fanden sie im Raum des Kapitäns, er hatte sie ihr auf dem Schiff abgenommen. Alle anderen Reichtümer, die die Räuber hier angehäuft hatten, teilten sie gerecht unter sich auf.

Als der Abend sich über die Burg senkte verschlossen sie das Tor und stellten Wachen auf. Hans teilte sie alle ein und Johanna begann mit ihm die erste Wache zu übernehmen. Als sie nach der Wache überlegte, wo sie wohl schlafen wollte ging sie zum Schuppen hinüber. Sie wollte nicht in dem Haus bleiben, in dem sich die Seeräuber an ihr vergangen hatten. Hans sah dies ein und folgte ihr zu dem vergitterten Verschlag, dessen Türen jetzt natürlich offen standen. Aneinander gekuschelt schliefen sie wenig später ein.

Am nächsten Morgen begannen sie, unter der Anleitung von Hans, das Schiff so zu drehen, dass der vordere Teil zum Meer zeigte. Momentan lag es ja verkehrt herum. Nach einigen Fehlversuchen und mit etwas Mühe gelang es dann doch. Nun waren sie eigentlich bereit, die Heimreise anzutreten, doch das Wetter durchkreuzte ihren Plan. War der Wind zwei Tage zuvor noch so stark vom Land her zum Meer gewesen, dass das kleine Fischerboot mit den Dreien von selbst nach Norden fuhr, war nun die Windrichtung genau anders herum. Es wehrte ein so starker Wind vom Meer, dass das Schiff nicht vom Steg zu bewegen war. Schon beim Drehen hatten sie dies bemerkt. Nun blieb also nur übrig zu warten, bis der Wind wieder drehen würde. Zum Glück würden sie ja nicht verhungern.

Es dauerte etwa vier Wochen, bis der Wind wieder seine Richtung wechselte und sie endlich auslaufen konnten. In den ersten Strahlen des neuen Tages verließen sie mit allem, was sie besaßen die Burg und segelten los. So richtig hatte keiner eine Ahnung, wie das wohl ging, aber irgendjemand stand ihnen bei und der Wind blieb ruhig und wehte konstant nach Norden. Mit geblähtem Segel verließen sie die afrikanische Küste. Als sie ein Stück gefahren waren, drehte der Wind so, dass es sie in nordwestliche Richtung schob, und so fuhren sie schließlich, ohne wirklich zu wissen, wie man steuert und wo ihr Ziel war, in Richtung Griechenland, wo sie nach ein paar Tagen auch sicher anlandeten. Dort verabschiedeten sie sich von den anderen Gefangenen und verkauften das Schiff an einen griechischen Händler, der auch ein bisschen ihre Sprache verstand. Von dem Erlös des Verkaufes brachte der Händler sie dann nach Italien, wo Johanna Anfang Juli 1218 ihren Fuß wieder auf die Mole von Brindisi setzte. Fast auf dieselbe Stelle, von der sie sechs Jahre zuvor, im September 1212, in das Heilige Land, dass sie aber nie gesehen hatte, aufgebrochen war.

Zu dritt standen sie nun dort im Hafen und überlegten, wohin sie sich wenden sollten. Franziska schlug vor, ein paar Nächte in einer kleinen Taverne, die sie am Ende des Hafens sah, zu übernachten. Nach den Strapazen der langen Reise würde ihnen allen ein weiches Bett gut tun und darum stimmten Johanna und Hans ihr gern zu.

Es war wirklich eine Wohltat, dort zu schlafen, aber bereits nach drei Tagen hatte Hans ihnen ein paar Pferde auf dem Markt gekauft und mit diesen zogen sie, auf der Straße am Meer entlang, nach Norden. Noch vor Beginn des Herbstes erreichten sie wieder Genua und beschlossen von dort aus erst im Frühjahr weiter nach Norden zu ziehen.

68. Kapitel

Der Bratendieb

Es wurde wieder Pfingsten und es war nun ein Jahr her, dass ihr Mann zu seinem Kreuzzug aufgebrochen war. Sie hatte jetzt die ganze Verantwortung für die Dörfer und führte auch die Rechtsprechung auf der Burg durch. Zur Pfingstfeier lud sie der neue Abt zu einem Essen nach dem Gottesdienst ein. Dass sie mit einem nichtigen Grund ablehnte. Aber für sie war es unmöglich in diese Räume zu gehen und dem Abt konnte sie es auch nicht erklären.

Wie konnte sie sich jemals wieder an den Tisch setzen, auf dem der Mann sie damals vergewaltigt hatte? Es war zwar ein Jahr her, aber der Schmerz und die Scham steckten immer noch tief in ihr. Das würde sie sicher für den Rest des Lebens behalten. Schließlich lud sie den Mann, um nicht unhöflich zu sein, zu ihnen auf die Burg ein. Der Abt nahm gern an und der Knecht machte sich auf den Weg, im umliegenden Wald etwas zu erbeuten, das Grunhilda dem Abt als Pfingstmahl vorsetzen konnte. Am Abend kam er mit zwei Wildgänsen zurück, die er in der Küche abgab.

Grunhilda und Martha fingen sofort an die beiden Tiere zu rupfen und für die Küche fertig zu machen. Noch war Martha von der Vorstellung, den Abt in der Burg zu haben, nicht sehr begeistert. Dachte sie doch immer noch an den Anderen, dessen Lebensführung so gar nicht der eines Kirchenmannes entsprochen hatte. Doch sie beugte sich schließlich dem Wunsch der Schwiegertochter. Am folgenden Morgen zog Bratenduft durch die Räume der Burg und alle versammelten sich in, oder vor, der Küche, um den guten Geruch einzufangen.

Die Frau scheuchte aber alle wieder zu ihren Arbeiten und ging schließlich, gefolgt von Martha, ebenfalls den Arbeiten des täglichen Lebens nach. Was konnte schon mit den beiden Gänsen auf dem Herd passieren? Als sie aber später wieder zurück in die Küche kam fehlte eines der Tiere. Die Pfanne war leer und es war auch niemand von der Burgbesatzung hier gewesen. Berthold spielte mit seinem Bruder am Hühnerstall, auch wenn Benno mit seinem paar Monaten noch nicht wirklich mit ihm spielen konnte. Aber Grunhilda hatte die Beiden die ganze Zeit im Blick gehabt und den anderen Menschen in der Burg traute sie es nicht zu, sich am sonntäglichen Braten, der auch noch für einen Gast war, zu vergreifen. So viele waren sie ja hier oben nicht.

Wer war es also gewesen? War es wirklich jemandem gelungen, unbemerkt in die Burg und wieder hinaus zu kommen? Das durfte nicht geschehen! Die Frau begann zu suchen, ob es eine Spur des Bratendiebes gegeben hatte. Sie sah sich in der Küche um und fand die Knochen der Gans, sauber abgenagt, im Ascheeimer, nur oberflächlich zugedeckt. Es konnte also kein Tier gewesen sein, denn das hätte ja seine Spuren nicht verwischt, sondern hätte die Knochen einfach liegen gelassen. Sie rief ihren Knecht und schickte diesen noch einmal auf die Jagd, dann begann sie an der Mauer entlang zu gehen, um dem Platz zu finden, an dem der Dieb in die Burg gelangt war.

Sie folgte der Mauerkrone und sah an einer Stelle, hinter dem Schweinestall, den Abdruck einer fettigen Hand auf der Wand. An dieser Stelle musste der Dieb also zumindest wieder aus der Burg verschwunden sein. Sie rief nach Martha und zusammen gingen sie auf die andere Seite der Mauer. Es gab einen kleinen Riss zwischen den Steinen, an dem sich wohl jemand nach oben gezogen hatte. Der Duft des gebratenen Vogels war bis hierher zu riechen. Ein zweiter Handabdruck war zu sehen. Hier war die richtige Stelle und Grunhilda legte ihre Hand in den Abdruck, der größer war als ihre Hand. Es war also ein Mann gewesen, der sich hier Einlass verschafft hatte. Zusammen mit der anderen Frau verschloss Grunhilda den Riss mit etwas Lehm und verwehrte dem Eindringling nun den erneuten Weg in die Burg.

Blieb nur noch zu klären, wer der Mann war, der hinein geklettert war, eine ganze Gans verspeist hatte, und danach wieder über die Mauer geflohen war. Es konnte nur jemand gewesen sein, der aus dem Dorf bis hier herauf gelangen konnte, ohne dass es in dem Dorf auffiel. Grunhilda ging zurück in die Burg, legte sich das Schwert um und ließ sich von Martha das Pferd bringen. So schnell sie konnte ritt sie nach unten in das Tal und sah dabei, ob neben dem Weg noch jemand zu sehen war. Kurz vor dem Dorf sah sie einen der jungen Bauern auf einer Wiese schlafen. Sie sprang vom Pferd und ging zu dem Manne hinüber. Dann zog sie ihr Schwert und schrie den Mann an. Erschrocken fuhr er auf und gab, angesichts der auf ihn gerichteten Waffe, auch sofort alles zu. Das Gänsefett auf seinen Händen hätte auch ein Leugnen unmöglich gemacht.

„Du meldest dich morgen auf der Burg. Ich werde dich bestrafen!" sagte Grunhilda, steckte das Schwert wieder weg und stieg auf das Pferd. Aus dem Dorf waren nun ein paar Bauern auf das Gespräch der Beiden aufmerksam geworden und der Dorfälteste trat an seine Herrin heran. Ihm war wohl klar, welche Strafe der junge Mann für Diebstahl zu erwarten hatte, darum bat er „Herrin, lasst Gnade bei ihm walten. Er ist doch noch so jung." Grunhilda sah den Mann an, danach den Dorfältesten und sagte „Eine Strafe muss er aber erhalten. Ich werde mir etwas überlegen. Bringe ihn morgen zu mir auf die Burg." der Dorfälteste verbeugte sich, dann drehte sie das Pferd zur Burg um und ritt sofort wieder los.

Auf der Burg redete sie mit Martha. Eigentlich musste der Mann für seinen Diebstahl mit dem Verlust einer Hand rechnen, aber dann würde er nicht mehr arbeiten können. Grunhilda beschloss eine Nacht darüber zu schlafen und der Knecht mit der zweiten Gans kam auch gerade wieder zurück, so dass jetzt erst einmal die Arbeit wieder in den Vordergrund rückte.

Der nächste Tag war Sonntag und der Abt würde sicher nach der Messe zu ihnen auf die Burg kommen. Auch der Dorfälteste mit dem jungen Mann traf auf der Burg ein. Grunhilda begann „Nach altem Recht könnte ich die eine Hand abhacken, aber ich werde Gnade vor Recht ergehen lassen und du erhältst zwanzig Peitschenhiebe." Dann winkte sie den Knecht herbei, der die Peitsche holte und den Mann am Tor der Burg festband. Während der Bestrafung traf der Abt ein, der sich dazu stellte und die Strafe beobachtete, er fragte Grunhilda nach dem Grund der Bestrafung und sie erklärte ihm alles.

Der Gottesmann nickte und lobte die Weitsicht und Gnade der Herrin. Wenig später saßen alle im Palas und ließen sich den festtäglichen Braten schmecken, während der Dorfälteste den Dieb zurück in das Dorf brachte.

69. Kapitel

Bleiben oder gehen?

en Winter über waren sie in Norditalien geblieben, nun, nachdem der Schnee geschmolzen war, brachen sie Anfang März auf, um über den Brenner die Alpen wieder Nordwärts zu passieren. Es war für Johanna derselbe Weg, wie damals, nur in die entgegengesetzte Richtung. Nach so langen Jahren kam ihr alles immer noch so bekannt vor. Aber eines hatte sich geändert, sie war nun im dritten Monat schwanger und das Kind würde sicher noch im Herbst des Jahres 1219 zur Welt kommen. Obwohl sie nicht mit Hans verheiratet war, lebten sie doch wie Mann und Frau zusammen. Die nächste Etappe ihrer Reise würde sie nun nach Köln führen. So gern wollte sie in dem Dom für ihre Errettung danken und beten, in dem sie sich damals für den Aufbruch zum Kreuzzug vorbereitet hatte.

Es dauerte auch gar nicht lange, da sahen sie schon die Türme der Stadt wieder vor sich. Von dem Reichtum der Seeräuber hatten sie den ganzen Winter gelebt und davon war damit nicht mehr viel übrig geblieben. Nur Franziska hatte noch ihre Ketten, die sie von Kaleb erhalten hatte. Sonst war ihre Barschaft ziemlich zusammen geschmolzen. Es würde in Köln nur etwa einen Monat reichen, aber was sollten sie tun? Schon eine ganze Weile dachte sie daran, was sie wohl dann machen wollte. In das Dorf zurückgehen? In Köln bleiben? Aber betteln, mit einem Kind auf den Knien, konnte sie sich nicht vorstellen. Es war jetzt auch für sie vieles anders. Sie war nun keine Zehn mehr, sondern Johanna war 19 Jahre alt geworden. Sie sah auch in den Augen der Freundin, dass sich diese Gedanken um das weitere Leben machte.

Franziska war zehn Jahre älter als sie und fast ihr ganzes Leben in Gefangenschaft gewesen. Noch konnte diese sich sicher nicht vorstellen, wie ihr Leben weiter gehen sollte. Johanna wollte sie auch nicht beeinflussen. Sie wusste ja selbst noch nicht, was werden würde. Wenn sie Hans so anschaute, so hatte sich dieser sicher auch schon ein paar Gedanken darüber gemacht, wie sein Leben aussehen sollte. Die liebevollen Blicke sagten ihr, dass er für immer in ihrer Nähe bleiben wollte. Nur wo sollte das sein? In Köln, im Dorf, oder auf der Burg? Oft hatten sie im Winter nächtelang wachgelegen und darüber nachgedacht. Doch noch waren Beide zu keinem Ergebnis gekommen. Und bald wären sie zu dritt.

Für Hans würde es besonders schwer werden. Er wusste ja noch nicht, was mit seinen Herren geschehen war. Wie konnte er da der Herrin jemals wieder unter die Augen treten? Und doch hatte er ihr gesagt, dass er seine Herrin vor dem Abt warnen musste. Nur er und Siegfried, sein Herr, kannten ja die Wahrheit über die dunklen Machenschaften des Kirchenmannes. Schließlich stiegen sie in Köln in einer Schänke ab, die auch ein paar Gästezimmer zu bieten hatte. Wenn Johanna so durch die Straßen ging, kam ihr alles so vertraut vor. Das machte die Entscheidung für sie nur noch schwieriger. Als Erstes kam aber nun das Gebet im Dom. Sie sprachen beim Priester vor, ob er für sie eine Messe lesen konnte und der Mann sah zuerst den Bauch von Johanna. Unverheiratet schwanger? Wie von selbst begann sie ihre ganze Geschichte zu erzählen. Der Priester war vor zehn Jahren noch nicht hier gewesen und hatte nur von dem Auszug der Kinder zum Kreuzzug gehört. Kaum einer war aber, nach seinem Wissen, wieder in die Stadt zurückgekommen.

Der Kirchenmann war von der Schilderung Johanns so gerührt, dass er vorschlug, sie und Hans zu trauen. Sie war sehr überrascht, konnte es eine Hochzeit doch eigentlich erst nach einem Jahr des

Wohnens in der Stadt und bei vorhandenem Eigentum geben, und beides konnte sie ja nicht nachweisen. Die Jahre des Bettelns in den Mauern Kölns waren auch schon lange vorbei, doch gerne nahmen sie das Angebot an und der Kirchenmann legte den Termin für die Trauung auch schon auf den Gottesdienst am nächsten Sonntag fest. Dankbar verließen sie den Dom wieder.

Johanna nahm sich vier Silberpfennige, genauso viele, wie sie damals beim Auszug aus Köln hatte, aus dem Münzbeutel und kaufte sich davon ein schönes Kleid. Es spannte zwar etwas über dem Bauch, aber sie wollte es ja auch später noch tragen können. Schließlich saßen sie beim folgenden Gottesdienst in der ersten Reihe und verließen den Dom als Mann und Frau.

Zwei Wochen später entschlossen sie sich, doch zur Burg aufzubrechen. Johanna verabschiedete sich von Franziska, die in Köln bleiben wollte, und zusammen mit Hans ritt sie los, in eine für sie noch ungewisse Zukunft. Vor Jahren war sie genau aus diesem Dorf geflohen, in das sie nun zurückkehrten. Da ihre Münzen fast erschöpft waren schliefen sie bei den Pferden im Wald und folgten der Straße, die sie immer näher an die so lange vermisste Heimat brachte.

Zwei Jahre nach seinem und neun Jahre nach ihrem Auszug aus dem Dorf trafen sie wieder am Fuße des Burgberges ein. Langsam und bedächtig ritten sie nach oben. Was würde dort auf sie warten? Am Tor stand ein alter Mann auf eine Lanze gestützt und bewachte das Tor. Eine richtige Wache war das aber eher nicht. Ihr Mann sprang vom Pferd und umarmte den alten Mann, dann half er ihr vom Pferd, da sie sich mit dem Bauch nicht mehr so wirklich gut vom Pferd herunter bewegen konnte. Gemeinsam mit dem alten Mann und die Pferde hinter sich herziehend betraten sie den Burghof und Johanna sah sich um.

Hier oben war sie noch nie gewesen. An der Seite des Hofes spielten zwei Kinder mit einem Huhn. Eine Frau trat aus einem der Gebäude und Hans flüsterte ihr zu „Das ist die Herrin." Langsam gingen sie Beide auf die Frau zu und Johanna machte eine Verbeugung vor der Frau. Sie schien erfreut über die Ankunft der Beiden und Hans erzählte von seiner Flucht. Die Frau erzählte, dass eine Botschaft ihres Mannes im Winter bei ihr angekommen sei, dass er wieder frei war und am Kreuzzug weiter teilnahm. Johanna und Hans brachten ihre beiden Pferde in den Stall und danach gingen sie in das Gebäude hinüber, aus dem die Herrin zuvor heraus gekommen war. Dort drin war gerade der Tisch gedeckt worden und alle setzten sich daran. Nach dem Tischgebet langten alle kräftig zu.

Nach dem Essen wurden die Räume neu aufgeteilt. Sie und Hans würden ab sofort in der Küche schlafen und wohnen, wo Johanna ab sofort auch arbeiten würde. Die alte Herrin würde nach oben zur jungen Herrin in die Kemenate ziehen und die Knechte wieder auf das oberste Geschoß, wo diese unter dem Dach auf dem Dachboden wohnten. Alle waren froh, dass sie mit Hans nun wieder einen starken Mann hier oben hatten und auch mit Johanna würden sie sich bestimmt noch anfreunden, auch wenn es im Moment noch nicht so schien. Die beiden anderen Frauen waren da irgendwie zu distanziert und kühl ihr gegenüber. Aber sie war nun mal eine Magd und die anderen beiden Frauen die Herrin.

70. Kapitel

Neues Leben auf der Burg

Über den Sommer hin hatte sie sich mit der neuen Magd, der Frau von Hans, etwas angefreundet. Es war schön für sie, dass sie nun nicht mehr als Frau alleine hier oben war, Martha mal nicht mitgerechnet. So eine Frau in ihrem Alter war schon ein anderer Gesprächspartner, auch wenn die Distanz zwischen Herrin und Dienerin immer gewahrt blieb. Aber es war eine Art von Freundschaft geworden. Im Sommer war der alte Peter gestorben und nun übernahm Hans alle seine Aufgaben mit. Sogar das Bierbrauen machte er und das Gebräu schmeckte fast so gut, wie das, welches der alte Mann immer hergestellt hatte. Über die hinterhältigen Ränke des Abtes hatte sie Hans informiert, aber dem Kirchenmanne konnte sie nun nichts mehr tun. Mochte dieser für seine Taten für immer in der Hölle schmoren.

Als dann der Herbst kam wurde es für die Magd immer schwieriger, alleine von der Bank aufzustehen und die Arbeiten in der Küche zu verrichten. Immer öfter musste Grunhilda deshalb dabei helfen. Bei der Arbeit kamen sie daher auch oft ins Gespräch. Die Frau erzählte von dem fernen Land, in dem ihr Mann gerade auf dem Kreuzzug war. Grunhilda hörte den Schilderungen zu und dachte dabei an Siegfried. Immer wieder flogen ihre Gedanken über dieses ferne Meer in den Süden. Bei der Magd würde es sicher nicht mehr lange dauern, bis ihr Kind zur Welt kommen würde, dann wären es drei Kinder auf der kleinen Burg.

Als die Falken sich dann wieder auf den Weg nach Süden machten, gab sie ihnen den Auftrag mit, den Mann im nächsten Jahr wieder mit zu ihr zurück zu bringen. Lange stand sie auf dem Turm und sah den Vögel nach. An manchen Abenden saß sie nun mit der Magd am Fenster der Kemenate und sie sangen gemeinsam bei der Hausarbeit oder der Kinderbetreuung. Langsam kamen sie sich etwas näher und auch die sonntäglichen Badetage genossen die beiden Frauen. In dem Wasser mit Kräutern darin und einer Kräuterseife zum Säubern war es einfach schön. Der Duft umschloss sie, wie sonst Siegfrieds Arme es immer getan hatten. Seine Wärme spürte sie im Wasser. Immer mehr fühlte sie sich zu der Magd hingezogen und dieser ging es wohl ähnlich.

Anfang Oktober, pünktlich mit dem ersten Schnee, der in diesem Jahr besonders zeitig kam, setzten bei der Magd die Wehen ein. Auf sie und Martha gestützt brachten sie die Frau in den Speiseraum hinüber, auf dessen Tisch schon Grunhilda ihr erstes Kind entbunden hatte. Am Abend begannen die Wehen und dauerten die ganze Nacht hindurch. Zwischenzeitlich hatte Grunhilda das Gefühl, dass die Magd diese Nacht wohl nicht überleben würde, durch die Narben, die ihr in dem fremden Land beigebracht worden waren, war die Geburt für sie noch viel schwieriger, als sie es ohnehin schon war. Doch als am Morgen die Sonne wieder aufging, hatte sie ein Mädchen zur Welt gebracht.

Überglücklich, aber vollkommen erschöpft nahm die Magd ihr Kind von den beiden Frauen entgegen. Auch die Männer schauten von der Küche aus in den Raum und Hans kam nun in den Speiseraum, um seine Tochter zu begrüßen.

Bereits am nächsten Tag nahm die Magd ihre Arbeit wieder auf. Das Kind in ein Tuch geschlungen, dass sie sich auf den Bauch band, arbeitete sie weiter in der Küche. Immer mehr Schnee fiel und schloss die Burg bald schon wieder vollkommen ein. Wieder waren sie auf dem Berg von den Dörfern abgeschnitten, wieder bezogen sie alle zusammen die Kemenate, um dort den Winter zu verbringen. Drei Frauen, drei Männer und drei Kinder, das war diesmal ihre kleine Schar.

Nun saßen sie jeden Abend alle zusammen am Kamin in der Kemenate und hörten der Magd zu, die von dem erzählte, was ihr auf dem Kreuzzug passiert war. Von Seeräubern, Sklavenhändlern und der Gewalt im Harem. Dieser Bereich schien sehr prachtvoll gewesen zu sein und vermutlich größer als ihre ganze Burg. Wenn Grunhilda sich so umsah, so war sie hier drin auch, seit mehr als sieben Jahren, gefangen. Zwar etwas anders, aber doch unter Verschluss. Eben auch eine Art von Harem.

Auch die Schilderungen der Seefahrten waren interessant und Hans erzählte von ihnen. Vom Kampf in Portugal gegen die Sarazenen erzählte er, sowie vom Mut des Ritters im Kampf. Aber auch von der großen Stadt Köln erzählten die Beiden und da konnte sie selbst mitreden, da sie früher auch gern da gewesen war. Die Burg ihres Vaters war ja in der Nähe der Stadt. Doch gleichzeitig machten sie diese Schilderungen auch traurig. Seit dem Grunhilda hier war, hatte sie ihre Familie nicht mehr gesehen.

71. Kapitel

Der Schrecken des Krieges

ach der Einnahme des Kettenturmes war es eigentlich nur eine Frage der Zeit gewesen, bis auch die nun vollkommen eingeschlossene Stadt erobert werden würde. Doch es kam anders. Den ganzen Sommer über stritten die Anführer des Kreuzzuges darum, wer wohl der rechtmäßige Anführer sein sollte. In dieser Zeit wurde nur die Belagerung aufrechterhalten, aber es kam zu fast keinen Kampfhandlungen. Mehrere Versuche aus der Stadt heraus, die Übergabeverhandlungen durchzuführen wurden abgelehnt, da man sich ja nicht einig werden konnte, wer sie führen sollte. Selbst Franz von Assisi, ein sehr hoch geschätzter Mönch, traf bei ihnen ein und versuchte zu vermitteln, doch alles half nichts.

Eigentlich waren hier ja alle Ritter gleich, aber ihm, als junger Ritter, fast einer der Jüngsten hier, wollte man nicht zuhören. Die alten Männer wollten das unter sich selbst ausmachen. So ging es eine ganze Weile hin und her. Ohne die Stadt schon eingenommen zu haben, stritten die Anführer, wem die Stadt wohl anschließend gehören sollte. Dem Papst oder dem König von Jerusalem. Beide waren mit großen Kontingenten von Kämpfern anwesend und damit dauerte der Streit zwischen den beiden Parteien entsprechend lange.

Es gelang den Kreuzfahrern erst in der Nacht zum 5. November 1219 die Stadt Damiette einzunehmen. Die sehr heftige Gegenwehr der fremden Krieger wurde schnell gebrochen und die Ritter stürmten in die Stadt hinein, aber anstatt des Schreiens der Frauen und Kinder, das sonst zu hören war, wenn ein Stadt eingenommen wurde, war nur das Schweigen der Toten in der Stadt zu vernehmen. Überall lagen sie, zum Teil schon seit Wochen tot. Frauen, Kinder und Alte. Fast alle Einwohner der Stadt waren während der Belagerung einfach verhungert oder an den Krankheiten gestorben, die durch die vielen nicht bestatteten Toten ausgelöst worden waren.

Siegfried ging durch die schaurige Stadt des Todes und steckte sein Schwert wieder ein. So hatte er sich einen Kreuzzug nicht vorgestellt. Natürlich waren es Heiden, aber es waren doch auch Kinder darunter. Einige genauso alt, wie sein Sohn Berthold. So sollte ein Krieg nicht aussehen und so hatte er sich einen Kampf um Ruhm und Ehre nicht vorgestellt. Schließlich half er mit, die noch verbliebenen Menschen zusammen mit den Mönchen zu versorgen. Als er damit am Abend des nächsten Tages fertig war, bat er den Führer des Kreuzzuges, ihn von seinem Kreuzzugsschwur zu entbinden. Nach einer längeren Diskussion, stimmte der Legat des Papstes zu und Siegfried trennte sein aufgenähtes Kreuz vom Umhang ab.

Er gab das Kettenhemd und den Schild zurück, behielt aber das Schwert und verabschiedete sich von Grunhildas Bruder. Danach suchte er sich im Hafen eine Kogge aus, die ihn, gegen ein paar Münzen, in die Heimat bringen sollte. Wenige Tage später war er auf dem Meer und schaute auf die eroberte Stadt zurück. Er sah die Feuer am Strand, wo man die Toten verbrannte und der schwarze Qualm verfolgte ihn noch einige Stunden auf See.

Nach mehr wie zwei Wochen, die sie wegen widriger Winde manchmal ziemlich durchgerüttelt wurden, erreichten sie schließlich Marseille. Das hatte den Vorteil, dass Siegfried nicht über die Alpen musste und so auch nicht bis in den Frühling warten brauchte, bevor er nach Hause aufbrach. Mit einem Pferd, das er sich im

Hafen gekauft hatte, brach er nach Norden auf. Je weiter er vorwärts kam, desto kälter wurde es. Kurz vor Köln, das er nach einem Monat erreichte, setzte dann so starker Schneefall ein, dass sich Siegfried dann doch dazu entschloss, ein paar Tage in der Stadt zu bleiben und den Winter dort abzuwarten. Auch wenn es ihn zu seiner Familie zog.

Anfang Februar taute dann der erste Schnee in Köln und das war für Siegfried das Zeichen, wieder aufzubrechen und der Heimat entgegen zu ziehen. In den ersten Tagen lag rings um ihn noch etwas Schnee und der Atem des Pferdes stieg wie Dampf auf, aber danach wurde der Schnee immer weniger. Das Grün der Wiesen zeigte sich unter dem glitzernden Weiß wieder und die Wege waren frei. Nun waren sie aber schlammig, da das Tauwasser nicht so schnell ablaufen konnte und die Straßen nicht aus Stein, sondern vielerorts aus festgestampfter Erde waren.

Ihm schien es so, als ob er den Schnee vor sich her schob, denn die freien Wege waren immer erst unmittelbar vor ihm zu sehen. In mancher Schänke hörte er, dass die Straßen erst ein paar Tage passierbar waren und die Kaufleute, die teilweise schon vier Wochen dort fest saßen, konnten nun ebenfalls zu ihren Handelsreisen aufbrechen. Anfang März hatte er dann das Kloster erreicht, von dem er seine Burg sehen konnte, doch dort hatte er erst einmal etwas anders zu erledigen. Er betrat das Kloster und fragte einen der Mönche nach dem Abt. Dieser führte ihn, da er wohl wusste, das Siegfried nach dem alten Abt fragte, zum Friedhof der Gemeinschaft und zeigte dort auf das Grab des Abtes. Nachdem der Mönch gegangen war sagte Siegfried „Da kann ich mich an dir nicht mehr rächen, aber die Rache Gottes wird dir sicher schon jetzt zu Teil werden." Er drehte sich um und verließ das Kloster.

Vor dem Tor stieg er wieder auf sein Pferd und ritt der Burg entgegen. Nun wurde er immer schneller. Das Pferd setzte sogar zu einem Trab an und stand wenig später dampfend vor dem Tor. Dort stand Hans auf Wache und Siegfried war froh den Knappen wieder zu sehen, den er in der Gefangenschaft der Sarazenen wähnte. Er sprang vom Pferd und umarmte den Knappen, der seinerseits ziemlich verwundert war, über das Auftreten des Ritters, dann aber diesen ebenfalls umarmte. Am anderen Ende der Burg, direkt vor dem Eingang des Palas, stand seine Frau zusammen mit einer anderen Frau, die er nicht kannte. Beide Frauen hatten kleine Kinder auf dem Arm und Berthold lief um die beiden herum. Als Grunhilda ihn erkannte kam sie auf ihn zu. Die andere Frau folgte ihr.

Grunhilda küsste ihren Mann, dann sagte sie zu ihm „Darf ich dir deinen Sohn Benno vorstellen?" dann strich er seinen beiden Söhnen über den Kopf. Als er die andere Frau anblickte machte die eine Verbeugung und Grunhilda sagte „Das ist unsere neue Magd Johanna, die Frau von Hans." Siegfried nickte, machte sein Schwert ab und übergab es an Hans, dann übergab Grunhilda ihren Sohn an die Magd und danach verschwanden die beiden Eheleute, die sich so lange nicht gesehen hatten, schnell in den Palas. Dort rannten sie die Treppe hinauf nach oben in die Kemenate.

72. Kapitel

Eine neue Heimat?

So langsam kam der Frühling über das Land. Seit ein paar Tagen war nun auch der Herr wieder auf der Burg und damit hatte die Herrin jetzt wieder mehr Zeit für Haushalt und Kinder. Sie hatte ihr Schwert an den Ehemann abgegeben und damit hatte dieser nun auch offiziell wieder die Rechtsprechung zu übernehmen. Da sie auf dem Berg im Winter auch vom Kloster abgeschnitten waren, konnte der Abt natürlich auch das Kind nicht taufen. Daher sollte dies sofort als Erstes nach der Schneeschmelze durchgeführt werden. Sie hatten sich im Winter in einer Ecke der Kemenate einen kleinen Altar aufgebaut. An diesem hatten sie ihren Gottesdienst durchgeführt, doch nun konnten sie ja wieder in die Klosterkirche unten im Tal, zu Fuße des Burgberges, gehen.

An diesem Sonntag sollte nun die Taufe erfolgen und entsprechend aufgeregt war Johanna. Schon früh am Morgen machte sie alle mit ihrer Nervosität verrückt, so dass sie Hans erst mal in die Wanne steckte, damit sie wieder einen klaren Kopf bekam. Dadurch badete sie diesmal sogar vor der Herrin, was diese aber mit einem Lächeln quittierte. Später standen dann alle in ihren schönsten Kleidern auf dem Burghof und hielten ihre Pferde am Zügel hinter sich. Hans half ihr beim Aufsteigen und reichte ihr dann ihre Tochter nach oben. Hintereinander ritten sie langsam dem Kloster entgegen, wo sie pünktlich vor dem Beginn des Gottesdienstes eintrafen.

Der Abschluss war die Taufe ihrer Tochter und der Abt taufte sie auf den Namen Franziska. Als sie nach dem Glockenläuten nach draußen traten, fiel ein einzelner Lichtstrahl, der sich vermutlich in einem der Fenster der Kapelle spiegelte, direkt auf die Stirn ihrer Tochter. Johanna nahm es als gutes Zeichen dankbar auf. Auf dem Rückweg kam sie auch durch das Dorf, von dem aus sie vor fast genau zehn Jahren aufgebrochen war. Vor ihr stand die Hütte des Vaters und plötzlich hatte sie das Gefühl, genau dorthin gehen zu müssen. Sie lenkte das Pferd zu der Hütte und ihr Mann folgte ihr.

Sie stoppte ihr Pferd und Hans saß ab, dann band er beide Pferde an einem Zaun fest und half seiner Frau beim Absteigen. Zögerlich ging sie auf die wohlbekannte Hütte zu. Obwohl es ja Sontag war, lag diese Hütte still und ruhig dort. Eigentlich hatte Johanna erwartet, dass dort ein paar Kinder, oder ihre Geschwister, um die Hütte herum waren, aber es war sonderbar still. Vorsichtig schob sie dir Tür auf und schaute in den Raum hinein. Ein Mann mit grauen Haaren saß an einem Tisch, mit dem Rücken zu ihr. „Vater?" fragte sie leise und der Mann drehte sich um. Ein Lächeln zog in das Gesicht des Mannes und er stand auf. „Ich dachte ich hätte dich für immer verloren." sagte er und kam auf sie zu.

„Vater, das ist deine Enkeltochter." sagte Johanna, als er sie umarmte „Und das ist mein Mann." sagte sie weiter und zeigte auf Hans, der unmittelbar hinter ihr in der Türe stand. Der alte Mann nickte wieder und gab Hans die Hand. „Kommt rein. Die anderen müssen gleich vom Gottesdienst wieder kommen. Ich bin nur schon vorgegangen." erklärte der alte Mann und zeigte auf die Bank am Feuer. Als sie zu viert dort am Tisch saßen ging die Tür auf und eine Frau mit sechs Kindern betrat die Hütte. Johanna erkannte ihre Geschwister kaum wieder, so sehr waren sie in den vergangenen zehn Jahren gewachsen. Auch ihre Stiefmutter verhielt sich ihr gegenüber sehr freundlich. Alles war in Ordnung und sie verbrachten ein paar Stunden, bis sie wieder den Burgberg nach ober ritten. Zu ihrem neuen Zuhause.

ENDE

Zeitliche Einordnung der Handlung:

5800 Steinzeit

Beginn des Buches „**Schicha und der Clan des Bären**"

Ende des Buches „**Schicha und der Clan des Bären**"

5500 Steinzeit

400 --

387 Die Kelten fallen in Rom ein

300 --

218 Der karthagische Feldherr Hannibal überquert die Alpen

200 --

100 --

73 Flucht von Spartacus aus der Gladiatorenschule in Capua

71 Tod von Spartacus und Ende des Sklavenaufstandes

55 Expedition Caesars nach Britannien

44, 15. März, Kaiser Caesar wird in Rom ermordet

0 --

9 Niederlage des Feldherrn Varus gegen die Cherusker unter Arminius

34 Beginn des Buches „**Das Schwert des Gladiators**"

43 Beginn der Eroberung Südbritanniens

54 Nero wird römischer Kaiser

54 Anfang des Buches „**Die römische Münze**"

56 Ende des Buches „**Das Schwert des Gladiators**"

64 Brand Roms und daraufhin schwere Christenverfolgung

68 Aufstände in Gallien und Spanien

68 Selbstmord Kaiser Neros

75 Ende des Buches **„Die römische Münze"**

79, 24. August, Ausbruch des Vesuvs und Untergang Pompejis

80 Einweihung des Kolosseums in Rom

98 Trajan wird römischer Kaiser

100 --

161 Marc Aurel wird römischer Kaiser

200 --

300 --

306 Konstantin der Große wir römischer Kaiser

324 Konstantin bekennt sich zum Christentum und macht dieses zur Staatsreligion

400 --

700 --

764 Beginn des Buches **„In den finsteren Wäldern Sachsens"**

772, im Sommer, Zerstörung der Irminsul

772 Anfang der Sachsenkriege Karls des Großen

782 Blutgericht von Verden (Aller)

783, im Sommer, Gefechte mit Beteiligung sächsischer Frauen

785 Taufe Widukinds in der Königspfalz Attigny

792 letzte größere Erhebungen der Sachsen gegen die Franken

792 Zwangsdeportationen der Sachsen und Neuvergabe von sächsischem Land an Franken

796 Karls Belehrung durch seinen Berater Alkuin

797 wurden mit dem Capitulare Saxonicum die Sondergesetze gegen die Sachsen gelockert

800 --

800 Kaiserkrönung Karls

802 wurde das sächsische Volksrecht (Lex Saxonum) verabschiedet

802 Ende des Buches „**In den finsteren Wäldern Sachsens**"

804 Ende der Sachsenkriege

889 Wanzleben wird erstmals erwähnt, als Haufendorf

900 --

913 Herzog Heinrich von Sachsen stellt ein Ungarisches Heer bei Merseburg

926 Heinrich handelt mit den Ungarn einen zehnjährigen Waffenstillstand für Sachsen aus

937 Otto I. der Große, gründete das St.-Mauritius-Kloster in Magdeburg

938 die Ungarn ziehen erneut gegen die Sachsen

952 Beginn des Buches „**Der Gefolgsmann des Königs**"

955, am 10. August, Schlacht gegen die Ungarn auf dem Lechfeld bei Augsburg

955 Otto beginnt einen großen Neubau des Doms zu Magdeburg.

962, 2. Februar, Krönung Ottos zum Kaiser

968 Beginn des Baues der Burg Wanzleben

980 Ende des Buches „**Der Gefolgsmann des Königs**"

1000 –

1100 --

1142 Heinrich der Löwe wird Herzog von Sachsen

1143 Gründung Lübecks, der ersten deutschen Ostseestadt

1147 Beginn des Buches „**Im Zeichen des Löwen**"

1147 Wendenkreuzzug, dauert als Kreuzzug drei Monate

1152 Königskrönung von Friedrich Barbarossa in Aachen

1155 Kaiserkrönung Friedrich Barbarossas in Rom

1156 Besiedlungszug in Lommatsch

1157 Gründung des deutschen Kaufmannsbundes

1159 Wiederaufbau Lübecks

1160 Beginn des Buches „**Kaperfahrt gegen die Hanse**"

1160 der slawische Burgwall Dobin, liegt am heutigen Schweriner See, wird zerstört

1160 Lübeck erhält das Soester Stadtrecht

1160 Gründung der Kaufmannshanse

1161 Vermittlung eines Handelsprivilegs an die Stadt Lübeck durch Heinrich den Löwen

1161 Gründung der Gotländischen Genossenschaft als Vorstufe der Hanse

1162 Kloster Altzella, bei Nossen, wird gegründet

1163 Ende des Buches „**Im Zeichen des Löwen**"

1180 Heinrich verliert das Herzogtum Sachsen

1200 –

1200 Gründung des Petershofes in Novgorod als Außenstelle der Hanse

1200 Ende des Buches „**Kaperfahrt gegen die Hanse**"

1210 Beginn des Buches „**Die Sklavin des Sarazenen**"

1212 Kinderkreuzzug mit Ziel Jerusalem

1212 Friedrich II wird König

1217 - 1221 Fünfter Kreuzzug - Kreuzzug von Damiette in Ägypten

1220 Ende des Buches „**Die Sklavin des Sarazenen**"

1250 Anfang der Blütezeit der Städtehanse

1300 –

1307, 13. Oktober, Zerschlagung des Templerordens und Verhaftung aller Templer

1315 Beginn einer Hungersnot, die als „Der große Hunger" in zwei Jahren mit sintflutartigen Regenfällen, sehr kalten Wintern und vielen Überschwemmungen Millionen Menschen in Europa dahinraffte

1321 Beginn des Buches „**Frauenwege und Hexenpfade**"

1337 der hundertjährige Krieg zwischen England und Frankreich beginnt

1337 Ende des Buches „**Frauenwege und Hexenpfade**"

1340 der englische König Eduard III. fällt mit seinem Heer in Frankreich ein

1346 in der Schlacht von Crécy schlagen 8.000 englische Langbogenschützen die verbündeten europäischen und französischen Ritter vernichtend

1347 die Beulenpest erreicht die europäischen Häfen am Mittelmeer und breitete sich schnell überall aus

1356 mit der goldenen Bulle wird erstmalig festgeschrieben, dass der deutsche König durch Mehrheitswahl von sieben Kurfürsten bestimmt wird

1400 --

1500 --

1517 Beginn des Buches **„Die Bruderschaft des Regenbogens"**

1517, 31. Oktober, Luther verkündet seine Thesen in Wittenberg

1518 Münzer und Luther sind in Wittenberg

1520 Münzer in Zwickau

1522 Neues Testament erscheint auf Deutsch

1523, zu Ostern, Katharina von Boras Flucht aus dem Kloster

1524 Bauern- und Handwerkeraufstände in Sachsen

1525, 15. Mai, Schlacht bei Bad Frankenhausen

1525, 27. Mai, Münzer wird in Mühlhausen enthauptet

1525, 27. Juni, Heirat Luthers mit Katharina von Bora

1525, im Dezember, Kloster Buch wird geschlossen

1526 Niederschlagung der letzten Bauernaufstände

1527 Ende des Buches **„Die Bruderschaft des Regenbogens"**

1530 Reichstag zu Augsburg beschließt Duldung des Evangelischen Glaubens

1534 Gesamte Bibel auf Deutsch

1600 –

1618, 23. Mai, Fenstersturz zu Prag

1618 Anfang des dreißigjährigen Krieges

1620, 08. November, Schlacht am Weißen Berg bei Prag

1630 Beginn des Buches „**Im Schein der Hexenfeuer**"

1631 Kriegseintritt Sachsens

1631, 10. Mai, Verwüstung der Stadt Magdeburg durch kaiserliche Truppen

1631 Beginn des Buches „**Die Räubermühle**"

1632 die Pest wütet in Sachsen

1632, 16. November, Schlacht bei Lützen

1634, 25. Februar, Albrecht von Wallenstein wird in Eger ermordet

1634 Ende des Buches „**Die Räubermühle**"

1639 schwedische Truppen brennen Dresden teilweise nieder

1641 nochmalige Zerstörung Dresdens durch die Schweden

1648 Westfälischer Friede

1648, 24. Oktober, Ende des dreißigjährigen Krieges

1650 Ende des Buches „**Im Schein der Hexenfeuer**"

1700 –

1789, 14. Juli, Beginn der französischen Revolution in Paris

1793 Beginn des Interventionskriegs gegen Napoleon, an dem auch Sachsen teilnahm

1794 die Gesellen streiken in Dresden

1796 der Interventionskrieg endet mit einer Niederlage für die preußischen, österreichischen und sächsischen Verbündeten.

1800 --

1800 Beginn des Buches „**Der russische Dolch**"

1806 Preußen und Russland verbünden sich gegen Napoleon. Sachsen schließt sich an

1806 Krieg der Verbündeten gegen Napoleon

1806, 14. Oktober, Schlacht bei Jena und Auerstedt, die Verbündeten werden von Napoleon vernichtend geschlagen.

1806, 20. Dezember, das Kurfürstentum Sachsen tritt dem Rheinbund bei und wird durch Napoleon zum Königreich

1812 von Sachsen aus beginnt der Feldzug gegen Russland. Sachsen ist mit 21.000 Mann daran beteiligt

1812, 23. Juni, Napoleon überquert mit seinem Heer die Mehmel

1812, 17. August, Schlacht um Smolensk

1812, 7. September, Schlacht von Borodino

1812, 14. September, Napoleon rückt in Moskau ein

1812, 13. Oktober, Napoleon beschließt den Rückzug

1812, 3. November, Schlacht bei Wjasma.

1812, 26. bis 28. November, Schlacht an der Beresina

1812, 14. Dezember, Kaiser Napoleon macht, seinen Truppen auf dem Rückzug aus Russland vorauseilend, in Dresden Station.

1813, 2. Mai, Schlacht bei Großgörschen, Sieg Napoleons gegen Russen und Preußen

1813, 20. und 21. Mai, Schlacht bei Bautzen, weiterer Sieg Napoleons gegen Russen und Preußen

1813, 26. und 27. August, Schlacht bei Dresden, Napoleon errang seinen letzten Sieg auf deutschem Boden.

1813, 16. bis 19. Oktober, Die Völkerschlacht bei Leipzig brachte Napoleon eine verheerende Niederlage. Die sächsischen Truppen liefen zu den russischen und preußischen Truppen über

1813, 11. November, Die belagerte Festungsstadt Dresden kapituliert

1815, 18. Juni, Schlacht bei Waterloo

1815 Ende des Buches „**Der russische Dolch**"

1900 --

Von Uwe Goeritz ebenfalls beim Verlag BoD erschienen (BoD – Books on Demand, Norderstedt, nähere Informationen finden Sie unter www.BoD.de)

„Schicha und der Clan des Bären"
die ISBN lautet 978-3-7386-0262-3

„Diese Geschichte spielt in der Steinzeit, als unsere Vorfahren dazu übergingen sesshaft an einem Platz zu leben. Es war der Beginn der Siedlungen, von Viehhaltung und gezieltem Anbau von Pflanzen. Die Schwierigkeiten der ersten Siedler und die Gefahren in ihrer Umwelt werden deutlich gemacht."

108 Seiten für 7,90 Euro

„In den finsteren Wäldern Sachsens"
die ISBN lautet 978-3-7357-7982-3

„Diese Geschichte spielt von 764 bis 802 in den Völkern der Sachsen und Franken. Matthias, ein Franke, und Thorsten, ein Sachse, haben beide ihre Familien in den Sachsenkriegen verloren. Nach kämpfen gegeneinander werden sie Freunde und müssen sich den täglichen Anforderungen des Lebens stellen. Im Kontext des Krieges von Karl dem Großen gegen die Sachsen muss sich ihre Freundschaft bewähren wenn Frieden zwischen den Völkern herrschen soll."

108 Seiten für 7,90 Euro

„Der Gefolgsmann des Königs"
die ISBN lautet: 978-3-7357-2281-2

„Die Geschichte spielt um das Jahr 950 im Volke der Sachsen in der Nähe des heutigen Magdeburg. Berthold ist als Oberhaupt nach dem Tod seines Vaters für die Geschicke des Dorfes verantwortlich. Zusammen mit seiner Frau Johanna, seinen Brüdern, seiner Heilkundigen Schwester Edith und den anderen Bewohnern im Dorf bewältigt er die täglichen Herausforderungen des Lebens in einer Zeit in der das Christentum und die Einigkeit des deutschen Volkes noch ganz am Anfang stehen. Als König Otto zum Kampf gegen die Ungarn ruft, werden Berthold und die Seinen auf eine harte Probe gestellt."

116 Seiten für 7,90 Euro

„Im Zeichen des Löwen"
die ISBN lautet: 978-3-7347-5911-6

„Die Geschichte spielt von 1147 bis 1163 im Volke der Sachsen in einem kleinen Dorf. Wolfgang und Heinrich kennen sich seit Kindertagen doch nun ist einer der Herzog und der andere ein Bauer. Kann ihre Freundschaft diese Kluft überbrücken?

Wolfgang erwirbt sich in den vielen Kämpfen das Vertrauen seines Herzogs und darf das Banner mit dem Löwen im Kampf führen doch der Kampf gegen das Volk der Slawen stellt diese Freundschaft auf immer neue Bewährungsproben. Kann Wolfgang, als halber Slawe, den Kampf gegen das Brudervolk mit seinem Gewissen vereinbaren?

Zusammen mit Karl ist er als Oberhaupt für die Geschicke des Dorfes verantwortlich. Mit seiner Frau Gisela, seinen Bruder Siegfried und den anderen Bewohnern im Dorf bewältigt er die täglichen Herausforderungen des Lebens in einer Zeit als aus dem Dorf langsam eine kleine Stadt wird."

116 Seiten für 7,90 Euro

„Kaperfahrt gegen die Hanse"
die ISBN lautet: 978-3-7386-2392-5

„Norddeutschland, Ende des 12 Jahrhunderts. Diese Geschichte handelt von 1160 bis 1200 zu Beginn der Hanse in einem kleinen Dorf an den Ufern der Ostsee. Eine kleine Gruppe von Fischern beginnt einen Kampf gegen die Übermächtig erscheinende Verbindung zwischen Kaufleuten der Hanse und den lokalen Fürsten.

Immer schlimmer werden sie ausgepresst, damit ihr Fürst Handel treiben kann. Unter Ausnutzung des Aberglaubens der Seemänner gelingt es ihnen, einen Teil des erpressten Eigentums zurück zu holen und unter der Bevölkerung zu verteilen.

Wie lange können sie aber der übermächtigen Allianz und der Macht des neuen Städtebundes widerstehen?"

108 Seiten für 7,90 Euro

„Die Bruderschaft des Regenbogens"
die ISBN lautet: 978-3-7386-5136-2

„Sachsen zu Beginn des 16. Jahrhunderts. Als Kind ist Thomas in das Kloster eingetreten, doch im Laufe der Zeit kommt er immer mehr in den Konflikt mit der Kirche. Sein Zusammentreffen mit Müntzer und Luther führt bei ihm auch zu einer inneren Reformnation. Hin- und Hergerissen zwischen den Ansichten dieser beiden Prediger ergreift er Partei für die Bauern, aus deren Stand auch er einst kam. Nach der Niederschlagung der Bauernaufstände muss er sich entscheiden, wie sein Lebensweg weiter gehen soll."

112 Seiten für 7,90 Euro

„Im Schein der Hexenfeuer"
die ISBN lautet: 978-3-7347-7925-1

„Diese Geschichte handelt in den Jahren 1630 bis 1650 in einer kleinen Stadt in Sachsen. Johanna hat in den Wirren des dreißigjährigen Krieges schon zweimal ihre Familie verloren. Als Frau eines Kaufmannes gerät sie in einen Hexenprozess, den sie nur mit viel Glück und der Hilfe ihres Mannes überlebt. Nach diesem Prozess arbeitet sie weiter mit Kräutern und versucht den Menschen zu helfen, so gut sie es kann. Im alltäglichen Leben werden ihre Fähigkeiten immer wieder gefordert und sie muss jeden Tag beweisen, dass sie eine starke Frau ist."

112 Seiten für 7,90 Euro

„Die Räubermühle"
die ISBN lautet: 978-3-8482-0893-7

„Sachsen in den Jahren des dreißigjährigen Krieges. Von 1631 bis 1648 wütete auch in Sachsen der blutigste Krieg, den die Menschheit bis dahin gesehen hatte. Bis zu 80 Prozent der Bevölkerung kamen durch Not, Krankheiten, Hunger, Gewalt und Krieg ums Leben. Ganze Landstriche wurden entvölkert und niedergebrannt. Diese Erinnerungen haben sich tief in das kollektive Unterbewusstsein eingebrannt.

Dies ist die Geschichte von einer kleinen Gruppe Männer, die auf der Flucht aus dem Heer nicht, wie alle anderen, marodierend und raubend umherziehen wollten, sondern die erkannt haben, wem sie helfen wollen und von wem sie es nehmen sollen. Traumatisiert durch die Ereignisse des Sterbens und Tötens wollen sie der Gewalt ein Ende setzen. Doch wie? In einer Zeit der Gewalt kann selbst der friedfertigste nicht ganz auf Gewalt verzichten.

Durch die Nutzung des Aberglaubens der Bevölkerung gelingt es ihnen, unerkannt in einer Mühle Unterschlupf zu finden. In diesem neuen Buch wird der Leser in die Zeit der Umbruches entführt, eine Zeit, in der die Ritter nicht mehr den Ton angeben und ein erstarkendes Volk langsam beginnt, sich auf sich selbst zu besinnen und sein Glück selbst in die Hand nimmt."

112 Seiten für 7,90 Euro

„Der russische Dolch"
die ISBN lautet: 978-3-7412-3828-4

„Sachsen in den Jahren des napoleonischen Krieges in Europa. Diese Geschichte handelt von der Freundschaft zweier Männer in den Jahren 1800 bis 1815. Peter, ein Sachse, und Pjotr, ein Russe, treffen sich in der Kindheit und begegnen sich im großen Krieg Napoleons gegen Russland 1812 wieder.

In diesem Krieg, den Napoleon gegen ein ganzes Volk führte, stehen sie auf unterschiedlichen Seiten der Kämpfe. Ein Sommer und ein Winter, mit einem Krieg, der sich tief in die Erinnerung der europäischen Völker eingebrannt hat. Durch Not, Krankheiten, Hunger, Gewalt und Krieg wurden ganze Landstriche in Russland entvölkert sowie niedergebrannt. Millionen Menschen auf beiden Seiten starben.

Dies ist die Geschichte von einer ungewöhnlichen Freundschaft, die durch den Krieg auf eine harte Probe gestellt wird. Traumatisiert durch die Ereignisse des Sterbens und Tötens versuchen sie beide dennoch Menschen zu bleiben, in einer Zeit, in der ein Menschenleben nicht viel wert war."

116 Seiten für 7,90 Euro

„Das Schwert des Gladiators"
die ISBN lautet: 978-3-7412-9042-8

„Diese Geschichte spielt im Grenzgebiet zwischen römischen Reich und Germanien, sowie auch in Rom, in der Mitte des ersten Jahrhunderts unserer Zeitrechnung. Viele germanische Männer waren in dieser Zeit willkommene Verbündete und Kämpfer in den römischen Legionen.

Oft schon als Kinder von ihren Vätern zur Ausbildung nach Rom geschickt oder von den Römern als Geiseln genommen, lernten sie das Leben in der Zivilisation kennen und schätzen. Auch als Gladiatoren waren sie berühmt wegen ihres Körperbaues und ihrer Kraft.

Trotz der Annehmlichkeiten des Lebens in Rom entschlossen sich viele, wieder in die Heimat zurück zu kehren. Denn auf der einen Seite hatten sie das freie Land der Stämme, in dem ein jeder gleich war, und auf der anderen Seite das römische Reich, das seine Stärke auch auf den Schultern von unfreien Sklaven aufbaute.

Der Leser wird in die Welt des römischen Kaiserreiches mit seinen Kämpfern, Bürgern, Händlern und Sklaven entführt."

116 Seiten für 7,90 Euro

„Frauenwege und Hexenpfade"
die ISBN lautet: 978-3-7448-3364-6

„Anfang des 14. Jahrhunderts brach über Europa eine kleine und viele hundert Jahre anhaltende Eiszeit herein. Nach den warmen Jahrhunderten zuvor kam nun eine Zeit des Hungers und der Unwetter. Unruhen und Krankheiten dezimierten die Bevölkerung Mitteleuropas in einem nie zuvor gekannten Maß.

Diese Geschichte handelt in der Zeit von 1321 bis 1337 und erzählt vom harten Wege dreier unterschiedlicher Frauen. Karola, die Nonne, Maria, die Bäuerin und Bärlinde, die freie Frau aus dem Wald, treffen in dieser Zeit zusammen. Sie vereinigen ihre Kräfte und Fähigkeiten. Sie helfen sich gegenseitig und versuchen anderen Frauen beizustehen. Immer in der Gefahr, als Hexen verbrannt zu werden."

116 Seiten für 7,90 Euro

Aktuelle Informationen und Neuerscheinungen finden sie immer im Internet unter:

www.Goeritz-Netz.de